À PROPOS DE L'AUTEUR

La notoriété de cette passionnée d'histoire médiévale dépasse aujourd'hui largement les frontières américaines. Les romans de Margaret Moore, publiés dans le monde entier, figurent régulièrement parmi les meilleures ventes du prestigieux *USA Today*.

Sous protection royale

Collection : VICTORIA

Titre original :
THE NOTORIOUS KNIGHT

Ce roman a déjà été publié en 2012.

Ce roman est publié avec l'aimable autorisation de HARLEQUIN BOOKS S.A.

© 2007, Margaret Wilkins.
© 2012, 2018, HarperCollins France pour la traduction française.

Tous droits réservés, y compris le droit de reproduction de tout ou partie de l'ouvrage, sous quelque forme que ce soit.

Toute représentation ou reproduction, par quelque procédé que ce soit, constituerait une contrefaçon sanctionnée par les articles 425 et suivants du Code pénal.

Si vous achetez ce livre privé de tout ou partie de sa couverture, nous vous signalons qu'il est en vente irrégulière. Il est considéré comme « invendu » et l'éditeur comme l'auteur n'ont reçu aucun paiement pour ce livre « détérioré ».

Cette œuvre est une œuvre de fiction. Les noms propres, les personnages, les lieux, les intrigues, sont soit le fruit de l'imagination de l'auteur, soit utilisés dans le cadre d'une œuvre de fiction. Toute ressemblance avec des personnes réelles, vivantes ou décédées, des entreprises, des événements ou des lieux, serait une pure coïncidence.

Le visuel de couverture est reproduit avec l'autorisation de :
Femme : © TREVILLION IMAGES/ELISABETH ANSLEY

Réalisation graphique : L. SLAWIG (HARPERCOLLINS France)

Tous droits réservés.

HARPERCOLLINS FRANCE
83-85, boulevard Vincent-Auriol, 75646 PARIS CEDEX 13
Service Lectrices — Tél. : 01 45 82 47 47
www.harlequin.fr
ISBN 978-2-2803-8546-6 — ISSN 2493-013X

MARGARET MOORE

Sous protection royale

Traduit de l'anglais (États-Unis) par
Marie-José Lamorlette

*A la mémoire de Patricia Probert
et Holly Stemmler*

Chapitre 1

Angleterre, 1204

Messire Bayard de Boisbaston leva le bras droit pour arrêter ses hommes, puis se tourna vers son écuyer, désignant d'un ample geste du bras qui fit tinter sa cotte de mailles la construction située de l'autre côté de la vallée boisée.

— Eh bien, Frederic, que pensez-vous du château d'Averette ?

Plissant les paupières, le jeune Frederic de Sere regarda la forteresse de pierre grise bâtie sur la butte en face d'eux et remua nerveusement sur sa selle.

— Il est petit, non ?

— C'est en effet ce que l'on pourrait penser d'après ce que l'on en voit, concéda Bayard, mais tous les châteaux ne sont pas construits en cercle. Il se pourrait que la barbacane et les tours qui font face à la route ne soient que l'extrémité la plus étroite de la forteresse.

Il lui indiqua les tours de chaque côté de la grande porte.

— Les archers ont une bonne vue de la herse et de bons angles pour tirer sur quiconque s'approche de l'entrée.

Il avait également remarqué que les arbres et les buissons avaient été coupés sur les deux bords de la route, laissant une bande d'au moins dix pieds de large à découvert de chaque côté. Aucun ennemi ou bandit ne pouvait prendre des voyageurs en embuscade avant que ceux-ci n'aient le temps de tirer leur épée pour se défendre.

Frederic écarta une mèche châtaine de ses yeux.

— Oui, je vois, messire…

— En route pour Averette ! dit alors Bayard en mettant son cheval au pas.

Le défunt seigneur de l'endroit, qui avait la réputation d'un homme terrible, avait également été, de toute évidence, un homme d'une certaine intelligence, du moins en ce qui concernait ses défenses, songeait Bayard tandis que ses hommes et lui chevauchaient en silence le long de la rivière, en direction d'un village qui semblait prospère.

Ils dépassèrent un bief et le moulin, dont la roue à aubes tournait lentement et régulièrement. Du bétail descendait d'un pré voisin, quelques moutons se dispersèrent lorsqu'ils passèrent devant un pâturage et ils pouvaient entendre des oies et des poules dans les cours des fermes.

Le village lui-même n'était pas très étendu, mais les bâtiments y étaient en bon état et les gens paraissaient solides et bien nourris. Un petit groupe d'enfants sortit en courant d'une allée entre une échoppe de fabricant de chandelles et une auberge dont l'enseigne représentait une tête de cerf, deux chiens jappant sur leurs talons. Sur le seuil de l'auberge une femme à la forte poitrine les regarda passer d'un air avide et calculateur. Elle devait probablement imaginer les bénéfices qu'elle pourrait tirer de ces clients éventuels.

Autour de la place, aux étals, marchands et clients s'interrompaient pour les observer. De même pour les hommes âgés assis sous un grand chêne près de la forge, et pour les femmes et les filles debout près du puits.

Nul doute que les commentaires iraient bon train lorsqu'il serait passé, paria Bayard, habitué à ce que sa prestance aussi bien que la cicatrice qui lui barrait la figure de l'œil droit au menton, alimentent les conversations. Ils se demanderaient où il l'avait récoltée, comment, et par qui. Certains diraient qu'elle abîmait son visage ; d'autres qu'elle lui donnait un air farouche non dépourvu de charme.

Il avait déjà entendu tout cela. Trop souvent.

Assez vite, quelqu'un se souviendrait d'avoir entendu parler du fameux chevalier Bayard de Boisbaston et du surnom qu'on lui avait donné à son arrivée à la cour. Il avait seize ans, alors ; il était gâté et vaniteux, déterminé à se faire un nom.

Il y avait réussi en un sens.

Il jeta un coup d'œil à son écuyer de quinze ans, qui chevauchait à présent avec plus de dignité et regardait droit devant lui comme s'il n'avait pas conscience des coups d'œil intéressés que les femmes lui jetaient.

En réalité, il tirait probablement un immense et orgueilleux plaisir de cette attention. Ignorance et folie de la jeunesse ! Mais il apprendrait un jour, lui aussi, que toute attention n'était pas bonne ni toute femme digne d'être courtisée, et que se frayer un chemin jusqu'à son lit n'était alors pas une si grande victoire.

Un cri d'alarme monta soudain du château.

Les sentinelles étaient donc en alerte. Vu les nouvelles qu'il apportait, Bayard décida qu'il valait mieux en finir au plus vite. Il ordonna à ses hommes de presser leur allure et mit son propre cheval au trot.

Alors qu'ils approchaient des portes du château, un petit garçon surgit de derrière une charrette pleine de paniers vides et traversa la route, courant vers le portail branlant de la barrière comme un faisan levé dans des fourrés.

Poussant un juron sonore, Bayard tira si fort sur sa bride pour éviter l'enfant que Danseur, son destrier, s'assit sur son arrière-train en hennissant. Presque au même moment, une femme apparut dans la cour de la ferme. Elle ouvrit le portail avec une force incroyable et prit le garçonnet dans ses bras avant de retourner dans la cour, fusillant Bayard du regard comme s'il avait délibérément essayé de le renverser.

Il lui rendit son regard furieux, indigné par cette accusation muette. Il n'avait pas fait de mal à l'enfant, et si cela avait été le cas, il n'aurait pas été le fautif. Le petit avait déboulé devant lui sans crier gare.

Il allait le rappeler vertement à cette paysanne lorsqu'il se souvint de sa mission. Il était ici pour offrir de l'aide, pas pour s'attirer l'inimitié des villageois ni des occupants du château, aussi tempéra-t-il sa colère. Pensant que quelques pièces apaiseraient l'irritation et la frayeur causées par l'incident, il mit pied à terre et franchit le portail cassé pour rejoindre la mère et l'enfant.

Le petit garçon, qui ne devait pas avoir plus de six ans, le fixait avec de grands yeux impressionnés tandis que la jeune paysanne continuait à le dévisager de son regard noir.

Elle portait une simple cotte de drap marron et ses cheveux couleur de miel foncé étaient couverts d'un voile de toile. Elle n'était pas d'une grande beauté, et même si elle semblait avoir du caractère — il aimait généralement les femmes dotées de caractère, au moins dans son lit –, il n'appréciait pas ce genre de tempérament quand il était dirigé contre lui.

Un homme robuste, vêtu des habits grossiers d'un paysan, apparut de derrière la maison. Son regard surpris alla de Bayard à Frederic, et aux soldats à cheval sur la route, puis revint à sa femme, comme s'il n'avait jamais vu de noble avec son escorte auparavant.

Ou peut-être se demandait-il pourquoi un chevalier se tenait dans sa cour.

La femme donna le petit garçon à son mari, croisa les bras — révélant du même coup qu'elle avait de très beaux seins – et lui demanda, sans la moindre déférence dans la voix :

— Qu'avez-vous à faire ici, messire chevalier ?

— Qui êtes-vous pour parler à un noble avec cette insolence ? s'écria Frederic.

— Tout doux, mon garçon…, le calma Bayard en lui jetant un coup d'œil par-dessus son épaule.

La femme n'était pas ce qu'elle paraissait être et un peu de circonspection s'imposait. Elle ne s'était pas adressée à lui avec l'intonation doucereuse ou l'accent prononcé d'une paysanne, et son air autoritaire indiquait que malgré sa mise, c'était elle qui commandait ici. Il avait selon toute probabilité affaire à dame Gillian d'Averette en personne.

Il ôta donc son heaume, le cala sous son bras, et s'inclina.

— Salutations, ma dame. Je suis Bayard de Boisbaston et je vous apporte des nouvelles de votre sœur.

Comme il fallait s'y attendre, une lueur de surprise passa dans les yeux verts et brillants de la femme — l'un de ses plus beaux atouts physiques —, mais disparut très vite.

— De quelles nouvelles pourrait-il s'agir ? Et de quelle sœur ? demanda-t-elle d'un ton aussi détaché que si elle rencontrait tous les jours des chevaliers inconnus dans la cour d'un de ses fermiers, alors qu'elle était habillée en paysanne.

Mais après tout, c'était peut-être le cas. Armand l'avait averti que la sœur de sa jeune épousée était assez excentrique, même s'il n'était pas entré dans les détails.

Peut-être avait-elle aussi coutume de discuter de nouvelles importantes à l'extérieur du château, où n'importe qui pouvait les entendre, mais ce n'était pas dans ses manières à lui.

— D'Adelaide, répondit-il. Mais je ne pense pas que ce soit un endroit approprié pour lire la lettre que je vous apporte, ma dame…

Elle pinça les lèvres, l'air contrarié, prête, lui sembla-t-il, à se rebeller.

Par chance, elle ne le fit pas.

— Fort bien, dit-elle en passant devant lui à grandes enjambées, ce qui seyait mal à son statut de châtelaine. Veuillez avoir l'amabilité de me suivre…

Armand aurait pu mentionner que non seulement sa belle-sœur s'habillait comme une paysanne, mais qu'en plus elle donnait des ordres comme une impératrice, marchait comme une marchande irritée et était loin d'être aussi belle que sa sœur Adelaide, même si elle avait un côté piquant et déterminé qui ne manquait pas de charme. Elle ne lui avait pas non plus donné le baiser de bienvenue.

Par Dieu, il avait été mieux reçu par l'homme qui l'avait retenu prisonnier en France ! pensa-t-il en la suivant.

Il s'efforcerait cependant d'ignorer la rudesse de ses manières.

Après tout, il ne s'était pas attendu à être accueilli à bras ouverts, alors si elle n'était pas enchantée par son arrivée, cela n'avait pas grande importance. Armand lui avait demandé d'apporter un message à sa belle-sœur et de rester au château d'Averette pour la protéger, et Bayard avait bien l'intention de le faire.

Quelles nouvelles cet individu arrogant pouvait-il lui apporter d'Adelaide et de la cour du roi ? se demanda Gillian tandis qu'elle se hâtait vers le château. Elle doutait qu'elles soient bonnes en tout cas.

Ses deux sœurs et elle étaient pupilles du roi, qui avait de ce fait tout pouvoir sur elles. Il pouvait les marier selon ses desseins et intérêts, sans la moindre considération pour leur bonheur. Il confiait bien la tutelle de jeunes héritiers à des hommes immoraux qui pillaient leur domaine avant qu'ils ne soient majeurs ! De fait, il n'accordait aucune pensée au bien-être et à la sécurité de ceux dont il était responsable, y compris le peuple d'Angleterre !

Qui pouvait savoir ce qu'il avait pu décider et dans quelle mesure cette décision pouvait l'affecter, elle, ainsi que les gens d'Averette ?

Et pourquoi était-ce un chevalier qui avait été dépêché

pour lui remettre le message de sa sœur ? Si cette dernière était malade, un serviteur aurait aussi bien fait l'affaire.

Se pouvait-il que le roi John ait choisi un époux pour Adelaide, Elisabeth — Lizette, pour ses proches — ou elle-même, et que cet homme soit le fiancé désigné ?

Par Dieu, elle espérait que non ! Pas pour elle en tout cas, pas ce prétentieux hautain qui la considérait avec une condescendance horripilante !

Au fil des années, elle avait rencontré maints hommes de son acabit. Nul doute que ce messire Bayard s'attendait à l'impressionner par son rang, son port et sa belle allure. Car il était beau, il fallait bien l'admettre, malgré la cicatrice qui lui allait du coin de l'œil au menton, mais elle n'était pas une fille sotte et frivole à s'en laisser conter.

Une fois seulement, elle avait connu un chevalier généreux, aimable, humble et qui s'était plus intéressé à elle qu'à ses sœurs.

Mais c'était il y avait des années, et depuis James d'Ardenay était mort.

Elle jeta un nouveau coup d'œil au chevalier. Que voyait-il autour de lui ? Des dîmes et des revenus à percevoir ? Des paysans supposés être prêts à se battre et à mourir pour la cause de leur suzerain ?

Elle, ce qu'elle voyait, c'était ses terres et des gens qui peinaient pour garder le domaine prospère et sûr, même en ces périodes de troubles. Elle voyait des hommes et des femmes avec des noms, des visages, des familles, des espoirs et des rêves — comme le jeune Davy qui en savait plus que n'importe qui sur l'histoire du village et de ses habitants. Le vieux Davy, lui, était comme un grand-père pour Gillian, et la femme du vieillard, bien plus que sa propre mère faible et maladive, lui avait été une précieuse présence maternelle.

Elle connaissait le meunier et le boulanger, leurs querelles incessantes, Sam et Peg, à la taverne, et le fabricant de chandelles, un homme morose qui disait à peine trois mots quand on lui parlait.

Elle voyait encore des gens comme Hale, le faucheur, père du petit Teddy que ce messire Bayard avait presque renversé, supposant sans doute dans sa morgue qu'une somme d'argent aurait été une compensation suffisante si l'enfant avait été blessé.

Autour d'elle, chacun était unique, certains plus estimables que d'autres, mais tous sans distinction étaient sous sa protection, tout comme sa maisonnée, le château et le domaine.

Et elle les protégerait. Jusqu'à son dernier souffle s'il le fallait.

Alors qu'ils s'approchaient de la barbacane, dix soldats de la garnison sortirent au petit trot et bloquèrent l'entrée, leurs lances pointées en avant comme un mur hérissé de piques. La herse avait été abaissée et les portes intérieures fermées. Bayard avisa plusieurs archers alignés sur les murailles. Il ne s'attendait pas à plus agréable accueil.

— Vos hommes sont bien entraînés, observa-t-il dans une tentative de parvenir à une sorte de trêve, alors que la dame et lui s'arrêtaient devant l'entrée du château.

Elle n'aurait pas pu paraître plus fière à cette remarque si elle les avait entraînés elle-même.

— Oui, répondit-elle.

Puis elle annonça d'une voix claire et forte aux soldats :

— Tout va bien !

L'expression qui se peignit sur le visage des hommes d'armes était la preuve que, si leur dame ne voyait pas de danger immédiat, eux restaient néanmoins prêts à se battre.

La herse commença à se relever et les soldats firent volte-face, de façon à s'aligner le long de la route. Bayard se plaça à la hauteur de dame Gillian, et ils franchirent ensemble la grande poterne, puis traversèrent la cour extérieure qui contenait un terrain d'exercice, un jardin, une forge et un pigeonnier rond en pierre. Il avait eu raison à propos de la portion de murailles visible de la route : elle n'indiquait en effet pas la véritable taille de la forteresse. Le château avait été construit en forme de goutte d'eau ; la barbacane et la poterne n'en représentaient que l'extrémité pointue.

Ils entrèrent dans la cour intérieure par d'épaisses portes en chêne bardées de fer. Bayard estima que le château datait seulement des cinquante dernières années, tandis que le donjon rond était bien plus ancien. A en juger par les marques noires sous certaines des meurtrières, il avait été incendié plus d'une fois. Qu'il soit encore debout attestait l'habileté de ceux qui l'avaient construit et la qualité de leur mortier.

Les bâtiments principaux, à l'intérieur de la courtine, comprenaient la grand-salle, à laquelle la cuisine était reliée par un couloir, la chapelle, des resserres et des écuries. La construction haute d'un étage, à l'ouest, abritait probablement les appartements de la famille et peut-être des chambres pour leurs hôtes de marque. Si ce n'était pas le cas… eh bien… Frederic et lui coucheraient dans la grand-salle avec les soldats et les serviteurs masculins.

On ne voyait pas de piles de barriques, de tonnelets

ou de paniers à l'extérieur des bâtiments ; pas de chariots endommagés non plus, ou d'autres articles relégués dans un coin en attendant d'être réparés. De fait, la cour était presque trop nette et il ne sentait qu'une très légère odeur de fumier venant des écuries, ce qui indiquait qu'elles étaient souvent nettoyées.

Cet ordre et cette propreté étaient assez impressionnants, et contrastaient de manière assez déconcertante avec le silence et l'absence de serviteurs visibles. Pas une seule personne ne regardait par une croisée ou une porte, bien que leur arrivée n'ait guère été discrète. Ou bien les serviteurs de ce lieu étaient les moins curieux qu'il ait jamais rencontrés, ou bien cette dame Gillian gouvernait son château d'une main de fer.

La moitié des archers présents sur la courtine étaient maintenant tournés vers l'intérieur, leurs flèches en place pointées sur la cour pavée. D'autres soldats étaient alignés le long des murs et au centre se tenait un grand homme au torse large, vêtu d'une armure, la tête nue. Son expression était sévère, son visage rasé, ses cheveux noirs striés de gris, et il faisait face aux portes comme s'il se préparait à repousser tout seul une attaque.

Le commandant de la garnison, supposa Bayard.

— Ma dame, salua l'homme avec un accent écossais, tout en jaugeant Bayard du regard.

Un Ecossais ? Voilà qui était intéressant... Bayard avait acquis un grand respect pour les Ecossais durant les combats qu'il avait menés en France, alors que John essayait de regagner ses possessions perdues.

— Messire Bayard de Boisbaston, voici Iain Mac Kendren, le commandant de la garnison responsable de mes troupes bien entraînées, dit alors dame Gillian avec une légère esquisse de sourire.

Elle semblait apprécier le soldat, ce qui était également intéressant à noter. Bien des dames traitaient les hommes qui les protégeaient guère mieux que des chiens.

— Je suis honoré, dit Bayard.

En guise de réponse, l'Ecossais souffla d'un air dédaigneux, une autre réaction à laquelle Bayard n'était pas habitué.

— Il apporte des nouvelles de dame Adelaide, ajouta dame Gillian, tandis que Bayard luttait pour contrôler son irritation croissante.

Armand aurait pu également l'avertir au sujet du commandant de la garnison !

Mac Kendren haussa un sourcil broussailleux.

— Vraiment ?

— Oui, dit Bayard, ne pouvant s'empêcher de laisser percer dans son ton le déplaisir qu'il ressentait à être traité d'une manière aussi insolente.

— Votre commandant de garnison doit être loué pour continuer à exercer une telle responsabilité malgré sa mauvaise vue, ma dame…

— Mes yeux vont parfaitement bien ! se défendit l'Ecossais en se rembrunissant.

A son tour, Bayard haussa un sourcil.

— Je pensais que tel n'était pas le cas, vu la rouille sur le bas de votre haubert…

Iain baissa les yeux, imité par la dame. Et Bayard s'autorisa un petit sourire de satisfaction quand l'Ecossais devint cramoisi : il y avait bien trois taches de rouille sur la partie inférieure de sa cotte de mailles.

Ce premier point marqué, le regard sombre de Bayard exprima un amusement accru et une pointe de défi.
— Je constate aussi, ma dame, que nous n'avons pas encore échangé le baiser de bienvenue.

Chapitre 2

Bayard ne fut pas vraiment surpris lorsque Gillian marcha hardiment sur lui, se mit sur la pointe des pieds et l'embrassa cordialement sur les deux joues, en réponse à sa remontrance.

Une vive rougeur colorait ses pommettes quand elle recula.

— Quel enthousiasme ! dit-il. Il se peut que je sois ravi d'avoir été envoyé à Averette, finalement !

Alors que la rougeur de la jeune femme s'accentuait et qu'il soutenait son regard, la porte de la grand-salle s'ouvrit et un homme portant une longue tunique qui frôlait le sol apparut. Il était de son âge à peu près et aurait pu être prêtre, sauf qu'il n'avait pas de tonsure et que le regard qu'il lança à la maîtresse des lieux n'était pas vraiment chaste.

Voilà qui était intéressant aussi… Entre les baisers pleins d'ardeur de la dame et l'affection évidente que lui portait le nouvel arrivant, peut-être sa première impression était-elle erronée. Il avait supposé que la châtelaine d'Averette était le genre de noble dame à faire une bonne nonne.

Mais cela n'avait pas d'importance non plus. Il était

ici à la demande de son frère et pour un propos sérieux, pas pour s'amuser avec de jeunes dames qui semblaient prendre un malin plaisir à le défier.

— Messire Bayard de Boisbaston, voici Dunstan de Corley, l'intendant d'Averette, dit-elle en lui présentant le jeune homme. Dunstan, messire Bayard apporte des nouvelles d'Adelaide. Veuillez nous suivre dans la chambre de jour.

Elle se dirigea vers la grand-salle, puis s'arrêta sur les marches et se tourna vers la cour.

— Iain…, appela-t-elle. J'aimerais que vous veniez aussi.

L'Ecossais les rejoignit et dame Gillian les conduisit à travers la pièce, également vide de serviteurs. Leurs pas étaient étouffés par les jonchées propres et parfumées aux herbes qui couvraient le sol. Des chiens se mirent sur leurs pattes à leur passage, aussi sinistres et méfiants que les soldats dans la cour.

L'un d'eux se mit à gronder ; Gillian le fit taire d'un ordre bref.

Finalement, Bayard aperçut une servante. Une jeune fille rousse, avec des taches de son, passa la tête par la porte qui menait dans la cuisine. Lorsqu'elle se rendit compte qu'il l'avait vue, elle disparut. Peut-être était-elle simplement timide, mais pour ce qu'il en avait vu jusque-là, il commençait à penser que la maisonnée de dame Gillian n'était pas un endroit très gai.

Au fond de la grand-salle, ils passèrent derrière un paravent qui cachait une porte, puis gravirent quelques marches menant à un passage de bois étroit et couvert situé à une quinzaine de pieds au-dessus du sol et qui allait de la grand-salle au donjon.

Il suffisait d'y mettre le feu, nota Bayard, pour rendre la porte du donjon impossible à atteindre, sauf avec des échelles, à supposer que l'on veuille risquer une grêle de flèches, de pierres ou d'eau bouillante. S'il y avait un puits et de la nourriture dans le donjon, ce dont il ne doutait pas, les gens du château pourraient tenir des semaines en cas d'attaque ou de siège.

Gillian déverrouilla la porte extérieure, puis attendit que ses compagnons entrent dans l'édifice.

Une fois à l'intérieur, Bayard inspecta les murs de pierre grise. Un escalier en colimaçon montait à l'étage et un autre descendait, conduisant probablement aux pièces qui servaient d'entrepôt et aux cachots pour les prisonniers.

Comme celui dans lequel Armand avait été retenu captif pendant des mois, alors que lui-même avait été traité plus comme un hôte que comme un prisonnier par le duc d'Ormonde.

La pièce dans laquelle Gillian les guida n'était pas précisément une chambre, car il n'y avait pas de lit ni quoi que ce soit d'autre indiquant qu'il s'agissait d'un lieu privé. Peut-être parce qu'elle était isolée du reste du château, elle semblait plutôt avoir été transformée en chambre de comptes et devait contenir le trésor du domaine, comme le prouvait un lourd coffre de bois bardé de fer et doté d'une solide serrure.

Le soleil éclairait le dessus d'une table sous une croisée en arcade. Un chandelier sur pied contenant les restes d'une bougie se trouvait sur la droite et quelques bouts de plumes étaient éparpillés sur la table, comme si quelqu'un avait rangé en vitesse. Un fauteuil se dressait près de la table, son coussin étant la seule concession au confort.

Une sorte de buffet qui abritait des livres de comptes et autres rouleaux se trouvait en face de la porte.

Bayard glissa une main dans sa ceinture et sortit la missive qu'Armand lui avait confiée.

Cachant sa nervosité, Gillian prit le rouleau de parchemin et alla à la fenêtre, se raidissant intérieurement, craignant que son visage ne trahisse trop d'émotion si, comme elle s'y préparait, la lettre annonçait une mauvaise nouvelle.

Elle brisa le cachet de cire bleue et se mit à lire.

Adelaide espérait que tout le monde à Averette allait bien. Elle était très heureuse, écrivait-elle, mais expliquerait pourquoi plus loin. D'abord, elle devait avertir sa sœur.

Gillian découvrit ainsi qu'Adelaide avait contribué à étouffer un complot contre le roi qui aurait pu conduire à la rébellion et à la guerre civile. Hélas, l'un des conspirateurs s'était échappé et elle craignait que ses sœurs ne soient en danger. Elle avait écrit à Lizette aussi, lui demandant de rentrer immédiatement à Averette.

Messire Bayard de Boisbaston, à qui elle avait confié ce message, expliquait-elle encore, était un chevalier aguerri et un champion de tournoi qui était rentré récemment de la campagne du roi en Normandie. Il resterait à Averette jusqu'à ce que tous les traîtres soient capturés, emprisonnés ou tués.

Gillian coula une œillade peu amène vers messire Bayard qui se tenait debout, les mains dans le dos, et les considérait calmement comme un héros conquérant qu'ils devaient être heureux de servir.

S'il s'imaginait qu'il allait commander à sa place, chez elle et parmi ses gens, il se trompait lourdement !

Elle serra la missive plus fortement et lut plus vite.

Ce chevalier était le demi-frère du seigneur Armand de Boisbaston, continuait Adelaide, le meilleur homme du monde, le plus raffiné, le plus honorable et le plus courageux. Et... son époux.

Adelaide *mariée* ?

Gillian, atterrée, fixa les mots écrits sur le parchemin. Cela ne se pouvait pas ! Cela ne se pouvait tout simplement pas !

Adelaide ne laisserait jamais un homme la gouverner et la traiter comme son bien, sans droits ni liberté de parole dans quoi que ce soit. Lizette romprait peut-être leur serment, mais pas Adelaide, qui avait elle-même proposé qu'elles fassent toutes trois le vœu de ne jamais prendre époux, et fait ressortir toutes les raisons pour lesquelles une femme ne devrait pas se marier.

« Armand a accepté qu'Averette reste ta demeure et ta responsabilité. Il possède ses propres domaines dans le nord et dit qu'ils sont plus que suffisants pour lui. Vraiment, Gillian, c'est le meilleur des hommes. »

Gillian n'en croyait pas un mot. Elle connaissait la force d'une toquade pour un homme, le pouvoir de l'amour, et Adelaide semblait complètement éprise de son époux. Aveuglée par conséquent... Il se pouvait que ce seigneur Armand de Boisbaston prenne simplement son temps avant de fondre sur Averette tel un vautour — à plus forte raison si son demi-frère était déjà en place pour le soutenir.

Les traits inquiets, Dunstan s'approcha.

— Qu'y a-t-il ? Adelaide est-elle souffrante ?

Elle secoua la tête.

— Non, elle va bien.

Du moins, elle n'était pas souffrante comme il l'entendait. Malade d'amour, peut-être...

Un doute subsistait cependant dans son esprit : si l'impensable était vrai, si Adelaide s'était mariée, ne serait-elle pas venue le leur dire en personne ? Elle n'aurait pas envoyé un étranger le faire à sa place !

Elle tendit la lettre à Dunstan.

— Pensez-vous que ceci ait vraiment été écrit par ma sœur ?

— On dirait bien l'écriture d'Adelaide, murmura-t-il en se mettant à lire.

Elle perçut l'instant où il voyait à son tour la chose qui l'avait le plus choquée.

— Elle est *mariée* ?

Il regarda fixement messire Bayard.

— A votre frère ?

— Mon demi-frère.

Demi ou entier, quelle importance ? se demanda Gillian.

— Qui est mariée ? s'enquit Iain.

Messire Bayard crispa les mâchoires avant de répondre, mais lorsqu'il parla sa voix était calme.

— Dame Adelaide a épousé récemment mon demi-frère, le seigneur Armand de Boisbaston, un chevalier du royaume.

— Quand ? Comment ?

— Voilà quatre jours et de la façon habituelle, je suppose. Je n'ai pas assisté moi-même aux noces, étant juste rentré de France, mais je vous assure qu'ils sont mariés et très amoureux — à tel point qu'Armand a renoncé à tous ses droits sur Averette pour complaire à son épouse.

Une chose qu'il ne pouvait visiblement pas concevoir, à en juger par son ton, et Gillian non plus d'ailleurs.

— Qui a jamais entendu parler d'un seigneur refusant plus de terres ? demanda-t-elle.

— Quoi que vous ou moi puissions en penser, c'est l'accord qu'il a conclu avec sa femme, répondit Bayard. En tant qu'homme d'honneur, il s'y tiendra. Et je vous donne *ma parole* de chevalier du royaume que cette missive est bien de votre sœur et que vous êtes bel et bien en danger.

— En danger ? répéta Iain. Quel danger ?

Gillian lui relata alors rapidement ce que sa sœur disait d'une conspiration, ajoutant que messire Bayard devait rester à Averette, une nouvelle qui contrariait visiblement Dunstan et Iain autant qu'elle-même.

— Pour combien de temps ? demanda Iain.

— Jusqu'à ce que mon frère et son épouse jugent sûr que je m'en aille.

— Et je n'ai pas mon mot à dire dans cette affaire, apparemment ?

— Soyez assurée, ma dame, que c'est vous qui commanderez toujours Averette, répondit Bayard. Je dois vous fournir les conseils et l'assistance dont vous pourriez avoir besoin, rien de plus.

— Nous sommes plus que capables de nous défendre nous-mêmes, intervint Dunstan, la main sur le pommeau de l'épée qu'il n'avait jamais maniée que sur le champ d'exercice.

Messire Bayard haussa un sourcil et croisa ses bras puissants.

— Vous avez déjà commandé des hommes dans une bataille ? Ou lors d'un siège ?

Iain rejeta les épaules en arrière.

— Je me battais bien avant que vous n'ayez quitté le sein de votre mère !

— Ce n'est pas ce que j'ai demandé, rétorqua Bayard. Avez-vous commandé dans une bataille, ou au cours d'un siège ?

La réponse d'Iain fut un silence pesant. Il avait combattu, Gillian le savait, mais sa nomination comme commandant de la garnison était récente. Elle avait été décidée par son père peu avant qu'il ne meure d'apoplexie pendant une de ses diatribes d'ivrogne sur le fait qu'il n'avait pas de fils, que Dieu l'avait maudit en ne lui donnant que des filles sans utilité.

Dunstan, lui, n'avait aucune expérience des combats. Ses talents étaient l'arithmétique et la bonne tenue des comptes.

— Les ennemis que nous serions susceptibles d'affronter sont des hommes déterminés, expliqua alors Bayard à Gillian. Et à moins que vous ne placiez votre fierté au-dessus de la sécurité de vos gens, je pense que vous ne pouvez faire l'économie de l'aide que je puis vous fournir.

Si cette lettre disait vrai ? Si ces ennemis dont parlaient Adelaide étaient des gens dangereux et implacables, prêts à venir jusqu'à Averette pour se venger ? Elle avait pleine confiance dans les capacités d'Iain, mais elle serait sotte de refuser l'appui d'un chevalier expérimenté.

— Fort bien, messire, vous et vos soldats pouvez rester, dit-elle, levant la main pour faire taire les protestations d'Iain et de Dunstan, bien que je sois convaincue qu'Iain et mes hommes sont parfaitement capables de nous défendre contre n'importe quelle force ennemie.

Toutefois, je vais écrire à ma sœur pour qu'elle me confirme que vous êtes bien ce que vous prétendez être et que ce que m'annonce cette lettre est vrai. Maintenant que vous m'avez remis ce message, messire, vous pouvez aller vous restaurer et vous rafraîchir dans la grand-salle.

Le léger froncement de sourcils de Bayard lui indiqua qu'il comprenait qu'il était congédié. Néanmoins, sa voix ne trahit aucune colère lorsqu'il la salua.

— A plus tard, donc, ma dame.

— Hospitalité ou non, nous devrions faire repasser les portes sur-le-champ à cet arrogant individu ! déclara Iain dès que la porte se referma sur le chevalier.

— Cet homme devrait quitter Averette aujourd'hui ! renchérit Dunstan. Quelle impertinence !

Gillian les regarda l'un et l'autre, appréciant leur loyauté et leur sollicitude, sans toutefois perdre de vue qu'Averette et ses gens étaient *sa* responsabilité.

— Et s'il m'est vraiment apparenté par le mariage d'Adelaide ? demanda-t-elle. Jusqu'à ce que nous en ayons confirmation, nous devons le traiter comme un hôte. Et s'il s'avère un ennemi, il sera plus sage de le garder ici, où nous pouvons le surveiller.

— Oui, c'est un fait, concéda Iain.

— Mais s'il est un espion qui essaie de découvrir les forces et les faiblesses de notre garnison ? demanda Dunstan.

Gillian n'y avait pas pensé et cette éventualité la mit mal à l'aise.

— Averette n'a pas de faiblesses.

— Il y a *toujours* une faiblesse, ma dame, dit Iain, quels que soient nos efforts pour entraîner les hommes ou renforcer les murs…

Elle savait qu'il avait raison, mais la lettre de sa sœur et son devoir de châtelaine l'empêchaient d'ordonner à messire Bayard de partir. Il était assez probable que la missive soit authentique et que ce chevalier ait bien été envoyé par sa sœur pour les aider. Elle ne voulait pas courir le risque d'offenser un noble qui lui était apparenté ou de refuser son aide si Averette était en danger.

Mais elle ne voulait pas non plus laisser un espion potentiel se promener à sa guise sur le domaine.

— Ses hommes et lui resteront, décida-t-elle, et seront *apparemment* considérés comme des hôtes honorés. Dites aux serviteurs et aux soldats de traiter messire Bayard, son écuyer et ses hommes avec la plus grande courtoisie jusqu'à nouvel ordre. Toutefois, ils ne devront pas quitter les confins du château. Si messire Bayard ou ses soldats protestent, envoyez-les-moi.

Elle marqua une pause, réfléchissant à la meilleure stratégie.

— Iain, postez la moitié de la garnison dans le village afin de dissimuler notre véritable force, et procédez désormais à l'entraînement des hommes dans les prairies les plus éloignées. Je veux aussi que vous disiez à tout soldat ou tout serviteur qui verrait la moindre conduite suspecte, de nous en informer immédiatement.

Elle alla au buffet et prit une feuille de parchemin vierge.

— Quant à moi, je vais écrire à Adelaide, lui demandant de confirmer les informations que nous avons reçues. Je glisserai dans ma lettre quelques questions auxquelles elle seule pourra répondre. Ainsi, nous saurons si sa missive est un faux ou si la mienne a été interceptée.

— Sage idée, ma dame, approuva Dunstan.

— Jusqu'à ce que nous soyons certains que ce que dit cette lettre est vrai, ajouta-t-elle, se tournant pour attraper un encrier en terre et une plume, nous tiendrons à l'œil messire Bayard de Boisbaston et ses hommes.

— Oui, ma dame, dit Dunstan.

— Oui, répéta Iain d'un air sombre.

— Eh bien, quel est donc votre nom ? demanda coquettement Peg au marchand de vin dont le chariot de barils et de tonnelets était arrêté devant son auberge, plus tard ce jour-là.

L'homme était visiblement aisé, à en juger par ses habits, mais il était également mince, jeune et séduisant — autant de qualités qui la rendaient avide d'offrir sa compagnie et ses talents. Il essayait de se faire pousser la barbe et elle n'aimait pas les barbes, mais elle voulait bien faire une exception, si le prix était correct.

Dans la taverne, se trouvaient également plusieurs fermiers et villageois qui buvaient à la fin d'une journée de travail passée à faire les moissons et à s'occuper du bétail. Ils aimaient parler du temps, discuter du rendement des récoltes et parfois du roi John et de ses lois. La plupart d'entre eux avaient leur place attitrée, comme Geoffrey, le meunier, assis près des tonneaux, Felton, le boulanger, son ennemi de toujours, installé sur un banc à l'autre bout de la salle au plafond bas, et le vieux Davy et son auditoire près du feu.

— Je suis Charles de Fénelon, répondit le marchand avec un sourire aimable. De Londres.

— Vraiment ? fit Peg en se penchant pour lui donner une bonne vue de ses seins. Vous en venez, ou vous y allez ?

— Je retourne à Londres en revenant de Bristol. Et j'espérais vendre un peu de mon vin au château, pour tout vous dire. Est-il facile de rencontrer l'intendant ?

Un cruchon de cervoise sur la hanche, Peg se balança d'un côté et de l'autre en mordillant le bout d'une mèche de cheveux.

— Dunstan de Corley vient tout le temps au village. Je pourrai vous présenter, si vous voulez.

— Je vous le revaudrai, dit Charles en tapotant la bourse accrochée à sa ceinture. Quel est votre nom ?

A la vue de cette bourse, qui paraissait bien remplie, elle lui décocha un sourire encore plus large.

— Peg.

— Peg…, répéta-t-il, prononçant son nom comme s'il était une promesse en lui-même tout en l'attirant sur ses genoux.

Peg jeta par-dessus son épaule un coup d'œil au grand costaud qui manipulait un énorme tonneau.

— Votre mari ? demanda Charles, en songeant que ses appétits ne valaient peut-être pas une rixe.

— Pas encore, répondit Peg avec un gloussement, en lui passant les bras autour du cou. En outre, Sam n'y voit pas d'inconvénient. Plus je gagne, plus vite nous pourrons nous marier.

— Je vois…, murmura Charles en lui taquinant le cou.

Puis il revint au sujet qui l'intéressait surtout.

— L'intendant du château est-il dur en affaires ?

Peg gloussa de nouveau.

— Pour être dur, il peut l'être !

— Ce n'est pas ce que je voulais dire.

Elle fit la moue, vexée qu'il n'apprécie pas sa plaisanterie.

— C'est un garçon intelligent, mais ce n'est pas lui qui décide à la fin. C'est la dame.
— Dame Adelaide ?
— Non, pas elle. Elle est à la cour. Sa sœur, dame Gillian, et elle est encore plus coriace que Dunstan, je peux vous le dire ! Mais ils auront besoin de plus de vin, ces jours-ci. Un chevalier vient d'arriver avec ses hommes et il paraît qu'ils vont rester quelque temps.

Le marchand de vin haussa les sourcils avec intérêt.
— Un prétendant pour la dame ? Il leur faudra peut-être du vin pour des noces, alors.
— Je lui souhaite bonne chance, si c'est son plan ! répondit Peg en rejetant ses cheveux en arrière. Dame Gillian va l'envoyer faire ses bagages, c'est sûr, comme sa sœur l'a fait avant elle. Elles n'aiment pas beaucoup les hommes, ces dames-là. Pour moi, ce n'est pas naturel.

Elle s'humecta les lèvres, pointant sa langue d'une manière suggestive.
— Vous n'êtes pas d'accord ?
— Si fait, répondit Charles. J'ai entendu dire que dame Adelaide est d'une grande beauté. Sa sœur l'est-elle aussi ?
— Grands dieux, non ! répondit Peg avec un éclat de rire. A côté de ses sœurs... elle est aussi laide qu'un hérisson !

Elle se tortilla d'une façon très prometteuse.
— Allez-vous prendre un peu de ce que nous avons à offrir, sieur de Fénelon ? demanda-t-elle, en signifiant clairement qu'elle ne pensait pas à de la boisson.
— Certainement !

Et il bougea pour lui faire sentir l'effet qu'elle produisait sur lui, tandis que sa main glissait vers sa poitrine.
— Mais je prendrai d'abord de la cervoise...

— Pas de vin ?

— La cervoise est moins chère.

— De la cervoise maintenant, et autre chose après... pour deux pennies en argent, dit-elle en se penchant par-dessus son bras pour remplir sa chope, pressant ses seins contre lui pendant qu'il la caressait hardiment.

« Tudieu ! pensa Charles. Je pourrais avoir tout ce que je voudrais à Londres pour deux fois moins. »

— C'est cher, dit-il.

Le sourire de Peg s'élargit, montrant de jolies dents blanches, et elle se tortilla un peu plus.

— Peut-être, mais je le vaux !

Il glissa une main dans son corsage tout en jetant un coup d'œil discret au grand bonhomme toujours debout près du tonneau. Le rustre souriait jusqu'aux oreilles, l'air aussi content que si sa future femme lui avait donné un sac d'or.

— Fort bien. Et qui est ce chevalier en visite ?

— Un beau gars, malgré la cicatrice qu'il a sur le visage. Bayard quelque chose.

— Bayard de Boisbaston ? demanda Charles d'un ton plus vif.

— Pourquoi ? Qu'est-ce que ça peut faire s'il est ce Bayard je-ne-sais-quoi ? Qu'a-t-il fait ?

Charles secoua la tête et prit une mine sombre.

— Votre dame ferait bien d'être prudente, si ce que j'ai entendu dire de lui est vrai. A la cour, les femmes l'appellent « l'amant bohémien », parce qu'il va paraît-il de lit en lit en volant les cœurs comme ces vagabonds qui prétendent dire la bonne aventure. Il aurait eu au moins cinquante maîtresses et ce, juste parmi les épouses et les filles des courtisans.

— *Cinquante ?* répéta Peg en ouvrant de grands yeux stupéfaits. Comment se fait-il qu'il n'ait pas été tué par un mari ou un père ?

— Parce que personne n'ose le défier. Il a gagné tous les tournois auxquels il a participé, et l'on dit qu'il est si farouche quand il se bat que le diable lui-même fuirait sa lame. Mais il ne s'en sert pas toujours. L'an dernier, il avait la charge d'un château en Normandie et s'est rendu au bout de trois jours seulement. Il a été capturé par le duc d'Ormonde, dont l'épouse est réputée pour sa grande beauté. Certains à la cour chuchotent qu'il s'est rendu juste pour avoir l'occasion de la séduire — ce qu'il a fait d'ailleurs.

— Il a livré un château juste pour pouvoir séduire une femme ?

Le marchand de vin hocha la tête.

— C'est ce qu'on dit, et maintenant il est ici...

— S'il a de mauvaises intentions à l'égard de dame Gillian, elle le remettra vite à sa place ! intervint le jeune Davy d'une voix ferme, en tendant à son grand-père un morceau de pain bis pour accompagner sa cervoise et son fromage. Elle est aussi farouche que le diable, elle aussi.

— Blasphème ! marmonna le fabricant de chandelles dans son coin.

— Vous, les femmes, vous pensez toujours au mariage, continua le jeune Davy. Vous l'aviez déjà mariée à James d'Ardenay alors que le pauvre garçon n'était là que depuis huit jours.

— C'est peut-être ce qu'elle aurait fait s'il n'était pas mort, rétorqua Peg.

— Nous n'aurions plus à nous inquiéter si elle prenait

un époux, en tout cas, commenta Felton de sa place près de la porte.

— Vous voudriez qu'elle prenne le premier homme qui la demande en mariage ? s'indigna le meunier à l'autre bout de la salle, aussi loin de son ennemi que possible. Vous voudriez que n'importe lequel de ces sots qui sont venus la courtiser devienne le nouveau seigneur d'Averette ? Pas moi. Dieu nous garde de ces idiots arrogants !

— Elle ne veut probablement pas se marier à cause de son père, commenta le vieux Davy du coin de la cheminée. C'était un vilain homme, cruel et vicieux. Il aurait fait penser à n'importe quelle femme que la mort valait mieux que le mariage.

Charles de Fénelon bougea de nouveau, cette fois avec impatience.

— Peut-être que si tout ce que vous voulez faire est parler de la dame, je devrais me retirer...

Peg bondit alors sur ses pieds et le prit par la main pour le conduire à l'étage, où se situaient les chambres et où elle exerçait son autre commerce.

— Ne soyez pas fâché, Charlie. Nous devons nous soucier de ce qui se passe au château, comme vous devez vous soucier des taxes du roi. Dame Gillian est une femme bonne, même si elle est châtelaine, alors personne ne veut qu'il ne lui arrive du mal.

Le vieux Davy regarda anxieusement les autres lorsque Peg et le marchand eurent disparu dans l'escalier.

— Vous pensez qu'il y a du vrai dans ce que ce bougre d'homme a dit ?

— Rien du tout, affirma son petit-fils. Dame Gillian est trop honorable et trop intelligente pour être dupée par un chevalier aux paroles de miel, quelle que soit sa belle apparence. Rappelez-vous ce chevalier qui est venu un jour, messire Watersticks ou je-ne-sais-quoi. Est-ce qu'elle ne l'a pas mouché assez vite ?

Les autres clients gloussèrent et hochèrent la tête à ce souvenir.

— Elle lui a enflammé les cheveux ! dit le vieux Davy en riant. Elle a dû prétendre que c'était un accident, bien sûr, mais je gage que ses cheveux ont dû mettre un an à repousser. Et, oh, ce qu'il a juré !

— Ah, l'amour ! C'est une grande chose, dit le meunier avec un sourire sarcastique à l'intention du boulanger.

Puis il se mit à chanter une ballade sur un amour perdu, tandis que l'autre reposait bruyamment sa chope sur la table et sortait en trombe de la taverne.

Chapitre 3

S'efforçant de contenir sa frustration, Bayard jeta son heaume sur le grand lit à baldaquin ceint de draperies, dans la chambre extrêmement soignée où un serviteur l'avait conduit lorsqu'il était sorti de la chambre de jour. Des rideaux de toile occultaient la croisée et un coffre de bois vert et bleu occupait le coin de la pièce, en face du lit. Il y avait une palette pour son écuyer, une table avec un pichet et une cuvette, et quantité de linge propre. Le sol avait été balayé récemment et tout paraissait remarquablement exempt de poussière.

C'était un progrès notable par rapport aux logements qu'ils avaient trouvés sur la route, exigus en général et d'une propreté douteuse, sauf qu'à Averette, au lieu d'être accueilli avec le respect qu'il était en droit d'attendre, il avait été reçu avec méfiance et dédain.

Même si sa raison lui disait que dame Gillian faisait bien de se montrer soupçonneuse, car l'époque était dangereuse et John le moins digne de confiance des rois, il ne pouvait réprimer l'irritation et le dépit que lui causait son accueil.

Quant au commandant de la garnison, il n'aurait pu se montrer plus suspicieux vis-à-vis de lui que s'il avait été Philippe de France en personne ! Sans parler de l'intendant…

Il se demanda si dame Gillian avait idée qu'il était amoureux d'elle. Elle était noble, pupille du roi, et lui un roturier sans titre, mais un mariage entre eux n'était pas complètement impossible. John avait besoin d'argent pour monter une autre campagne afin de regagner ses possessions perdues en France — de beaucoup d'argent. Il accepterait volontiers paiements et pots-de-vin qui lui permettraient de le faire, même de la part de roturiers, en échange de la main d'une noble dame.

Cependant, rien ne lui disait que la jeune châtelaine répondait aux sentiments de son intendant. Il ne les avait pas vus échanger de regards intimes, ou de signes de connivence d'ordre privé. La tendre sollicitude était uniquement dans les yeux de Dunstan.

Nul doute qu'elle était trop déterminée à gouverner son domaine pour tomber amoureuse, car il était très clair que c'était elle et elle seule qui commandait à Averette.

Les seules autres femmes dont il avait entendu dire qu'elles contrôlaient un domaine étaient des veuves et, même alors, leur état ne durait pas longtemps. La plupart se pressaient de retrouver un époux. Mais il n'avait jamais entendu parler d'une jeune femme comme dame Gillian, qui s'habillait en paysanne tout en étant aussi arrogante et sûre d'elle que n'importe quel homme qu'il avait rencontré. Et si obstinée !

Secouant la tête, Bayard passa le doigt sur la table à côté du lit. Il n'y avait pas plus de poussière que sur le chandelier en bronze et la bougie à la cire d'abeille.

La porte heurta soudain le mur avec force, annonçant l'arrivée de son écuyer. Frederic portait sur son épaule la sacoche en cuir qui contenait leurs vêtements. Avec un soupir fatigué, il la fit tomber sur le lit à côté du heaume de Bayard.

— J'ignorais que quelques articles de drap et de toile seraient si épuisants à transporter, Frederic, ironisa-t-il. Vous devriez peut-être vous allonger.

Souriant largement, car il s'habituait au sens de l'humour de son maître, Frederic appuya sur la palette, faisant craquer les cordes.

— Je le ferai, si vous pensez que cette couchette me soutiendra.

— Si elle ne le fait pas, essayez de ne pas me réveiller quand vous atterrirez par terre. Mais avant de faire une sieste ou de déballer nos vêtements, sortez-moi de mon haubert...

Il fallut un moment pour ôter le surcot et faire passer la lourde cotte de mailles par-dessus la tête de Bayard.

Lorsque Frederic l'eut aidé à les quitter, Bayard étira les bras au-dessus de sa tête. Il détacha ses jambières et les donna au jeune homme pour les ranger, puis se débarrassa de son justaucorps matelassé et le lui tendit aussi.

Seulement vêtu de sa chemise ample, de ses chausses et de ses bottes, il entreprit de se laver. Un morceau de savon parfumé à la lavande était posé à côté du linge, et le pichet était plein d'eau. Il en remplit à moitié la cuvette, passa une main sur son visage et décida qu'il n'avait pas besoin de se raser jusqu'au lendemain.

— Avez-vous vu cette jolie servante ? demanda Frederic en refermant le couvercle du coffre. Celle qui a les cheveux roux et des taches de son ?

— Oui.

C'était la seule assez hardie pour se montrer pendant

qu'il se rendait au donjon avec dame Gillian. Elle était jolie, en effet, mince, et avait environ quinze ans.

Frederic prit alors une expression qu'il reconnut aisément. Il avait rencontré suffisamment d'hommes jaloux ou envieux dans sa vie pour qu'elle lui soit familière. Cela avait commencé alors qu'il était plus jeune que son écuyer. Il comptait plus récemment parmi eux le duc d'Ormonde, ce qui s'était finalement avéré une bonne chose, car il serait sinon peut-être encore en Normandie. Le duc avait craint que son prisonnier ne soit trop attirant pour sa femme, alors il l'avait laissé partir en ne réclamant qu'une très petite rançon.

Il avait vu cette expression aussi sur le visage de l'intendant.

Il inspirait de la jalousie partout où il y avait des femmes, que cette jalousie soit fondée ou non.

Dans le cas présent, elle ne l'était absolument pas, et ceci indépendamment du fait que dame Gillian était la belle-sœur d'Armand. Elle avait peut-être du caractère, et alors ? C'était loin de suffire pour la rendre attirante à ses yeux.

Elle portait ses cheveux d'un blond foncé tirés en arrière, sans ces charmantes petites boucles, ces petites mèches espiègles qui s'échappaient des épingles, donnant à un homme l'occasion d'une caresse discrète sous le prétexte de les remettre en place. Son nez était petit, certes, mais retroussé avec impertinence, et des taches de rousseur le parsemaient ainsi que ses joues, abîmant son teint. Ses yeux verts étaient peut-être brillants et vibrants d'intelligence et de détermination, mais ils n'étaient pas particulièrement séduisants. Quant à son allure générale, sa silhouette... Elle était trop mince, même si ses seins étaient ronds et pleins et si ses hanches oscillaient avec un certain charme quand elle marchait… beaucoup trop vite…

— Mes conquêtes ont été grandement exagérées, rappela-t-il au jeune homme. Et cette servante est bien trop jeune pour moi !

Il eut un petit sourire ironique.

— En outre, je ne prise pas particulièrement les cheveux roux.

Tandis que Frederic souriait de soulagement et se mettait à déballer leurs affaires, il ajouta pour lui-même, avec acidité : ni les mégères.

Bayard fut heureux de constater qu'en dépit de son accueil moins qu'enthousiaste, dame Gillian avait eu la courtoisie de l'asseoir à sa droite au souper.

L'intendant amoureux et jaloux était à sa gauche. Frederic était à sa droite à lui, ainsi que le prêtre, un certain père Matthew qui mangeait comme s'il avait jeûné pendant des jours. Ses propres soldats étaient assis en bas de l'estrade, avec le commandant de la garnison et des hommes d'Averette.

La nourriture était bonne, grâce au ciel. Puisqu'il devait rester ici pour une durée encore indéterminée, il en était content. Il planta son couteau de table dans un morceau de veau à la sauce vinaigrée, constatant que son hôtesse continuait à l'ignorer et parlait à l'intendant.

Elle avait d'assez jolies mains, remarqua-t-il, bien que brunies par le soleil. Les dames étaient censées rester assises à l'intérieur et ne rien faire de plus contraignant que de la couture ou, si elles étaient particulièrement actives, participer à une chasse en portant des gants. Si elles sortaient, il était d'usage qu'elles restent assises à l'ombre. De toute évidence, son hôtesse faisait peu ce que les autres dames faisaient, ou de la manière dont elles le faisaient.

Déterminé à se concentrer sur autre chose que la châtelaine d'Averette, Bayard se mit à étudier la grand-salle et les soldats qui y étaient réunis. La garnison paraissait bien entraînée, en tout cas pour ce qui était de faire des démonstrations dans la cour. Restait à voir à quel point elle serait efficace dans une bataille ou lors d'un siège.

— Oh ! Non ! Ça ne va pas recommencer ! s'exclama soudain dame Gillian, d'une voix forte.

Quand Bayard se tourna vers elle pour voir ce qui justifiait cette exclamation, elle considérait l'intendant d'un air affligé, même si le rire couvait dans ses yeux.

— Si, c'est vrai, j'en ai peur..., répondit Dunstan en secouant la tête et en souriant lui aussi. Il a encore accusé Geoffrey d'avoir triché dans les mesures. Je pense vraiment que Felton se lèverait de son lit de mort s'il pensait pouvoir encore provoquer Geoffrey.

Dame Gillian se mit alors à rire, d'un rire de gorge étonnant et chaleureux, complètement différent des petits gloussements polis que la plupart des dames laissaient échapper en compagnie. C'était le genre de rire que l'on pouvait entendre dans l'intimité d'un lit après l'amour, un rire qui donnait envie à un homme de rire aussi, et Bayard fut stupéfait de la métamorphose qui s'opéra alors chez son hôtesse. Elle paraissait des années plus jeune, et bien plus jolie...

Ses lèvres pleines étaient finalement très attirantes, s'avisa-t-il, en particulier la charmante petite indentation dans le haut de sa lèvre supérieure, et il fut soudain tenté de la toucher. Avec sa langue.

— N'y aura-t-il jamais de fin à ces querelles ? demanda dame Gillian quand elle s'arrêta de rire. Père Matthew, ne pouvez-vous leur parler ? Ces hostilités doivent cesser !

— Hélas, ma dame, j'ai essayé, répondit le prêtre, mais ils ne veulent pas tendre l'autre joue.

— Il y a des hostilités ? demanda avidement Frederic malgré l'arrivée de pommes cuites, son dessert favori.

— C'est un conflit de très, très longue date, répondit-elle en lui souriant.

Bayard souhaita qu'elle lui ait souri de cette manière lorsqu'ils étaient arrivés. Si elle l'avait fait, il aurait été moins prompt à s'offenser de ses façons et aurait volontiers pardonné son oubli du baiser de bienvenue.

Non pas qu'il regrettât de le lui avoir rappelé. Même si, à ce moment-là, elle ne lui avait pas paru particulièrement attirante. Mais maintenant, après avoir entendu son rire délicieux et vu son joli sourire...

— Comment les hostilités ont-elles commencé ? demanda Frederic.

— Une femme, répondit Gillian. Le meunier et le boulanger voulaient tous les deux épouser la même, et elle a choisi le meunier.

— Ah ! s'écria le jeune homme, en décochant à son maître un sourire entendu.

Bayard serra les mâchoires et resta silencieux. Il se garderait bien de dire un mot au sujet d'hommes jaloux, du choix que faisaient les femmes ou de quoi que ce soit concernant le mariage.

— Le boulanger accuse le meunier de fausses mesures à chaque audience, plus ou moins, continua l'intendant.

Dans deux jours, ils vont de nouveau se tenir devant nous, à se disputer et à nous faire perdre notre temps !

Ce détail attira l'attention de Bayard.

— Il va y avoir une audience ?

— Oui, dans deux jours, répéta Gillian.

— Je ne pense pas que ce soit sage…

Elle fronça les sourcils.

— Pourquoi donc ?

— Parce que cela pourrait vous mettre en danger.

— Je rends la justice dans ma cour, protesta-t-elle. Ce sera sûrement tout à fait sûr.

— Je ne le pense pas, ma dame. Un assassin pourrait aisément se glisser parmi les villageois. Il suffit d'une flèche bien pointée ou d'un couteau bien lancé pour tuer.

Gillian secoua la tête et fit montre d'une assurance qui n'avait rien de féminin.

— L'audience ne peut être reportée ! Les gens l'attendent. Il y a plusieurs querelles à trancher et des amendes à fixer.

— Je comprends que vous ayez besoin de revenus, mais votre sécurité doit passer d'abord.

Ses yeux verts étincelèrent et Bayard comprit qu'il n'était pas au bout de la discussion.

— Les audiences publiques sont nécessaires à la paix du domaine. Ce qui peut commencer comme un petit désaccord, facilement réglé en audience, peut devenir beaucoup plus sérieux si on le laisse s'envenimer.

Elle releva son menton pointu d'un air de défi.

— C'est toujours moi qui commande à Averette, n'est-ce pas ? Et si c'est bien le cas — à moins que vous ne soyez certain que je cours un danger immédiat –, l'audience publique aura lieu comme prévu.

— Je suis sûr qu'elle sera parfaitement en sûreté avec vous, renchérit Frederic, même si personne ne lui avait demandé son avis. Vous êtes encore meilleur à l'épée que votre frère !

Il regarda Gillian par-delà son maître.

— Il vous a parlé du jugement, n'est-ce pas ? Celui que messire Armand a gagné ?

— Messire Bayard ne m'a rien dit d'un jugement.

Frederic sourit jusqu'aux oreilles, ressemblant plus que jamais à un chiot surexcité.

— Il est trop modeste pour se vanter même au travers de son frère, mais vous devriez être très fière de votre beau-frère messire Armand, ma dame. Ça a été une formidable victoire !

— Je ne me serais jamais doutée que la modestie était l'une des qualités de messire Bayard, fit-elle remarquer d'un ton doucereux.

Les doigts de Bayard se resserrèrent sur la tige de son gobelet. Par Dieu, cette femme était certainement l'une des plus irritantes d'Angleterre !

— Je n'ai pas jugé utile d'en parler, répondit-il avec autant de calme que possible, puisque l'innocence d'Armand a été prouvée et que le véritable traître a été confondu.

— L'homme qui a épousé dame Adelaide a été accusé de *trahison* ? demanda l'intendant comme si c'était la chose la plus perturbante qu'il ait jamais entendue de sa vie.

— *Faussement* accusé et reconnu innocent, précisa Bayard en souhaitant que Frederic se soit tu au sujet des récents ennuis de son frère.

Il le souhaitait d'autant plus que la grand-salle était devenue silencieuse ; tout le monde tendait l'oreille.

Gillian se leva alors abruptement.

— Je comptais annoncer la nouvelle lors de l'audience, dit-elle d'une voix claire qui porta aisément jusqu'au fond de la salle, mais puisqu'il en est question ici ce soir... J'ai tout récemment été informée que ma sœur, dame Adelaide, aurait épousé le seigneur Armand de Boisbaston.

Tandis que ses serviteurs et ses soldats échangeaient des regards surpris, un murmure d'étonnement, d'incrédulité et d'excitation emplit la grand-salle. Près de la porte qui menait dans la cuisine, la servante rousse et une autre jeune femme chuchotaient derrière leur main, comme plusieurs autres assis aux tables ou debout en petits groupes.

— Ce chevalier, messire Bayard de Boisbaston, est son frère.

D'autres murmures parcoururent l'assemblée, cette fois moins excités et plus suspicieux. Les hommes de Bayard remuèrent, mal à l'aise, conscients de la tension soudaine. C'était comme si un vent mauvais avait soufflé dans la pièce, refroidissant tout ce qu'il touchait sauf Bayard, qui souriait comme si tout allait bien et qu'il était ravi de se retrouver apparenté à cette femme autoritaire.

— Je suis sûre que certains d'entre vous craignent qu'il n'y ait un nouveau seigneur à Averette, continua dame Gillian en roulant sa serviette en boule dans sa main. Il n'en sera rien. Dame Adelaide m'a donné sa parole que je gouvernerai toujours le domaine.

« Aussi étrange que cela puisse être », pensa sombrement Bayard.

Un soupir collectif de soulagement monta dans la salle. Apparemment, les hommes d'Averette ne partageaient pas ses réserves sur le fait d'avoir une femme à la tête d'un château.

Mais cela s'expliquait peut-être ce qu'Armand lui avait dit à propos du défunt seigneur d'Averette. L'homme était pervers, cruel et injuste. Dans ces circonstances, n'importe quel nouveau seigneur serait considéré avec crainte et suspicion. Néanmoins, et malgré ce qu'il avait vu de ses propres yeux — Armand et Adelaide étaient manifestement très épris l'un de l'autre –, il ne pouvait toujours pas concevoir que son demi-frère veuille laisser le château et le domaine sous le contrôle d'une femme. Certes, dame Gillian n'était pas la créature la plus faible ni la plus féminine qu'il ait rencontrée, mais elle n'en restait pas moins une femme.

— Et maintenant, messire, dit cette dernière en reprenant son siège et en tournant vers lui toute la force de ses yeux verts, parlez-moi un peu de ce jugement…

Comme il n'avait d'autre choix que de répondre, il le fit, relatant les faits purs et simples.

— Mon demi-frère a été faussement accusé de trahison et a prouvé son innocence au cours d'un jugement par combat, en affrontant l'un des hommes qui l'avaient dénoncé au roi.

— Il l'a bel et bien prouvée ! s'écria Frederic en sautant sur sa chaise. Il a traversé le visage de messire Francis de son épée !

Gillian réprima une exclamation, le prêtre pâlit et l'intendant parut avoir mal au cœur.

— Ce jugement était le choix du traître, précisa Bayard, ne voulant pas les laisser penser qu'Armand était un sauvage. Il s'est rué sur la lame de mon frère plutôt que de subir une lente exécution.

— J'aurais voulu le voir ! s'exclama encore Frederic dont l'enthousiasme ne tarissait pas.

— Un vrai chevalier ne prend pas plaisir à la mort, de quelque manière qu'elle survienne, commenta Bayard avec sincérité. Lorsqu'il a un devoir à accomplir, il le fait, mais il ne devrait jamais se réjouir de prendre une vie.

Il se tourna vers son hôtesse, dont le visage arborait une expression qu'il ne put déchiffrer. Mais il ne se souciait pas de ce qu'elle pensait. Il avait eu son compte de ses manières, de ses ordres et de ses refus.

— Si vous voulez bien m'excuser maintenant, ma dame, dit-il en se levant, la journée a été longue, alors je vais vous souhaiter une bonne nuit...

Sans doute tout aussi heureuse de le voir s'en aller que lui de pouvoir enfin se retirer, elle inclina la tête avec majesté.

— Bonne nuit, messire Bayard.

— Puis-je rester ? demanda Frederic.

Comme il n'avait pas besoin de son aide pour se mettre au lit, il accepta d'un signe de tête. Puis il souhaita une bonne nuit de repos à ses hommes et quitta la grand-salle.

Alors qu'elle était censée écouter Dunstan qui exposait les affaires à juger lors de l'audience publique, Gillian suivit des yeux le chevalier qui traversait la salle en longues enjambées décidées. Il s'arrêta pour dire un mot à ses hommes et les saluer, et tous répondirent avec bonne humeur, comme s'il était leur ami autant que leur commandant.

C'était instructif, car très différent des méthodes

de commandement d'Iain. Ce dernier ne plaisanterait pas davantage avec ses hommes qu'il ne se mettrait nu dans la cour.

Mais cet homme consentirait probablement volontiers à faire une telle chose s'il perdait un pari ou pour toute autre raison stupide, pensa-t-elle. Avec un tel corps, il serait même vraisemblablement *content* de le faire !

Elle l'imaginait fort bien, souriant avec une vanité arrogante, ôtant ses habits l'un après l'autre…

— Ma dame ? demanda Dunstan en posant une main sur son bras. M'avez-vous entendu ?

Aussi embarrassée que si son intendant avait lu dans ses pensées, elle se dégagea vivement.

— Oui. Si la fille du fabricant de chandelles veut épouser le fils du tonnelier, je n'ai pas d'objections.

Incapable de s'empêcher de rougir, elle but une gorgée de vin pour se donner une contenance, tandis que Dunstan croisait les mains sur ses genoux, lentement et ostensiblement.

Chapitre 4

Gillian venait de passer en revue les rouleaux des dîmes et les listes des provisions qu'elle avait achetées récemment. Elle devait être au fait des revenus et des dépenses du domaine, mais rester assise, immobile, à étudier des rangées de chiffres n'était pas la manière dont elle préférait passer son temps.

Elle se leva et alla se poster à la croisée de la chambre de jour pour contempler les terres qu'elle aimait tant — les champs, les prairies et les bois, le village et ses habitants auxquels elle tenait comme s'ils étaient sa famille. Elle pouvait voir le moulin et sa roue qui tournait lentement, suggérant le labeur qui s'effectuait dans le calme et la paix, une paix, elle le savait, absente cependant de la maison du meunier. Il y avait des barques sur la rivière et, sur les berges, des femmes faisaient la lessive et étendaient leur linge sur les buissons pour qu'il sèche au soleil. En amont des lavandières, des enfants nageaient, s'éclaboussant les uns les autres, leurs cris et leurs rires impossibles à entendre cependant à cause du vacarme des serviteurs, des chariots et des marchands qui livraient des marchandises dans la cour.

Des volutes de fumée grise montaient de la forge et

Gillian imaginait le vieux Davy au milieu de ses compagnons, commentant les nouvelles du jour ou spéculant sur ce que le roi pourrait encore faire pour récupérer ses possessions en France, et quels impôts il pourrait lever pour financer de nouvelles expéditions militaires.

Elle pouvait voir l'espace ouvert de la place et les chariots de quelques colporteurs arrêtés là, sans doute au grand dam des marchands dont les étals bordaient la pelouse. Le tonnelier déchargeait des barriques sur le terrain qui appartenait à la brasseuse, laquelle se plaignait probablement, mais avec bonne humeur, du prix qu'il lui en demandait. Quand il aurait fini, ils feraient un tour dans la brasserie pour goûter à la dernière cuvée, puis ils finiraient la journée au lit, ensemble, car ce n'était plus un secret depuis longtemps que leurs relations allaient plus loin que les affaires.

Si elle se mariait, pensa Gillian, elle devrait alors quitter ce château, ses amis, ce village, les gens qu'elle aimait, pour aller vivre sur le domaine de son époux. Elle y serait une étrangère parmi des étrangers et s'y sentirait très seule.

Même du vivant de James, lorsqu'ils parlaient d'une vie ensemble, cet aspect des choses l'avait déjà troublée.

Il y avait moins d'un an que son père était mort et qu'elle était devenue la châtelaine d'Averette, avec la bénédiction d'Adelaide et la promesse qu'il en serait toujours ainsi. Moins d'un an qu'Adelaide était allée à la cour. Moins d'un an que Lizette était partie dans le Nord pour rendre visite à des amis et voyager un peu, car autant Gillian ne voulait pas quitter Averette, autant Lizette détestait l'idée d'être attachée à un endroit.

Est-ce qu'un homme comme Bayard de Boisbaston

comprendrait jamais ce qu'elle éprouvait pour sa maison, et son désir de faire en sorte que tout le monde ici soit en sécurité, au moins autant qu'elle le pouvait ? Qu'elle renonçait sans regret ni effort au genre de vie à laquelle les femmes étaient censées aspirer — un époux, la joie d'avoir des enfants – pour remplir ses devoirs de châtelaine ? Et qu'elle ne voulait pas être soumise au pouvoir d'un homme, quel qu'il soit ?

Probablement pas. De fait, elle se représentait aisément son incrédulité et son mépris s'il apprenait qu'elle avait juré de ne jamais se marier et qu'elle l'avait fait de son plein gré, avec ardeur, même, après la mort de James.

— Ma dame ?

Elle se retourna. Dunstan, vêtu comme toujours d'une longue tunique sombre, se tenait sur le seuil avec un parchemin à la main. Il n'était pas seul. A côté de lui se trouvait un homme qu'elle n'avait jamais vu auparavant. Il avait à peu près le même âge que l'intendant. Il était bien habillé, très soigné aussi, hormis sa barbe un peu négligée.

— Ma dame, voici Charles de Fénelon, déclara Dunstan en s'avançant dans la pièce. C'est un marchand de vin de Londres. Il a des marchandises vraiment excellentes...

A en juger par ses habits, le négoce du marchand devait être fructueux. Elle devina à la légère odeur de vin qu'elle sentait sur Dunstan qu'il avait récemment goûté quelques-unes des marchandises en question.

— C'est un plaisir de vous rencontrer, ma dame, dit l'homme en s'inclinant avec un sourire doucereux. Je n'ai entendu que des louanges à votre propos, en ville.

Dunstan, qui savait ce que Gillian pensait de la flatterie, lui tendit un petit rouleau.

— Voici une liste de ses prix.

Quand elle le prit, leurs mains se touchèrent. Ce qui ne fut guère à son goût.

— Nos réserves sont assez basses, continua Dunstan. Bien sûr, nous n'aurions pas besoin d'autant de vin si nos hôtes s'en allaient.

Elle ne fut pas contente qu'il mentionne ce fait devant le marchand, mais elle se garda de le réprimander, pas alors qu'elle savait qu'il y avait plus que le souci des provisions de vin dans sa remarque. Il était jaloux de messire Bayard. Il n'avait pourtant aucune raison de l'être. Elle ne songeait absolument au chevalier.

Mais elle n'éprouvait pas non plus de désir pour Dunstan.

Elle l'avait toujours considéré comme un frère. Ils avaient grandi ensemble car son aimable père avait été avant lui l'intendant d'Averette. Ces derniers temps, cependant, et à son grand désarroi, elle s'était rendu compte que les sentiments de Dunstan à son égard avaient changé, sortant de la sphère de l'affection fraternelle. Malheureusement, alors qu'elle pouvait se montrer franche et directe sur beaucoup de choses avec lui, elle ne parvenait pas à prendre sur elle pour lui parler de ses sentiments, ni pour lui dire qu'elle ne les lui rendait pas et ne les lui rendrait jamais.

A la place, elle espérait que leur différence de rang le retiendrait de lui parler d'amour. Elle était fille de seigneur et lui fils sans titre du bâtard d'un chevalier normand, même si cette différence n'influait pas sur l'affection ou la confiance qu'elle lui portait. Il y avait de nombreuses jeunes femmes d'un rang moins élevé, à

Averette et alentour, qui seraient heureuses d'envisager le mariage avec un intendant au bon cœur et compétent.

Mais pas elle.

Elle parcourut rapidement la liste et dit à de Fénelon :

— Vos prix me paraissent bien élevés…

Le marchand perdit un peu de son assurance.

— C'est le mieux que je puisse faire, si je veux en tirer un profit quelconque.

Il pensait probablement que parce qu'elle était une femme, il pouvait lui faire payer davantage.

— Ou nous prendrons vos vins avec une ristourne d'un dixième, ou nous ne prendrons rien du tout.

— Fort bien, ma dame, accepta-t-il, sans essayer de marchander.

Comme ce tarif-là était satisfaisant, Gillian ajouta :

— Si votre vin est aussi bon que Dunstan le dit, nous serons heureux de refaire affaire avec vous.

— Merci, ma dame ! répondit-il rayonnant.

— Charles connaît messire Bayard de Boisbaston, déclara Dunstan avec un regard lourd de sens.

— Pas personnellement, se hâta de préciser le marchand. Je vends du vin à beaucoup de nobles qui sont des amis du roi et de sa cour.

— Alors vous l'avez déjà vu ? demanda Gillian en s'efforçant de ne pas révéler un intérêt trop vif.

Elle préférait que ce marchand de vin, qu'elle n'avait jamais rencontré auparavant, n'ait pas vent des soupçons qu'ils pouvaient nourrir au sujet de leur hôte.

— Maintes fois, et la dernière plus que récemment, en traversant votre grand-salle. Il joue aux échecs avec un jeune homme qui est son écuyer, d'après votre intendant.

Ainsi, ce chevalier était vraiment ce qu'il prétendait être.

Gillian retourna à son fauteuil et s'assit lentement. Cela rendait plus probable le fait que la lettre était bien d'Adelaide, et que tout ce qu'elle contenait était vrai également.

Sa sœur avait donc bien rompu son serment et s'était mariée, et le seigneur Armand de Boisbaston pouvait être le maître d'Averette. Quoi qu'Adelaide lui ait promis, elle n'avait pas le droit légitime de gouverner le domaine. Mais messire Armand, lui, l'avait, s'il lui venait le désir de faire valoir ses prétentions sur le domaine.

Dieu lui vienne en aide ! Il pouvait prendre le commandement du château à tout moment et faire ce qu'il voudrait. Même la renvoyer.

Dunstan s'éclaircit la gorge pour la rappeler discrètement à l'ordre, et elle s'avisa que le marchand de vin était toujours dans la pièce, et l'observait. Elle voulait qu'il parte maintenant, et Dunstan aussi. Elle avait envie de pleurer de rage, mais parvint heureusement à se contrôler.

Dunstan s'avança d'un pas et noua ses longs doigts, secouant les mains, comme il le faisait toujours quand il avait quelque chose d'important à dire.

— Hélas, ma dame, il y a autre chose… D'après Charles, messire Bayard a une grande réputation de séducteur et de lâche. On dit qu'il a séduit plus de cinquante femmes à la cour, et qu'il a livré le château qu'il était chargé de tenir en Normandie après un siège de moins d'une semaine uniquement pour séduire la jeune épouse de celui qui le ferait alors prisonnier.

Gillian prit le temps de peser ces révélations. Messire Bayard ne donnait pas l'impression d'être un lâche, mais comment pouvait-on le dire à part à le voir se comporter dans une bataille ? Quant à être un séducteur... Il était assez beau pour qu'elle puisse croire à ses succès féminins. Les servantes d'Averette se comportaient certainement comme des gourdes écervelées quand il passait à proximité.

D'un autre côté, il ne s'était pas conduit comme certains des nobles concupiscents qui étaient venus au château en prétendant ne s'intéresser qu'à ses sœurs et elle, alors qu'ils poursuivaient toutes les servantes qui croisaient leur chemin.

Si le marchand de vin ne faisait que répéter des ragots, elle ne devait accorder que peu de foi à ses informations. Elles-mêmes étaient parfois les victimes de médisances ou de rumeurs. Adelaide lui avait rapporté un jour les histoires que l'on répandait à leur sujet.

— En est-il vraiment ainsi ? demanda-t-elle au négociant.

— Je suis navré de dire que oui, ma dame, répondit-il avec réticence. A la cour, on le surnomme « l'amant bohémien » parce qu'il va de lit en lit, volant le cœur des femmes.

Cela ne devait pas la surprendre, ni la décevoir : que savait-elle de messire Bayard de Boisbaston, après tout ? Pourtant elle se sentait déçue, peut-être à l'idée qu'un tel homme lui soit apparenté par le mariage.

— Son écuyer dit aussi qu'un jour, reprit Dunstan, un troubadour qui divertissait des dames avant un tournoi lui a demandé de récompenser ses chansons par un cheval. Il était au courant de ses prouesses à la mêlée. Messire Bayard a accepté, et immédiatement, il a désarçonné un chevalier qui approchait et a offert son cheval au troubadour avant même que ce dernier n'ait fini de chanter.

Gillian avait déjà entendu cette histoire, mais pas au sujet de Bayard.

— C'est le comte de Pembroke qui a agi ainsi, dit-elle.

— Alors pour le moins, cet homme s'attribue des crédits qu'il ne mérite pas, fit remarquer aigrement Dunstan.

Si c'était vrai, il n'avait pas l'air d'un homme à qui elle souhaitait être liée, se dit Gillian. Elle se demanda si sa sœur savait à quoi il ressemblait et si elle connaissait réellement celui qu'elle avait épousé, pour commencer. Apparemment, le mariage avait eu lieu d'une manière assez précipitée.

— Etes-vous aussi un familier de son frère, le seigneur Armand de Boisbaston ? demanda-t-elle à Charles.

— En effet, ma dame, répondit-il avec plus d'assurance. Ce qui lui est arrivé à Marchant a été une bien vilaine affaire. Le roi aurait dû envoyer des renforts.

Se demandant aussitôt pourquoi le négociant pensait qu'il pouvait critiquer le roi devant elle, elle répliqua avec hauteur :

— Ce n'est pas à nous de mettre en cause les choix et les actions du roi !

— Non, non, certainement pas ! se hâta de répondre Charles. Je faisais seulement allusion à sa capture infortunée.

Il lui décocha un autre de ses sourires obséquieux.

— Sa chance a tourné depuis qu'il est rentré, cela dit, puisque le jour même où il est arrivé à la cour, il a conquis le cœur de votre sœur.

Etait-ce vraiment arrivé aussi rapidement, ou était-ce une autre histoire que l'on enjolivait en la répétant ?

— Je vois que la beauté est un trait commun dans votre famille, ma dame.

Gillian eut du mal à ne pas lever les yeux au ciel devant une flatterie aussi maladroite. Elle n'était pas une beauté et ne le serait jamais. Adelaide et Lizette tenaient de leur mère qui était très jolie, tandis qu'elle ressemblait à la sœur défunte de leur père, plutôt commune. « Le portrait de cette truie d'Ermentrude », avait l'habitude de lui crier celui-ci. Il exagérait toutefois ; elle savait que si elle n'avait pas la beauté de ses sœurs, elle n'était pas laide non plus.

— Ma dame, vous devriez peut-être…, commença Dunstan.

Elle se leva avant qu'il ne puisse lui donner des conseils ou essayer de lui dire ce qu'elle avait à faire. Elle savait déjà ce qu'il suggérerait, que messire Bayard s'en aille au plus vite.

Mais si tout ce que contenait la lettre d'Adelaide était vrai, alors Averette était en danger, des ennemis inconnus les menaçaient et elle ne devait pas se débarrasser trop vite et sans réfléchir d'un homme susceptible de l'aider à protéger le domaine.

— Je vous souhaite un bon retour à Londres, Charles.

Le marchand de vin s'inclina.

— Ça a été un plaisir, ma dame. J'espère que c'est un au revoir, pas un adieu.

Elle lui répondit par un sourire, puis se dirigea vers la porte.

— Dunstan, payez Charles et veillez à faire décharger

le vin. Je vais dans la cuisine parler à Umbert du repas de ce soir.

— Oui, ma dame.

Lorsqu'elle fut sortie, Charles regarda l'intendant en haussant les sourcils.

— A votre avis, que va-t-elle faire ? Au sujet de messire Bayard, je veux dire…

Dunstan secoua la tête et tira de sa ceinture la clé du coffre-fort.

— Je l'ignore.

Il aurait aimé le savoir, presque autant qu'il souhaitait voir messire Bayard à l'autre bout du monde.

Ou mort, comme James d'Ardenay.

Gillian traversa la grand-salle et se dirigea vers le corridor qui menait dans la cuisine. Comme le marchand de vin l'avait mentionné, messire Bayard et son écuyer étaient assis à la table sur tréteaux de l'estrade, et jouaient aux échecs. Plusieurs de ses soldats se trouvaient en d'autres endroits de la salle. Un homme aux cheveux courts parlait à Dena et lui disait quelque chose qui la faisait rire. D'autres nettoyaient leur haubert avec du sable et du vinaigre ou aiguisaient leurs armes. Quelques-uns de ses propres hommes faisaient la même chose, tenant discrètement à l'œil les soldats de Bayard, ainsi qu'elle l'avait demandé. Deux serviteurs remplaçaient des torches dans les anneaux des murs et observaient eux aussi les visiteurs d'un air méfiant.

Le jeune écuyer de messire Bayard fronçait les sourcils en étudiant l'échiquier, quelques pièces écartées près de son coude. Son maître était adossé à son fauteuil, dans une position des plus décontractée, une jambe passée sur un accoudoir, comme s'il était dans *sa* grand-salle. Visiblement, il avait l'habitude de se mettre à l'aise partout où il se trouvait.

Gillian nota cependant dans son corps une tension qui contredisait cette apparente nonchalance. Il faisait en fait très attention à son écuyer et à l'échiquier, comme s'il calculait tous les coups possibles de son adversaire, et toutes les répercussions possibles de ces coups.

Nul doute qu'il y avait une vive intelligence dans l'esprit de cet homme, se dit-elle, et elle se demanda si ses nombreuses maîtresses avaient apprécié cette qualité ou si elles n'avaient songé qu'à son beau visage et à son corps puissamment bâti.

L'écuyer bougea une pièce et, même de l'endroit où elle se tenait, Gillian put dire que ce n'était pas la chose à faire.

— Echec et mat, déclara alors messire Bayard d'un ton détaché.

Elle eut l'impression qu'il minimisait consciemment sa victoire, peut-être pour épargner de l'embarras au jeune homme.

Mais Frederic jura quand même, l'air mécontent de lui.

— Comment ai-je pu ne pas voir ça ? Je ferai mieux la prochaine fois. Une autre partie ?

— Je ne pense pas, répondit son maître en détachant les yeux de l'échiquier pour les porter vers elle et la saluer. Ma dame…

Il aurait été grossier de l'ignorer alors qu'il se mettait debout, pensa Gillian.

— Oui, messire ? Avez-vous besoin de quelque chose ?

— Je me demandais si vous voudriez faire une partie avec moi.

Elle suspecta qu'il cherchait juste à se montrer poli et elle avait beaucoup à faire ; malgré tout, elle fut tentée d'accepter. Elle avait souvent joué aux échecs avec Adelaide, car c'était quelque chose qu'elles pouvaient faire sans déranger leur père.

Lizette n'y jouait jamais ; elle n'était pas assez patiente.

— Merci, messire, mais je crains de ne pas en avoir le temps.

— Je ne suis pas très bon. Vous pouvez probablement me battre, insista-t-il avec un sourire qui lui rappela celui d'un homme qui avait essayé de lui vendre de faux bijoux, un jour, et elle se demanda s'il la jugeait sotte ou futile à ce point.

— Je le pourrais sans doute, acquiesça-t-elle en cachant son agacement, mais pas aujourd'hui.

Il lui semblait percevoir de l'irritation dans les yeux du chevalier, irritation qui disparut presque tout de suite.

— Une autre fois, alors ?

— Peut-être, dit-elle avec un signe de tête pour prendre congé, et elle repartit vers la cuisine.

— Vous n'auriez pas dû lui demander, entendit-elle Frederic commenter. Elle sera contrariée si vous gagniez.

Ce jouvenceau pensait-il vraiment qu'elle avait peur de perdre ? Ou qu'elle ne pouvait pas gagner ?

Elle pivota sur ses talons et revint vers l'estrade.

Chapitre 5

Lorsqu'ils comprirent que Gillian revenait, Bayard et Frederic se mirent debout en hâte. Ce dernier fit presque tomber l'échiquier de la table dans sa précipitation.

— Avez-vous changé d'avis ? demanda le chevalier avec toute l'apparence de la bonne humeur.

Gillian jeta à l'écuyer un regard qui le fit rougir, puis s'adressa à son maître.

— J'ai entendu une histoire très intéressante à votre sujet, messire Bayard...

Les joues de Frederic s'empourprèrent plus encore, et il s'esquiva pour aller rejoindre les soldats.

Gillian ignora le départ du jouvenceau et se concentra sur le maître.

— On m'a raconté qu'un jour, vous avez rencontré un troubadour qui vous a demandé un cheval en échange d'une chanson. Vous avez alors aperçu un chevalier, l'avez désarçonné, avez pris son cheval et l'avez donné au troubadour avant qu'il n'ait fini sa ballade. Je croyais pourtant savoir que c'était William Marshal, comte de Pembroke, qui avait agi ainsi, et non pas vous.

Il ne parut pas embarrassé le moins du monde.

— William Marshal a fait cela, en effet. Mais moi

aussi. J'avais entendu cette histoire, voyez-vous. Ma mère me l'a racontée quand j'étais encore tout petit. Elle jugeait que le comte de Pembroke était le meilleur homme au monde — certainement meilleur que son époux, comme elle ne se lassait pas de le lui dire.

Il marqua une pause, croisant les bras.

— Un jour, alors que j'approchais de Salisbury pour prendre part à une mêlée, j'ai croisé un troubadour qui distrayait quelques dames pendant qu'elles attendaient des montures fraîches dans une auberge. Il leur racontait cette histoire justement et, vantard comme j'étais alors, j'ai dit que je pourrais le faire aussi si l'occasion s'en présentait. Presque au même moment, un chevalier qui se rendait au même tournoi que moi est apparu sur la route. Le troubadour m'a tout de suite mis au défi de prouver ce que j'avançais. J'ai accepté le défi et lui ai ordonné de se mettre à chanter pendant que j'allais affronter mon adversaire. J'ai vaincu le chevalier à la première passe, j'ai pris son cheval et je suis revenu en triomphe le donner au troubadour avant qu'il ait fini sa chanson.

Cela pouvait être vrai, ou il pouvait être un habile menteur, se dit Gillian.

— J'espère que le chevalier que vous avez vaincu était un adversaire de qualité, et pas un vieil homme ou un pauvre jouvenceau qui espérait se faire un nom.

— J'ai le regret de dire que c'était mon demi-frère Armand, admit-il avec un petit sourire contrit qui pouvait expliquer comment il avait réussi à séduire autant de femmes. Ce n'était pas la meilleure façon d'assurer l'harmonie familiale, j'en conviens, d'autant que j'ai su que c'était lui dès que je l'ai vu. Par chance, j'ai gagné des prix le lendemain et lui ai acheté un autre cheval. Après quoi il s'est battu avec moi, m'a causé une série de bleus comme j'espère ne plus jamais en avoir, et m'a fait promettre de ne plus le défier — ce que j'ai fait très volontiers.

Dans quelle sorte de famille sa sœur s'était-elle mariée ? se demanda Gillian inquiète.

— Vous le défiez et en venez aux coups avec lui, et pourtant vous vous sentez obligé de faire tout ce qu'il vous demande ? s'étonna-t-elle.

— Nous sommes frères et nous avons vécu pas mal de choses ensemble, répondit-il. Ne vous querellez-vous jamais avec vos sœurs ?

— Pas avec Adelaide, dit-elle en commençant à disposer les pièces blanches sur l'échiquier.

— Parce qu'elle est l'aînée ?

— Parce qu'elle a été comme une mère pour nous. Notre mère a été longtemps malade avant sa mort et c'est Adelaide qui prenait soin de nous.

— Et Elisabeth ? demanda-t-il en replaçant les pièces noires de son côté de l'échiquier.

Gillian se demanda s'il pouvait compatir à ses difficultés à s'entendre avec sa jeune sœur. Pour sa part, elle acceptait de passer sur les raisons pour lesquelles Lizette pouvait être si horripilante... quand elle n'était pas là.

— Je préfère l'ordre et elle adore le chaos.

— D'après mon expérience, ceux qui sèment le désordre ne sont jamais ceux qui sont chargés de maintenir l'ordre, répondit-il. Ils se moquent des troubles qu'ils provoquent, ne pensant qu'à leurs désirs égoïstes.

Apparemment oui, il pouvait comprendre...

— Mais les jeunes personnes peuvent changer, ma

dame, si elles sont traitées avec patience et gentillesse, ajouta-t-il. Je n'étais pas un parangon de vertu dans ma jeunesse, mais je suis devenu meilleur, grâce à la tutelle de mon frère.

Tout en alignant ses pions, Gillian se demanda si c'était vrai, et ce qu'il entendait par meilleur.

— J'essaie d'être patiente. Hélas, ma patience ne dure pas longtemps quand je suis avec Lizette.

— Parce qu'elle ne prend rien au sérieux et vous rit au nez ?

Gillian releva les yeux de ses longs doigts minces qui bougeaient avec une précision si délicate. Il les porta à son visage, sur la cicatrice qui courait le long de sa joue.

— Comment le savez-vous ?

Il esquissa un autre petit sourire.

— Demandez à Armand.

Toutes ses pièces bien rangées, elle se redressa et le regarda d'un air curieux.

— Etiez-vous une telle terreur ?

— Oui, admit-il en disposant sa dernière pièce sur le plateau. J'étais gâté, égoïste et impétueux. Votre sœur est un modèle de vertu à côté de celui que j'ai été.

Il eut de nouveau ce petit sourire charmeur, tel un ami partageant une confidence.

Elle ne voulait pas qu'il soit un ami pour elle. Elle avait déjà quantité d'amis, des amis qui ne lui donnaient pas l'impression d'avoir de nouveau quinze ans et de voir James lui sourire pour la première fois. Elle était plus âgée, à présent, plus sage, elle avait connu l'amour et celui qu'elle avait aimé était mort.

Au risque de paraître versatile, elle décida de ne pas

s'attarder avec le chevalier. En outre, Umbert attendait ses indications pour le souper.

— Si vous voulez bien m'excuser, messire, le cuisinier attend. Je n'aurais pas dû revenir.

— Bien sûr, dit-il en s'inclinant, avant qu'elle ne se hâte de quitter l'estrade. Nous disputerons cette partie plus tard.

Il la regarda s'éloigner, son dos mince droit comme une lance et ses hanches ondulant comme un roseau dans la brise.

— Il ne faut surtout pas contrarier le cuisinier, marmonna-t-il.

Gillian était toujours dans la cuisine quand Dunstan apparut sur le seuil, un rouleau de parchemin à la main.

— De la cour, ma dame…

Elle s'empressa de le rejoindre, prit la missive et brisa le cachet de cire tandis qu'ils regagnaient la grand-salle.

Lorsqu'ils arrivèrent, elle s'arrêta. Quelque chose était… différent. Et ce n'était pas simplement messire Bayard qui attendait, debout sur l'estrade.

— Pourquoi y a-t-il tant de nos soldats ici ? demanda-t-elle. Ce n'est pourtant pas l'heure du souper.

Dunstan répondit à voix basse :

— Si cette lettre devait montrer que la précédente ne venait pas d'Adelaide, et qu'elle était pleine de mensonges…

— Je vois, coupa-t-elle en ouvrant le pli et en le lisant rapidement.

L'écriture était la même et révélait qu'Adelaide avait bien écrit le message qu'elle avait confié à messire Bayard. Cette nouvelle missive venait bien d'elle, car elle donnait aux questions de Gillian des réponses qu'elles seules connaissaient.

Malgré cette réassurance, ou plutôt à cause d'elle et pour la première fois depuis qu'elle était en charge d'Averette, Gillian se sentit effrayée. Si tout ce que sa sœur avait écrit était vrai, elle pouvait être sérieusement en danger. Son cœur s'emballa jusqu'à ce que son regard tombe sur messire Bayard de Boisbaston, champion de tournois.

Elle se calma, se forçant à ramener son attention sur Dunstan, qui l'observait avec anxiété et d'un regard intense.

— Tout ce qui se trouvait dans la première lettre était vrai, murmura-t-elle. Adelaide est bien mariée, messire Bayard est son beau-frère et cette conspiration déjouée contre le roi nous met en danger. Renvoyez les soldats. Qu'ils retournent à leurs devoirs.

Dunstan pinça les lèvres, mais ne protesta pas et n'ajouta rien. Il s'éloigna, donnant discrètement un ordre aux hommes, qui commencèrent à partir.

Prenant une grande inspiration, Gillian s'approcha ensuite de son hôte.

— Il semble, messire, que nous ayons eu tort de douter de vous...

Elle vit ses larges épaules se détendre et un sourire éclaira lentement son visage.

— Alors, maintenant, vous croyez que je suis ce que je prétends être ?

Elle hocha la tête et prit un siège, le regardant gravement.

— Ce qui signifie que je dois croire aussi que nous sommes en danger ici.

— Oui, acquiesça-t-il en nouant les mains dans son dos. Mais à présent je suis là pour vous aider…

Elle s'efforça de ne pas tiquer à cette remarque arrogante.

— Je suis un soldat expérimenté, ma dame, et c'est à ce titre seulement que je me permets de vous donner des conseils… Je pense toujours que ce serait une erreur de tenir une audience publique.

Gillian se releva avec brusquerie.

— Pas moi, messire. Maintenant, si vous voulez m'excuser, j'ai beaucoup à faire.

Le lendemain matin, après une nuit très agitée qu'elle mit sur le compte de l'audience à venir, Gillian se leva et alla directement à l'étroite croisée de sa chambre. Le ciel se colorait de rose à l'est. Il n'y avait que quelques nuages dont le bord inférieur était ourlé d'orange, de rose et d'autres teintes vives, ce qui promettait une belle journée pour l'audience.

Une audience qui aurait lieu comme prévu, malgré les réserves de messire Bayard !

Sa réprobation avait persisté au souper. Elle l'avait lue sur son visage et dans ses yeux sombres, des yeux dont le regard intense la faisait se sentir si… si…

Mais peu importaient les yeux de messire Bayard ! Son idée d'annuler l'audience prouvait qu'il avait peu d'expérience dans la façon de conduire un domaine, sinon il comprendrait que les querelles entre particuliers devaient être réglées le plus vite possible, avant que le conflit ne s'envenime.

La porte de sa chambre s'ouvrit et Dena entra avec une cruche d'eau chaude.

— Oh ! Quelle fraîcheur agréable ici, ce matin !

s'exclama la jeune fille d'un ton enjoué en versant l'eau dans la cuvette de la table de toilette. Je pense que la journée va être très chaude, ma dame. Etes-vous sûre de vouloir porter votre cotte dorée ?

— Oui, répondit Gillian en commençant à se laver.

Elle devait porter ses plus beaux atours pour rendre ses jugements et sa cotte de damas doré était la plus belle qu'elle possédait.

— Au moins, le voile de soie est léger, commenta Dena tandis qu'elle se mettait à faire le grand lit entouré de rideaux.

Gillian s'assit sur le tabouret et passa son peigne dans ses longs cheveux lisses. Parfois, elle enviait à Adelaide ses boucles abondantes, mais pas pendant les mois d'été. Elle se rappelait trop bien les larmes de sa sœur quand elle essayait à ces périodes-là de coiffer son épaisse chevelure bouclée.

Elle natta adroitement ses cheveux. Dena épinglerait ensuite ses tresses autour de sa tête.

— Il paraît que Geoffrey et Felton recommencent, dit la servante en jetant un coup d'œil à sa maîtresse par-dessus son épaule.

— C'est ce qu'il semble.

— Pensez-vous que messire Bayard assistera à l'audience ?

— Je ne vois pas pourquoi il le ferait. Ça ne le concerne pas.

D'un autre côté, il n'avait pas grand-chose à faire, alors il y assisterait peut-être, ne fût-ce que pour se distraire.

— Allez-vous bien, ma dame ? demanda Dena en fronçant les sourcils, quand elle vint finir de coiffer sa maîtresse. Vos mains tremblent.

— Ce n'est rien, dit Gillian. Je suis toujours un peu anxieuse avant une audience. On ne peut jamais savoir comment les gens réagiront à un jugement.

Ce n'était pas exactement un mensonge. Mais elle devait admettre en son for intérieur que son état avait *peut-être* quelque chose à voir avec la possibilité que messire Bayard suive la procédure.

Cela dit, même s'il venait, elle pourrait toujours l'ignorer.

Le temps qu'elle revête sa cotte aux longues manches doublées de satin écarlate, qu'elle maintienne son voile en place avec un mince cercle en or et qu'elle enfile les pantoufles dorées qui appartenaient à Adelaide, Gillian avait retrouvé sa confiance en elle : elle pourrait conduire l'audience avec une parfaite aisance même si le roi John en personne venait y assister.

Tandis qu'elle se rendait dans la cour où une estrade avait été dressée pour l'occasion, elle se sentit complètement la châtelaine d'Averette, comme jamais sa mère ne l'avait été. C'était une femme timide, terrifiée par son mari et ses rages, malade de ses constants efforts pour lui donner le fils qu'il exigeait.

Dunstan l'attendait, lui aussi paré de ses plus beaux atours. Il tenait le rouleau de parchemin qui contenait les noms de tous ceux qui réclamaient justice et de ceux qui avaient suscité leurs griefs. La liste en était longue, en grande partie parce que la dame d'Averette était connue pour être juste, ce que son père n'était pas.

Tandis qu'elle parcourait la foule du regard, plusieurs personnes échangèrent des coups d'œil méfiants et remuèrent, mal à l'aise. Même le vieux Davy, à sa place habituelle près de la porte des écuries, n'avait pas l'air dans son assiette.

C'était comme si son père était subitement revenu gouverner Averette.

Gillian regarda autour d'elle. Plusieurs soldats étaient postés autour de l'estrade où elle trônerait. Iain se tenait tout près, lui aussi, armé et bien campé sur ses jambes. D'autres hommes d'armes se trouvaient sur le chemin de ronde et des gardes supplémentaires surveillaient les portes. Ce déploiement de forces inhabituel était une explication possible à l'anxiété des gens.

On pouvait penser qu'un jugement de la plus haute importance allait être rendu, et non qu'il s'agissait d'une simple audience villageoise.

C'était sans doute l'idée que messire Bayard se faisait de précautions convenables, mais cela paraissait bien plus menaçant que réconfortant.

Elle fut tentée de renvoyer une partie des soldats, mais si elle était bel et bien en danger ? Il y avait toujours quelques visages inconnus dans une audience publique — des visiteurs qui cherchaient à se distraire, des parents des requérants venus d'autres villages, des marchands, des rétameurs et autres colporteurs qui voyageaient pour vendre leurs marchandises. Elle ne pouvait pas être certaine qu'il n'y avait pas parmi eux des ennemis également.

Prenant place sur son siège, elle fit un signe de tête à Dunstan qui déroula le manuscrit et lut le nom des gens concernés par la première affaire.

Juste comme il finissait, un murmure de surprise parcourut l'assemblée et les gens parurent fascinés par quelque chose derrière elle.

Elle se retourna et vit messire Bayard de Boisbaston vêtu de son haubert, de sa coiffe, de ses gantelets, de ses jambières et de son surcot qui marchait vers l'estrade. Sans un mot, il monta sur la plateforme et se posta derrière son fauteuil, une main sur le pommeau de son glaive à double tranchant comme s'il avait l'intention de rester là toute la journée.

Ou comme s'il était le seigneur du lieu.

C'en fut trop pour Gillian. Certains des villageois étaient visiblement effrayés, et tous paraissaient en proie à la confusion. Seul le petit Teddy, qui tenait très fort la main de son père, souriait avec un bonheur sans réserve. Il fit un signe de main à Bayard et quand Gillian regarda de nouveau derrière elle, elle fut surprise de voir le chevalier répondre par un petit salut. Mais même ce geste ne pouvait diminuer l'impact de son arrivée théâtrale et intimidante.

Dunstan ne paraissait pas content, et Iain non plus. Les deux hommes fusillaient le chevalier du regard comme elle aurait aimé le faire. Toutefois, la dignité, la solennité et le besoin de paraître unis étaient plus importants en cet instant, que de manifester sa colère ou son désarroi. Elle attendrait qu'ils ne soient plus en vue de tout le monde pour dire précisément à cet arrogant personnage ce qu'elle pensait de sa présence inutile.

A la place, elle se tourna vers Dunstan.

— Appelez les premiers requérants.

Felton approcha alors et énonça son accusation de fausses mesures contre le meunier. De nombreux meuniers étaient accusés d'utiliser de faux poids, mais une telle charge n'avait jamais été prouvée contre Geoffrey.

Malheureusement, ce dernier ne cessait jamais de

se rengorger à propos de la préférence que sa femme lui avait accordée, même s'il se querellait souvent avec elle. Et peut-être que provoquer le boulanger était au fond une sorte de compensation pour un mariage qui ne s'avérait pas si réussi que cela.

Gillian s'efforça de conserver une façade de sérénité impartiale tandis que le boulanger exposait ses griefs et que le meunier, aussi suffisant que toujours, se défendait.

— Est-ce que quelqu'un d'autre s'est jamais plaint de mes poids ? demanda-t-il. Non ! Parce que tout le monde sait que je ne triche pas et que je n'ai jamais triché ! Je suis un homme honnête qui craint Dieu.

— Honnête ? persifla Felton, son ventre rond tremblant d'indignation. C'est honnête d'avoir des poids creux ? De mettre le doigt sur le fléau ? De faire payer plus que...

— Assez ! les interrompit Gillian, sinon ils auraient continué éternellement. Dunstan va *de nouveau* vérifier les mesures, Felton. Si elles se révèlent fausses, Geoffrey sera puni conformément aux lois du roi.

— Mais, ma dame, protesta le boulanger, c'est ce que vous dites toujours !

Derrière elle, Gillian entendit tinter du métal, comme si messire Bayard avait bougé. Elle ne voulait pas reconnaître sa présence, mais elle ne put résister à l'envie de voir ce qui avait causé ce bruit.

Il se tenait au même endroit, mais il croisait les bras, et il était évident que sous son heaume il fronçait les sourcils.

Felton pâlit.

— Je... je vous demande pardon, ma dame, bredouilla-t-il en reculant. Je pense juste que les poids de Geoffrey...

Je pensais que peut-être... Aucune importance ! cria-t-il en s'éloignant précipitamment parmi la foule.

Laissant derrière lui un Geoffrey encore plus content de lui. Et une Gillian encore plus agacée.

— Geoffrey, vous feriez bien d'espérer que vos poids sont parfaitement exacts. Et si j'étais vous, je cesserais de me conduire comme si j'avais gagné une couronne, et non une épouse. Sinon, je pourrais être tentée de vous retirer mon autorisation de faire fonctionner le moulin et la donner à quelqu'un de plus humble.

Ce fut au tour du meunier de pâlir.

— Oui, ma dame.

— Les suivants, Dunstan, s'il vous plaît, ordonna-t-elle alors en s'efforçant de nouveau d'ignorer la présence du chevalier derrière elle.

Ce qui s'avéra impossible.

Tandis que la journée avançait, ce dernier ne bougea pas de son poste derrière son fauteuil. Elle ne le regardait pas, mais elle savait toujours s'il fronçait les sourcils, croisait les bras ou changeait d'appui, à cause des réactions des gens qui s'avançaient pour demander un jugement ou des permissions. Malgré les décisions qu'elle prenait, elle se sentait davantage comme une poupée bien habillée et placée sur l'estrade pour le spectacle que comme la châtelaine d'Averette.

Aussi, à l'instant même où Dunstan déclara l'audience terminée, se leva-t-elle et fit-elle face à messire Bayard, bien décidée à lui dire son fait.

— Messire Bayard, veuillez me suivre dans la chambre de jour. *Tout de suite !*

Elle n'avait pas élevé la voix, mais chaque mot était aussi coupant et froid qu'un glaçon.

Chapitre 6

— Qui diable pensez-vous être ? cria Gillian, tremblant de toute la rage qu'elle avait contenue jusque-là à grand-peine, lorsqu'ils atteignirent la pièce du donjon.

— Je suis messire Bayard de Boisbaston, répondit-il avec un calme exaspérant en ôtant son heaume.

Il le posa sur la table et défit son gorgerin, la pièce métallique qui protégeait son cou. Puis, tout aussi calmement, il repoussa en arrière sa coiffe de mailles, dénudant sa tête et révélant ses cheveux en désordre.

— Etes-vous le seigneur et maître d'Averette ?

— Non.

Il eut le toupet de lui sourire avant d'ajouter :

— Et je n'ai aucun désir de l'être, ma dame.

— Alors de quel droit vous êtes-vous tenu sur cette estrade comme si c'était le cas ?

Il ôta ses gantelets avec une lenteur délibérée.

— Je ne souhaite nullement essayer de vous commander, ou d'influencer de quelque manière que ce soit vos décisions, continua-t-il en la regardant fermement de ses profonds yeux bruns. Je faisais simplement ce pourquoi j'ai été envoyé ici : je vous protégeais.

— Iain et les hommes de ma garnison sont à même

de le faire, rétorqua-t-elle, résistant à grand-peine à l'envie d'expédier par terre son heaume. Je pensais que je l'avais établi clairement. Mais non ! Il a fallu que le hardi, le puissant, le fameux messire Bayard de Boisbaston vienne se tenir derrière moi comme une garde prétorienne à lui seul, pour effrayer et intimider mes sujets ou accorder son auguste approbation à mes jugements !

— Je n'ai rien fait de tel. Je me suis simplement tenu près de vous pour mieux surveiller.

Le regard noir, Gillian croisa les bras sur sa poitrine qui se soulevait de colère et d'indignation.

— Ah oui ? Pour mieux surveiller ? Comme si j'étais une petite fille qui a besoin d'un grand homme costaud pour l'aider !

Il pinça les lèvres et elle put voir de la colère dans ses yeux. Eh bien qu'il soit courroucé ! Il l'avait bien courroucée, elle. Il l'avait traitée devant tous ses gens comme une enfant faible et impuissante !

— Je n'ai pris aucune part à vos décisions, ni n'ai tenté de le faire, répéta-t-il.

— Non ! N'est-ce pas ? Vous n'avez pas du tout rendu Felton muet de terreur avec vos regards, vous n'avez pas fait pleurer la brasseuse, vous n'avez pas terrifié la fille du fabricant de chandelles !

— Je ne suis pas une statue aveugle et sourde, ma dame. Je suis navré si mes réactions vous ont offensée, néanmoins je n'essayais pas d'influencer les procédures.

— Quoi qu'il en soit, vous l'avez fait par votre seule présence, en armure et avec votre glaive au côté !

— Alors, cela ne pouvait être empêché...

Elle alla se poster devant lui, le nez à la hauteur de son menton, l'air farouche.

— Ne vous avisez *plus jamais* de faire une chose pareille !

Il l'examina d'un air curieux et elle vit de l'amusement dans ses yeux, ce qui accrut sa fureur.

— Que je ne fasse plus quoi ? Me tenir derrière vous ?

— Vous savez fort bien ce que je veux dire ! répondit-elle plus irritée que jamais de voir qu'il ne mesurait pas l'énormité de ce qu'il avait fait, l'humiliation qu'il lui avait causée, l'embarras qu'elle avait ressenti.

Elle reprit son souffle et ajouta vertement :

— N'essayez *plus jamais* de jouer au seigneur ici !

— Je vous assure, une fois encore, que cela ne fait pas partie de mes plans.

— Ne souriez pas de cet air satisfait, espèce de... *d'homme* que vous êtes ! Avec votre cotte de mailles, votre épée et votre beau visage ! Ne croyez pas que je sois comme toutes ces sottes qui sont tombées sous votre charme ! Que je vais simplement m'incliner devant vous et vous laisser faire ce que vous voulez. Je ne laisserai *jamais* aucun homme gouverner Averette et encore moins me gouverner *moi* !

— Pas même le roi ?

Il la provoquait à dessein, le butor.

— Vous savez parfaitement que je n'inclus pas le roi dans ces propos. Mais je ne vous laisserai pas me dire que faire, ou commander à mes hommes, ou essayer de prendre le contrôle de ce qui relève de mon autorité ! J'ai attendu des années pour avoir la chance de me tenir dans ma propre lumière et non dans l'ombre de la beauté d'Adelaide ou du charme de Lizette. La chance de montrer à tout le monde ce que *je* suis capable de faire !

— J'ai vu Armand se battre pour obtenir la reconnaissance de notre père, dit-il alors lentement, avec une expression indéchiffrable. Pour avoir une attention qui aurait dû lui revenir, mais qui n'était accordée qu'à moi. Je ne vous ferai pas la même chose.

— C'est ce que vous dites, mais les mots sont faciles ! Vous êtes comme tous les hommes. Je *déteste* ce que vous avez fait aujourd'hui ! Je *vous* déteste !

Elle leva la main, voulant frapper quelque chose, n'importe quoi... peut-être lui.

Il se saisit de son poignet, et immobilisa son bras. Son regard brun soutint le sien avec la même fermeté, comme s'il la mettait au défi de détourner les yeux.

Elle ne put le faire. Elle n'en avait pas envie. Elle pourrait rester là indéfiniment, pensa-t-elle, avec cette main qui la tenait, ce large torse si près de son visage.

Ses lèvres étaient proches, aussi. Et tout son corps, plus proche d'elle qu'un homme ne l'avait été depuis très longtemps.

Il la touchait. Ses yeux étaient plongés dans les siens comme s'il cherchait... S'il cherchait quoi ?

Sa respiration s'accéléra. Elle sentait la pression de son étreinte et tellement plus. Un désir, un besoin longtemps réprimés, presque oubliés.

Et lui, que ressentait-il, tandis qu'il la regardait de cette façon ?

Sa pomme d'Adam bougea, il déglutit. Son souffle à lui aussi était devenu plus rapide. Il desserra ses doigts, mais ne la lâcha pas.

Il l'attira au contraire vers lui, comme s'il voulait... comme s'il allait...

Elle libéra brusquement son bras et recula, cherchant

à reprendre sa respiration comme si elle avait été maintenue la tête sous l'eau.

— Que faites-vous ? demanda-t-elle alors d'un ton sec. Son expression surprise se durcit.

— Je vous empêche de me frapper. J'ai déjà une cicatrice sur le visage et n'en veux pas une autre.

S'il ne voulait pas reconnaître ce qui venait de se passer entre eux, très bien, elle ne le ferait pas non plus…

— Comprenez-vous quelle est votre place ici ?

— Peut-être mieux que vous, eut-il le toupet de répondre.

— Alors restez-y ! lança-t-elle d'une voix coupante, avant de quitter la pièce à grands pas.

Par Dieu, quelle harpie ! songea Bayard. Comme s'il avait eu *envie* de se tenir toute la journée sur une estrade à écouter les plaintes et les conflits mesquins de marchands, d'artisans et de paysans ! Il n'avait agi ainsi que par devoir, par loyauté envers son frère à qui il avait promis de garder la jeune femme en sécurité, afin de lui ôter au moins ce souci. Armand en avait déjà bien assez à la cour…

Il lui devait au moins cela et davantage. Si Armand ne l'avait pas guidé et conseillé, s'il n'était pas venu le trouver pour lui dire qu'il se forgeait une réputation qui ne pourrait lui causer que du tort, s'il ne lui avait pas montré par ses paroles, ses actions et ses manières, comment être un homme meilleur, qui pouvait dire où il en serait maintenant ?

Il ramassa ses gants en cuir et, les faisant claquer sur sa paume, s'approcha de la croisée. Il promena son regard sur Averette, se demandant si son frère avait une idée de ce à quoi il avait renoncé en refusant de prendre le gouvernement du domaine.

Pour sa part, il avait rarement vu une propriété aussi prospère et bien gérée, ni une foule plus heureuse de paysans et de villageois. Même ceux qui étaient venus porter plainte avaient paru certains que justice serait faite. On ne pouvait se tromper sur les effets de cette sécurité.

Pourtant, d'après Armand, le défunt seigneur d'Averette était un homme vicieux et méchant, qui maltraitait son épouse et ignorait ses filles, sauf pour les punir de ne pas être des fils et pour les menacer de les marier afin d'accroître sa richesse et son pouvoir.

Le sentiment de sécurité qui paraissait habiter tous les sujets de dame Gillian était certainement dû à sa façon d'administrer ses terres et ses gens. Il l'avait vue rendre la justice. Elle avait écouté les plaintes avec attention — même les plus ridicules – et s'était pleinement consacrée à tout le monde. Il avait été impressionné par ses décisions qui n'étaient pas fondées sur l'émotion, comme on aurait pu s'y attendre de la part d'une femme, mais sur les faits et les preuves fournies et, il le suspectait, sur une profonde compréhension des personnes concernées.

Néanmoins, le fait demeurait qu'elle était une femme, et même si les femmes avaient certainement *leur place* dans la société pour reprendre ses termes, gouverner un domaine ne faisait pas partie de leurs attributions, même si la femme en question était intelligente, perspicace et juste. Avec ces qualités, dame Gillian ferait sans aucun doute une excellente épouse pour un seigneur. Elle serait sûrement aussi une meilleure mère pour ses enfants que sa propre mère ne l'avait été. Mais la plupart des femmes seraient de meilleures mères que la sienne !

Et ce n'était pas comme s'il recherchait une telle épouse, ou quelque épouse que ce soit. Il n'était pas pressé de se laisser lier par la vie de famille et les responsabilités qui en découlaient.

Il aurait bien le temps de se marier plus tard et, quand il le ferait, il choisirait une femme jolie et plaisante, gaie et douce, docile et charmante, avec juste une pointe de caractère pour rendre la vie intéressante.

Certainement pas une furie qui se tiendrait devant lui comme une impératrice outragée, les yeux étincelants, le corps vibrant de colère, les lèvres tremblant d'émotion !

Pourquoi, alors, avait-il éprouvé une envie presque irrésistible de l'embrasser, cette furie ?

Il trouva Frederic dans leur chambre, en train de polir son armure, et il décida, quand il eut quitté son haubert, que son écuyer pourrait bien s'exercer un peu à la lance. Il avait remarqué dans la cour extérieure un mannequin d'entraînement au combat qui ne paraissait pas utilisé pour l'heure, et s'était dit que Frederic pourrait faire quelques passes. L'entraîner occuperait également son esprit qui avait tendance à s'égarer.

Ils n'auraient sûrement pas besoin de demander la permission pour cela ; l'aire d'exercice se trouvait dans l'enceinte du château, accessible à tous, supposa-t-il.

Il fit part de sa décision à Frederic et celui-ci se montra enthousiaste.

— Vraiment ?
— Vraiment.
— Il n'est pas trop tard ?
— Je ne pense pas.

Bayard regretta presque sa suggestion lorsqu'il aida

son écuyer à enfiler son haubert. C'était comme essayer d'habiller un poisson frétillant.

Quand le jeune homme fut enfin revêtu de son armure, de son surcot et de son baudrier, son bouclier au bras gauche, Bayard lui dit :

— Allez à l'armurerie chercher une lance épointée. Je tiendrai votre cheval prêt et sellé dans la cour.

— Oui, messire, répondit Frederic en redressant fièrement son baudrier, qui n'en avait pas besoin.

Lorsqu'il fut parti, Bayard le suivit, s'autorisant un petit rire. Par Dieu, être de nouveau aussi jeune et insouciant !

La servante rousse dont il ne se rappelait jamais le nom le croisa dans l'escalier qui menait à la cour. Elle se pressa contre le mur en baissant les yeux et en rougissant comme s'il allait lui faire une proposition licencieuse.

De toute évidence, les rumeurs sur son passé avaient franchi les murs de la forteresse. Dame Gillian les avait probablement entendues, elle aussi, même si son attitude envers lui n'avait pas changé. Ni meilleure, ni pire.

Une fois qu'il arriva aux écuries et que ses yeux s'habituèrent à la pénombre, il aperçut Ned, le chef palefrenier, un grand homme robuste d'un certain âge.

— J'aimerais que le cheval de mon écuyer soit sellé, dit-il.

Le palefrenier parut embarrassé, frottant les pieds par terre, sans croiser son regard.

— Où, euh, où pensez-vous aller, messire ?

Bayard jura en silence. Le pauvre homme craignait visiblement d'avoir à lui annoncer qu'il ne pouvait quitter l'enceinte d'Averette.

— Faire des passes à la lance dans la cour extérieure, répondit-il, résistant avec peine à l'envie de dire qu'il comptait faire le tour des remparts pour voir où il serait le plus efficace de les miner.

Le palefrenier sourit alors largement, porta une main à son front et s'empressa d'obéir pendant que Bayard retournait un seau pour s'asseoir dessus, près de la porte.

Pour un homme de sa taille et de sa corpulence, Ned se mouvait rapidement, constata-t-il en le regardant préparer le destrier brun roux de Frederic. Il aurait fait un bon soldat.

— Merci, Ned, dit-il en prenant la bride du cheval pour le faire sortir de l'écurie quand il eut fini.

Alors qu'il se dirigeait vers les portes, il se demanda si les sentinelles allaient le défier. Elles n'en firent rien, mais il nota qu'un garde partit pour la grand-salle dès qu'il passa.

Pour avertir la châtelaine qu'il sortait, probablement.

C'était irritant à la fin ! Sa mauvaise humeur diminua cependant quand il aperçut Frederic qui attendait, un grand sourire sur son visage. Il sautait d'un côté et de l'autre tant il était excité.

Bayard se rappela sa propre excitation dans des occasions pareilles, avant que son père ne commençât sa litanie d'instructions et d'avertissements, se servant souvent d'Armand comme d'un exemple de ce qu'il ne fallait pas faire, jusqu'à ce que ce dernier remportât ses dix premières joutes dans un tournoi, le faisant enfin taire.

La surface d'entraînement n'était pas très grande, mais elle suffirait. La terre n'était pas trop tassée et on avait laissé pousser l'herbe pour amortir les chutes.

Lorsque Frederic fut en selle, il était si anxieux de commencer qu'il pouvait à peine tenir sa lance.

— Rappelez-vous ce que je vous ai dit, le mit en garde Bayard.

Il était déterminé à l'entraîner non pas comme son père l'avait fait pour lui, avec des critiques et du mépris, mais comme Armand, avec de la patience et des encouragements.

— Je m'en souviendrai ! s'écria le jeune homme en abaissant sa visière.

Bayard lâcha la bride du cheval et s'écarta.

— Quand vous serez prêt…

Frederic inspira à fond et talonna les flancs de son cheval. Le destrier partit au galop, prenant de la vitesse en traversant la cour. La lance du jouvenceau se balança d'une façon précaire jusqu'à ce qu'il parvienne à la contrôler et vise… la tête du mannequin ?

Il n'allait pas recommencer ! Pas la tête !

Frederic manqua complètement son but, ce qui n'était pas surprenant.

Alors qu'il arrêtait son cheval, Bayard courut à lui.

— Ce n'était pas mal, mais vous devez cesser de viser la tête. Visez le bouclier ! Il offre une plus grande prise et vous voulez désarçonner votre adversaire, pas le tuer.

— L'objectif n'est-il pas de remporter le combat ? marmonna Frederic en enlevant son heaume et en le glissant sous son bras, révélant son visage mouillé de sueur.

— Le but est la capture et la rançon, pas la mort, lui rappela Bayard en prenant la bride du destrier et en retournant à l'autre bout de la cour pour que son écuyer puisse faire un nouvel essai. Les guerres demandent de l'argent pour payer des hommes, des armes et des bateaux, ne l'oubliez pas. Capturez un chevalier et rançonnez-le, et vous affaiblirez vos ennemis. Capturez un homme et montrez-vous miséricordieux, et il hésitera peut-être à vous attaquer une prochaine fois. Tuez-le, et tout ce que vous aurez gagné sera un chevalier mort et une famille qui vous haïra à jamais.

Frederic n'était visiblement pas d'accord.

— Si vous épargnez votre ennemi, vous lui laissez une nouvelle occasion de vous tuer.

— Oui, c'est possible. C'est l'une des raisons pour lesquelles les guerres devraient être évitées.

Voyant l'expression méprisante du jeune homme, Bayard essaya une autre approche.

— A votre avis, serez-vous populaire dans les tournois si vous visez toujours la tête de votre adversaire ?

Frederic souffla avec dédain.

— Les hommes apprendront à se tenir loin de moi.

— En effet, acquiesça Bayard, et vous vous retrouverez sans amis ni alliés.

Cela sembla faire réfléchir le jouvenceau, comme s'il commençait à comprendre que laisser un adversaire en vie pouvait avoir des avantages, alors Bayard persévéra.

— La chose essentielle, c'est que la tête d'un homme est une cible beaucoup plus petite que tout le reste, et si vous ne désarçonnez pas votre adversaire, il peut de nouveau charger sur vous. Allez, faites une autre passe et cette fois, visez le bouclier.

— Le bouclier, répéta Frederic en faisant volter son cheval avant de coucher sa lance.

Il visa bel et bien le bouclier, le frappant presque en plein milieu. Bayard lança un cri de triomphe quand la lance, plus légère, se brisa sur le lourd écu, son craquement emplissant l'air.

Puis, alors que le mannequin tournait sur lui-même,

Frederic se pencha sur la gauche pour éviter le sac de sable. Puis il tenta de reprendre son équilibre et se pencha trop loin sur la droite. Bien que le sac ne l'eût pas touché, il fut déséquilibré et tomba de sa selle, heurtant le sol avec un horrible bruit sourd.

Jurant en le voyant qui restait immobile, Bayard se mit à courir. Si Frederic était grièvement blessé…

Dès qu'il l'atteignit, il se jeta à genoux à côté de lui. Le jeune écuyer était très pâle ; il avait les yeux fermés.

— Frederic !

Les paupières du jouvenceau s'ouvrirent en papillonnant. Grâce à Dieu, il était vivant, mais il pouvait être sérieusement touché.

— Suis-je mort ? demanda-t-il d'une voix pâteuse.

Soulagé qu'il soit conscient au moins, Bayard s'accroupit sur ses talons et chercha une trace de sang ou le signe d'os cassés.

— Souffrez-vous ?

Frederic essaya de s'asseoir.

— Non…

Il cligna des paupières et regarda les murs d'Averette en fronçant les sourcils.

— Pourquoi le château bouge-t-il comme ça ?

— Ce n'est pas le château. Vous avez la tête qui tourne.

— Oui, j'ai la tête qui tourne…

Bayard lui ôta son heaume, puis l'aida à se mettre debout, avant de le soulever dans ses bras comme il l'aurait fait pour un enfant.

— Reposez-moi ! protesta Frederic avec plus de vitalité. Je ne suis pas un bébé !

— Restez tranquille, lui ordonna Bayard.

Il fallait qu'il trouve dame Gillian au plus vite.

En tant que châtelaine, elle devait avoir une certaine connaissance de la médecine ; sinon, elle saurait où trouver un médecin.

Gillian aurait dû penser au repas du soir depuis longtemps, mais elle était encore irritée par ce qui s'était passé dans la chambre de jour, à la suite de l'audience.

Il lui était difficile de se concentrer sur des pois, des lentilles et du jambon, quand elle ne cessait de se demander ce qui se serait produit si elle ne s'était pas écartée de messire Bayard. L'aurait-il vraiment embrassée ou bien essayait-il seulement de l'intimider ?

Il ne l'aurait sûrement pas enlacée, probablement. Elle n'était guère le genre de femme à attiser la convoitise d'un homme. S'il ressentait quoi que ce soit pour elle, c'était de la colère et de la frustration, rien qui lui donnât envie de l'embrasser en tout cas.

Quant à ce qu'*elle* avait ressenti... Elle avait laissé ses émotions prendre le dessus. Elle n'avait pas pensé clairement.

Mais spéculer sur la raison de ce geste et sur ce qui aurait pu s'ensuivre était ridicule ! S'il y avait eu un instant de désir mutuel entre eux — mais y en avait-il réellement eu un ? –, il avait été fugace, provoqué par leurs émotions à vif, et il ne se reproduirait pas.

Une femme poussa soudain un cri perçant.

Gillian se retourna vivement et vit Dena figée à côté du puits, un seau cassé et une flaque d'eau à ses pieds. Le bras tremblant de la jeune fille était pointé vers messire Bayard qui avançait vers elle à grands pas, portant son écuyer dans ses bras.

Comme s'il était mort. Ou grièvement blessé.

— Dieu du ciel ! s'écria-t-elle atterrée en se précipitant vers eux. Qu'est-il arrivé ?

Le jouvenceau releva la tête, prouvant ainsi qu'il n'était pas mort, avec sur le visage une expression plus vexée que souffrante.

— Ce n'est rien. Vraiment…

Il ne paraissait pas sérieusement touché non plus.

— Il a été frappé par le mannequin, expliqua Bayard. Il a eu des vertiges et était tout désorienté. Il a peut-être été commotionné.

— Mais non ! Je vais bien ! protesta Frederic en se débattant pour que Bayard le lâche. J'ai eu la tête qui tournait un peu, mais ça va, maintenant.

Il luttait en vain, car il était clair que son maître n'allait pas le remettre sur ses pieds.

Ce qui était aussi bien, se dit Gillian, car s'il avait eu des vertiges, moins il bougeait, mieux c'était, jusqu'à ce qu'elle puisse l'examiner.

— Il peut prendre mon lit, dit Bayard dans un grondement sourd qui trahissait son inquiétude.

— Bien… Portez-le dans votre chambre, alors, dit-elle. Je vous suis…

Elle appela ensuite Dena qui se tenait toujours près du puits, le visage un peu moins pâle.

— Allez voir Seltha dans la cuisine et dites-lui de m'apporter de l'eau chaude, ainsi qu'un seau d'eau froide. Puis allez chercher des linges propres et apportez-les dans la chambre de messire Bayard. Tout de suite, Dena !

Chapitre 7

Tandis que dame Gillian s'occupait de Frederic, Bayard resta devant la porte de la chambre. Il n'irait pas dans la grand-salle, ou ailleurs, avant de savoir si son écuyer était grièvement blessé ou non. Il était prêt à attendre aussi longtemps qu'il le faudrait. Grâce à l'entraînement que lui avait fait subir son père, il pouvait rester immobile pendant des heures.

La porte s'ouvrit enfin, mais ce ne fut pas Gillian qui sortit. C'était Dena, en pleurs, et l'estomac de Bayard se serra d'appréhension.

— Comment va Frederic ? demanda-t-il comme elle refermait la porte.

Elle répondit avec des sanglots et des hoquets dans la voix.

— Il... il va aller bien... Je dois... aller lui chercher... quelque chose à boire, et... et demander à Robb de rester... avec lui.

Le soulagement submergea Bayard. Dame Gillian était une femme intelligente ; il pouvait donc se fier à son jugement si elle pensait que l'état de Frederic n'avait rien d'alarmant. Et elle avait sagement fait appeler un de ses hommes à lui pour le veiller, un homme en qui il pouvait avoir confiance pour faire ce qu'on lui commandait, quelles que soient les plaintes ou les exigences de son écuyer.

Puis Dunstan — l'une des dernières personnes qu'il souhaitait voir – apparut dans l'escalier.

— J'ai appris que votre écuyer a eu un accident. Vous n'avez pas à vous inquiéter sur les soins qui lui seront donnés. Dame Gillian est très habile, aussi efficace que n'importe quel médecin. Mon père l'a formée dans cet art quand il était intendant ici.

— J'en suis heureux, dit Bayard.

Il l'était réellement, toutefois il ne comprenait pas la satisfaction de Dunstan, qui se comportait comme s'il l'avait formée lui-même.

Se sentant soudain las, il souhaita que l'intendant s'en aille.

— Qu'est-ce qui vous amène ici, Dunstan ? demanda-t-il. Les affaires du domaine, ou êtes-vous venu m'exprimer vos souhaits de prompte guérison pour mon écuyer ?

— Je suis venu voir si ma dame veut que nous retardions le souper ou non, répondit l'intendant en s'avançant pour frapper à la porte.

Quelques instants plus tard, elle s'ouvrit devant Gillian. Derrière elle, Bayard aperçut Frederic assis dans le lit, pâle mais conscient.

— Ma dame…, commença Dunstan.

Elle leva la main pour le faire taire, puis sourit à Bayard avec un plaisir sincère dans ses yeux verts.

— Je ne crois pas que votre écuyer soit sérieusement blessé, messire. Sa fierté semble avoir été plus touchée que son corps. Néanmoins, je pense qu'il vaudrait mieux qu'il se repose ce soir, et qu'il ne monte pas à cheval pendant quelques jours. Il pourrait avoir moins de chance s'il faisait trop vite une autre chute.

Bayard s'avança, mais Dunstan ne parut pas vouloir s'écarter jusqu'à ce qu'il voie son regard. Alors, il fit un pas sur la gauche.

— Frederic ne va pas en être heureux…

— Non, probablement pas, messire. Toutefois, mieux vaut être prudent. Cette nuit, il devra être réveillé à chaque changement de garde. J'ai fait quérir un de vos soldats pour le veiller.

Une lueur d'amusement parut traverser son regard.

— Les soldats ne sont peut-être pas les plus douces des infirmières, mais on peut compter sur eux pour obéir aux ordres et ne pas se laisser manipuler par d'avenants jeunes gens qui ne veulent pas faire ce qu'on leur dit.

Bayard acquiesça d'un signe de tête, même si cela signifiait pour lui une nuit inconfortable et au sommeil troublé sur la palette, à moins qu'il ne trouve un autre endroit où dormir.

— Vous avez ma gratitude pour tous vos soins et votre sollicitude, ma dame.

— Nous ne pouvons rien faire de plus pour lui maintenant, répondit-elle. Il n'est pas utile que vous restiez.

— J'aimerais rester à son chevet jusqu'à ce que mon homme arrive.

— Fort bien, messire. Dites-lui ce que j'ai recommandé, le réveiller à chaque changement de garde. S'il ne se réveille pas facilement, il faut tout de suite m'appeler.

— Je le ferai, ma dame. Et une fois encore, merci.

Quand Bayard entra dans la chambre, Frederic entreprit de se redresser.

— Je n'ai pas besoin de rester au lit, dit-il d'un ton mi-indigné, mi-implorant. Je vais très bien, je vous assure.

A l'entendre, il semblait valide et à peu près remis, mais les ordres étaient les ordres, qu'ils viennent d'un maître ou d'une dame.

— A moins que vous n'ayez caché le fait que vous êtes médecin, vous ferez ce que dame Gillian vous dit, déclara Bayard en s'asseyant sur un tabouret à côté du lit. Votre tête vous fait mal ?

— Un peu.

On frappa à la porte, et à la réponse de Bayard, Robb entra d'un pas lourd. C'était un grand homme du Yorkshire, avec des cheveux coupés court et une robuste carrure. La rumeur disait qu'il avait été braconnier dans sa jeunesse. Bayard voulait bien le croire, car il était capable de suivre une piste mieux que la plupart des hommes.

Il s'était aussi amouraché de cette servante rousse, semblait-il.

— On m'a demandé de jouer les nourrices, messire, annonça-t-il avec un grand sourire.

Frederic parut contrarié et chuchota à Bayard qui se levait pour partir :

— Si je dois avoir une infirmière, demandez plutôt à dame Gillian d'envoyer Dena, voulez-vous ?

Bayard ne pouvait lui reprocher de préférer la compagnie d'une jolie fille à celle d'un grand costaud, mais ainsi que dame Gillian l'avait dit, Robb ferait ce qu'on lui dirait de faire, quelles que soient les menaces ou les cajoleries de Frederic.

— Vous pouvez apprendre quelque chose de Robb, répondit-il. Demandez-lui de vous raconter comment il a vaincu trois hors-la-loi sur la route de Londres, une fois. Il n'était pas armé et ils avaient tous une épée, mais ils ont fini morts et lui s'en est sorti avec à peine une égratignure.

Le sourire de Robb s'élargit.

— Oh ! Ça a été une sacrée journée, vraiment !

Bayard ébouriffa les boucles châtaines de son écuyer.

— Alors reposez-vous comme le dit dame Gillian et instruisez-vous avec Robb.

Après une nuit très froide et très inconfortable dans le grenier à foin — où au moins il n'eut pas à entendre ronfler les soldats et les serviteurs comme s'il avait dormi dans la grand-salle –, Bayard se réveilla en éternuant. La paille le piquait à travers sa chemise, tout comme la couverture que Seltha lui avait procurée.

Il se mit à quatre pattes et regarda par une fente du mur en torchis. Il faisait à peine jour et les gardes sur le chemin de ronde tapaient des pieds pour se réchauffer dans le froid du petit matin.

Le cuisinier et les filles de cuisine étaient eux aussi réveillés et déjà au travail, à en juger par la fumée qui montait de l'ouverture dans le toit de la cuisine.

S'enroulant dans la couverture, Bayard songea aux mois qu'Armand avait passés dans un cachot humide et glacé. Il aurait probablement considéré ce tas de paille comme un luxe, en comparaison.

Pendant que son frère souffrait, lui dormait entre des draps propres, dans une chambre chauffée par un réchaud, mais jamais — quelles que soient les rumeurs qui couraient sur lui à ce sujet – avec l'épouse du duc d'Ormonde.

Il ne pouvait nier qu'il avait été tenté par la jeune

femme. Quel homme ne l'aurait pas été, quand elle ne cessait de lui dire combien elle était solitaire, en le regardant d'un air si pitoyable avec ses yeux de jolie coquette ? Mais il était l'hôte du duc autant que son prisonnier, et déterminé à respecter de son mieux les idéaux de la chevalerie.

Il y avait eu d'autres femmes en revanche, des femmes dont les époux n'étaient pas ses hôtes. Des filles avenantes, de charmantes dames... Il avait fait l'amour avec une vingtaine d'entre elles au moins, s'il n'avait pas approché tout à fait du nombre de conquêtes qu'on lui attribuait. Toutefois, combien de ces femmes avaient touché son cœur ? Combien l'avaient vu autrement que comme un plaisir fugace, un amant de quelques nuits pour animer par l'excitation de l'attente leurs mornes journées ? Combien se seraient opposées au roi pour lui, comme Adelaide l'avait fait pour Armand ?

Pas une seule, et cette pensée était déprimante.

S'il devait choisir parmi elles une avocate pour le défendre, qui voudrait-il ? Marion, avec ses cheveux blonds et ses fossettes ? Amelie, qui gloussait à chaque caresse ? Jocelyn, qui ne pensait qu'aux habits, aux bijoux et aux ragots ?

S'il avait de graves ennuis et s'il avait besoin d'une femme sensée pour le soutenir, d'une femme intelligente, courageuse et compétente... qui ?

Il n'y en avait qu'une qui lui venait à l'esprit : dame Gillian d'Averette.

Et s'il voulait une amante qui ne gloussait pas dès qu'il la touchait, ou qui ne le regardait pas comme s'il était une pièce de bœuf à l'étal, une femme avec qui il pourrait avoir aussi des conversations qui portaient sur autre chose que sur les intrigues de la cour ?

Dame Gillian… peut-être.

Que ferait-elle s'il l'embrassait ? Comment réagirait-elle ? Le giflerait-elle, ou lui rendrait-elle son baiser avec le même tempérament hardi qu'elle montrait dans la conduite de sa maison ? Se jetterait-elle avidement dans ses bras, le pousserait-elle sur le lit…

Dieu du ciel !

Il était resté beaucoup trop longtemps sans femme, s'il devenait excité en s'imaginant faire l'amour avec elle !

Se traitant de sot frustré et fatigué — son sommeil agité de la nuit dernière devait aussi être responsable des égarements de son esprit –, il baissa la tête pour ne pas heurter les poutres, replia la couverture, brossa du mieux qu'il put les brins de paille accrochés à ses habits et descendit du fenil.

Alors qu'il traversait la cour à grands pas, il aperçut quelques-unes des femmes de la maisonnée groupées autour du puits. Plus d'une sourit en le voyant, mais aucune ne le tentait.

C'était comme s'il était ensorcelé, attiré de façon inattendue par la seule femme du château qu'il n'aurait pas dû désirer.

Dame Gillian était probablement déjà dans la grand-salle.

Il décida cependant d'aller rendre visite à Frederic pour commencer. Son écuyer était sous sa responsabilité ; il devait penser à lui avant de penser à sa faim, même si son estomac gargouillait.

Il grimpa deux à deux les marches qui menaient à l'étage, et poussa la porte de sa chambre sans frapper.

Poussant un juron, Frederic sortit en crapahutant du lit et attrapa la courtepointe pour cacher sa nudité, tandis que Dena, rouge comme un coquelicot, serrait pudiquement un drap sur sa poitrine nue.

Bayard entra et claqua la porte derrière lui.

— Où diable est Robb ?

Question stupide…

— Dena a pris sa place, répondit Frederic qui essayait de garder un air digne tout en enroulant la courtepointe autour de sa taille mince.

Bayard jeta un coup d'œil à la servante qui se faisait toute petite.

— Pas exactement, il me semble !

Serrant toujours le drap contre elle, elle se mit à pleurer.

— Je suis désolée, messire. Je pouvais faire ce que Robb était censé faire, et je l'ai fait. J'ai réveillé Freddy à chaque changement de garde.

Freddy ?

— Vraiment ?

— Je… je l'aime, messire, balbutia-t-elle. Et je voulais être sûre qu'il soit soigné comme il faut.

Elle ne pouvait pas voir le visage de Frederic, mais Bayard le voyait, lui. Le garçon paraissait agacé et impatient, comme s'il était contrarié qu'ils aient été découverts, mais il ne semblait pas éprouver le moindre remords.

Il ne se porta pas non plus au secours de Dena, bien plus mortifiée que lui, ce qui indiqua à Bayard qu'il ne se souciait pas vraiment d'elle et de son sort. Il s'était servi d'elle pour apaiser sa concupiscence ; elle ne signifiait rien de plus. Et cependant elle croyait qu'il l'aimait.

Pauvre fille, naïve et crédule ! Y compris à la pire époque de sa jeunesse égoïste, il n'avait jamais été aussi insouciant de la vertu d'une femme, même si elle était juste une servante.

— Habillez-vous, Dena, et laissez-nous, ordonna-t-il.

Le regard de Dena alla de Bayard à Frederic et vice versa, et elle releva un peu le drap.

— Je pense que vous feriez mieux de partir, Dena, confirma l'écuyer en la congédiant avec une froide arrogance qui retourna l'estomac de Bayard.

Maudit soit ce garçon d'avoir profité d'elle. Et maudit soit-il, lui, de ne pas avoir dit au jouvenceau de rester à distance des femmes de ce château, où ils étaient des hôtes. Il avait manqué à son devoir et il devait maintenant essayer d'arranger les choses.

La jeune fille commença à sortir du lit. Puis elle s'arrêta et lui jeta un regard incertain, rougissant.

Même si elle ne possédait rien qu'il n'ait déjà vu, Bayard tourna poliment le dos, lui laissant un peu de dignité. Les bras croisés, il entendit qu'elle s'habillait et que Frederic enfilait ses vêtements, aussi.

— Pardon, pardon, chuchotait sans cesse la servante éplorée à Frederic. Je vous aime.

Il ne répondait pas.

— Est-ce que vous ne m'aimez pas ? demanda-t-elle alors, la voix pleine de douleur.

— J'ai pu dire quelque chose comme ça dans l'ardeur du moment...

Pour obtenir ce qu'il voulait, comme tant d'hommes avant lui.

Bayard se rappela une autre femme criant presque la même chose à son père alors qu'il la chassait de son château à coups de fouet. « Vous m'avez dit que vous m'aimiez ! » Elle enlaçait de ses bras minces son fils qu'elle essayait de protéger des coups. « Vous disiez que vous m'aimiez ! »

Raison pour laquelle il n'avait jamais dit à une femme qu'il l'aimait, quelle que soit l'intensité de son désir.

Dena s'enfuit de la chambre, sanglotant toujours, ses habits mal attachés, ses cheveux roux en désordre flottant derrière elle telle une oriflamme.

Bayard se tourna alors pour faire face à son écuyer, qui était vêtu de chausses, de bottes et d'une tunique non ceinturée.

— Qu'est-ce qui vous a pris ?

Frederic haussa les épaules.

— Nous sommes des hôtes, ici !

Il ne répondit pas.

— Etait-elle vierge ?

Le jeune homme marmonna quelque chose à voix basse. Bayard serra les poings d'exaspération.

— L'était-elle, ou non ? Vous n'avez pas vu la différence, ou vous êtes un parfait imbécile ?

— Quelle importance si elle l'était ? bougonna Frederic d'un ton de défi, sans toutefois croiser le regard de Bayard. Elle n'est pas une enfant.

— Encore heureux ! Et si elle tombe enceinte ? Que ferez-vous, alors ?

— L'enfant pourrait ne pas être de moi.

— Sous-entendez-vous qu'après vous avoir donné son pucelage, elle se mettra à coucher avec ceux qui le lui demanderont ? Sacrebleu ! Vous lui avez pris sa virginité, allez-vous flétrir son honneur, aussi ?

L'écuyer haussa de nouveau les épaules.

— Ce n'est qu'une paysanne.

Bayard eut tout le mal du monde à ne pas le gifler.

— Si elle met un enfant au monde dans neuf mois, que ferez-vous ?

Frederic leva alors sur lui un regard provocant.

— Que suis-je supposé faire ? Je suis de noble lignage. Vous ne pouvez sûrement pas attendre que j'épouse cette fille ?

— Non, rétorqua Bayard, car c'était vrai. Mais je peux attendre au moins que vous vous conduisiez avec générosité et honneur !

— Vous avez tout le temps des femmes, vous !

Il redressa ses épaules minces.

— Comment osez-vous me reprocher de m'amuser un peu à mon tour ?

Sa colère explosant, Bayard l'empoigna par le col de sa tunique et le poussa contre le montant du lit.

— Dena a mis son sort entre vos mains et, par Dieu, vous allez la traiter correctement ! Sinon, je vous traînerai devant votre père et je lui dirai que je ne veux pas d'un butor sans honneur pour écuyer !

Frederic battit des bras, impuissant à se défaire de la poigne de son maître.

— Lâchez-moi !

— Pensez-vous souffrir, mon garçon ? répliqua Bayard. Avez-vous jamais vu une femme en travail ? Entendu ses cris de douleur ? Avez-vous jamais entendu traiter une femme de sale ribaude, n'en avez-vous jamais vu fouettée parce qu'un homme s'est frayé un chemin entre ses jambes avec des mots doux ?

— Arrêtez !

Une main féminine, brunie par le soleil, lui saisit le bras et lui fit lâcher le jeune homme.

Il se retrouva face à une Gillian pâle et les lèvres pincées.

Le corps secoué par les sanglots, ses mains couvrant son visage, Dena se tenait sur le seuil de la chambre derrière sa maîtresse qui les fusillait tous deux du regard.

Frederic se massa la gorge et leva un doigt accusateur vers Bayard.

— Il... il a tenté de me tuer !

Bayard le regarda froidement.

— Si j'avais voulu vous tuer, vous seriez mort.

— Messire, dit Gillian d'une voix autoritaire. Frederic est autant mon hôte que vous et vous ne reposerez pas la main sur lui tant que vous serez sous mon toit !

Bayard se planta devant elle.

— Je regrette, ma dame, que mon écuyer ait séduit votre servante d'une aussi vile manière.

— Je ne l'ai pas séduite ! protesta Frederic d'une voix rauque. Elle s'est donnée de son plein gré. Dites-leur, Dena. Je ne vous ai pas forcée, n'est-ce pas ?

Dena laissa retomber ses mains.

— C'est vrai, murmura-t-elle, le visage bouffi et strié de larmes. J'étais d'accord.

— Vous voyez ! triompha Frederic. Je n'ai rien fait de mal.

— Je... je croyais qu'il m'aimait, ma dame, expliqua la jeune fille en s'essuyant les yeux, tandis que ses larmes continuaient à couler. Il l'a dit. Je... je l'ai cru.

— Est-ce vrai ? demanda Gillian.

— Cela se peut, admit Frederic avec réticence.

Il gonfla la poitrine comme un coq indigné.

— Messire Bayard a eu plein de femmes, comme beaucoup de chevaliers. Il n'y a rien de mal à ça. Et elle n'est qu'une servante, après tout !

— Je n'ai jamais séduit aucune femme, qu'elle soit

dame ou servante, en lui parlant d'amour, rétorqua Bayard. Et si une femme avec qui j'ai couché se trouvait enceinte, je m'occuperais d'elle et de son bébé et m'assurerait qu'ils ne souffrent pas toute leur vie d'un moment d'égarement.

Après avoir décoché à Frederic un regard qui aurait pu geler une mare en plein été, Gillian s'approcha de Dena bouleversée et passa gentiment un bras autour de ses épaules.

— Allez dans ma chambre et attendez-moi, dit-elle d'une voix plus suave que ce que Bayard avait jamais entendu venant d'elle.

Son ton était posé, comme si elle était la plus douce des femmes, et très éloigné du ton autoritaire qu'elle avait employé lors de l'audience ou quand elle l'avait affronté ensuite dans la chambre de jour.

C'était comme s'il existait deux dames Gillian, la harpie qui semblait ne se dévoiler qu'en sa présence et la femme qui se souciait de ses gens comme s'ils étaient sa famille.

Reniflant et s'essuyant le nez, Dena s'empressa de sortir.

— Ma dame, reprit Bayard d'un ton plus doux, lui aussi, vous avez ma parole que si cette jeune fille tombe enceinte, son bébé et elle ne manqueront de rien. J'y veillerai moi-même si Frederic ne le fait pas.

— Me renvoyez-vous de votre service, messire ? demanda alors Frederic d'un ton bien moins arrogant.

Il essayait de paraître courageux, mais sa voix tremblait et Bayard devinait pourquoi.

Son père était un homme dur, sévère et très fier, comme l'avait été le sien. C'était une des raisons pour lesquelles il avait choisi le jouvenceau pour écuyer : pour lui montrer qu'un homme pouvait être bienveillant et respecté, comme l'était Armand et comme il s'efforçait de l'être. Si Frederic était renvoyé chez lui en état de disgrâce, le moins qu'il pouvait attendre de son père était une bonne rossée.

Comment traiterait-il alors les femmes à l'avenir ? Avec amabilité et respect, ou tiendrait-il Dena et toutes les autres pour responsables de son malheur ?

Il avait agi avec l'impulsion et l'impatience de la jeunesse, comme beaucoup d'autres l'auraient fait à sa place, et il continuerait probablement à traiter les femmes comme des objets d'amusement à moins qu'on ne lui montre une façon plus honorable de se comporter.

Toutefois, s'il souhaitait quitter son service, il devait lui en laisser la possibilité.

— Que désirez-vous faire ? lui demanda-t-il. Partir ou rester ?

Visiblement déconcerté par la question, Frederic bredouilla sa réponse.

— Rester...

— Messire, intervint Gillian. Ceci est *mon* château...

— Oui, coupa-t-il avant qu'elle ne se mette plus en colère. Et parce que c'est votre château, la décision de savoir si Frederic doit partir ou rester vous revient.

Elle se détendit — un peu.

— Comme c'est Dena qui va souffrir le plus de leur égarement, je pense que c'est à elle d'en décider. Si elle veut qu'il parte, il partira.

Bayard hocha la tête.

— Pendant que dame Gillian parlera à Dena, dit-il alors au jeune homme, j'irai attendre dans la grand-salle. Puisque vous semblez être complètement remis de votre chute d'hier, vous resterez ici, seul, pour réfléchir aux responsabilités qui incombent à un chevalier. Si vous bougez de cette chambre avant que je ne vous y autorise, peu importe alors ce que dame Gillian décidera. Je vous renverrai chez vous. Comprenez-vous ?

— Oui, messire, répondit Frederic, si bas que Bayard l'entendit à peine.

— Ma dame, continua Bayard d'une voix plus calme et avec une politesse attentionnée, en offrant son bras à son hôtesse.

Elle le prit et lui permit de l'escorter hors de la chambre, pendant que Frederic s'asseyait lourdement sur le lit.

Chapitre 8

— Je regrette vraiment ce qui s'est passé, croyez-le, dit Bayard tandis qu'ils longeaient le corridor vers la chambre de Gillian, qui se trouvait à l'autre bout des appartements familiaux. J'ai manqué à mes devoirs de chevalier envers votre maison et vous-même. Quant à votre décision de laisser Dena décider du sort de mon écuyer, je l'agrée. J'applaudis à votre amabilité et à votre générosité de lui laisser le choix. Cela dit, je ne crois pas que le garçon soit sans mérite et j'espère qu'avec le temps et une main ferme pour le conduire dans le bon chemin, il pourra devenir un homme meilleur.

Gillian lui jeta un coup d'œil surpris. Il était assez inattendu d'entendre un homme, et un noble de surcroît, exprimer de tels sentiments. C'était aussi inhabituel et surprenant que sa promesse d'assumer la responsabilité de l'écart de conduite de son écuyer si Frederic s'avérait défaillant. De trop nombreux nobles considéraient les servantes d'une maison comme du gibier, estimant même qu'elles devaient leur être reconnaissantes de leur attention. Que tel ne fût pas son état d'esprit, malgré sa réputation, lui paraissait admirable — même si elle se rappelait qu'il n'était pas réputé pour aller du lit d'une servante à celui d'une autre servante, mais du lit d'une dame à celui d'une autre dame. Quoi qu'il en soit, elle pensait qu'il avait été honnête en disant qu'il ne promettait jamais son amour pour séduire une femme.

Ils s'arrêtèrent devant la porte de sa chambre. Ils pouvaient entendre Dena pleurer à l'intérieur.

— Mon père utilisait bien trop souvent les femmes pour son amusement, dit Bayard.

Il fixait la porte fermée comme s'il contemplait un tableau.

— Il les séduisait avec des mots d'amour et la promesse de leur donner la sécurité, pour les abandonner quand il se lassait d'elles ou en trouvait une autre pour les remplacer. J'ai probablement des frères bâtards dans toute l'Angleterre. J'en connais au moins un, car sa mère l'a amené au château, un jour, quand j'étais petit. Mon père l'a traitée de ribaude et les a tous deux fait chasser à coups de fouet. Je ne l'oublierai jamais, ni la honte que j'ai éprouvée, aussi longtemps que je vivrai.

— Tant que je serai châtelaine ici, Dena ne sera jamais mal traitée, lui assura Gillian.

Il hocha la tête, et elle vit dans ses yeux un soulagement qui allait plus loin que la simple gratitude.

Son sang s'échauffa jusqu'à ce qu'il esquisse un petit sourire en coin, et dise :

— Vous a-t-on jamais dit que quand vous regardez quelqu'un de cette façon, sans ciller, on a l'impression que vous essayez de lui extorquer tous ses secrets ?

— Je suis désolée, murmura-t-elle en détournant les yeux et en rougissant.

Bayard tendit la main et lui prit le menton.

— Tout le monde a des secrets, ma dame. Y compris vous, je suppose.

Elle ne pouvait pas soutenir son regard, ne voulait pas remarquer la douce pression et la chaleur de son toucher, en particulier quand il semblait vouloir faire sortir tous ses secrets de leur cachette. Elle craignait, en plongeant les yeux dans son regard sombre, de les lui révéler. Tous.

Ils n'auraient pas dû se tenir aussi près l'un de l'autre, non plus. Elle n'aurait pas dû remarquer ses lèvres pleines, la force de sa mâchoire, les aplats de ses joues. Elle n'aurait pas dû pas avoir envie de tourner son visage dans sa main pour embrasser sa paume. Elle n'aurait pas dû avoir envie de l'embrasser tout court.

Et de faire bien plus que cela.

Mais elle se rappela à temps ce qu'elle avait entendu dire de lui.

— Si ce que l'on dit de vous est vrai, vous devez déjà avoir à charge plusieurs enfants…

— Non. Et si j'ai un enfant, je l'ignore.

Son expression se durcit.

— Vous avez manifestement entendu dire comment on me surnomme et pourquoi, mais je vous assure que le nombre de mes liaisons a été grandement exagéré. Je ne suis pas le séducteur rusé que dépeignent les rumeurs. J'ai eu des maîtresses, je ne le nie pas, mais j'ai éprouvé pour elles un sincère attachement.

— Pas assez important pour vous marier, cependant, répliqua Gillian.

— On pourrait dire la même chose d'elles. Nous partagions quelques nuits d'amusement, rien de plus. Elles étaient aussi conscientes de mes sentiments — ou de mon absence de sentiments – que je l'étais des leurs.

Il ne paraissait ni satisfait, ni fier, ni bourrelé de remords. Il était détaché, comme s'il discutait de son armure ou du temps, de la même manière sans doute qu'elle le serait si elle devait lui parler de James, préservant soigneusement la véritable profondeur de ses sentiments de la curiosité de quelqu'un qu'elle connaissait à peine.

— Je devrais parler à Dena, maintenant…, dit-elle.

Elle abaissa le loquet et s'empressa d'entrer, fuyant le chevalier, ses yeux sombres et troublés, ainsi que la sympathie qu'il lui inspirait.

Dena était assise sur un tabouret près de la croisée, les épaules affaissées, les mains molles sur les genoux, comme si elle était trop épuisée pour continuer à pleurer.

Le cœur de Gillian se gonfla de compassion. Elle ne comprenait que trop bien l'aspiration à se donner complètement à un homme, le désir qui faisait paraître la morale, les règles et les lois comme des obstacles au bonheur convoité. Le besoin de croire que tout ce que votre bien-aimé demande ou veut de vous est juste, bon, et vaut tous les sacrifices.

Parce qu'elle était passée par là, elle aussi… Elle avait éprouvé la même peur glaçante que son désir et ce qu'il l'avait conduite à faire ne soient découverts, entraînant pour elle la honte et le déshonneur si la vérité était révélée. Et qu'elle puisse, au bout de neuf mois, mettre au monde un bâtard.

Mais ses menstrues étaient arrivées en temps voulu et sa honte était restée un secret, enterré à tout jamais avec James.

Malheureusement pour Dena, la chose était déjà connue. Plusieurs servantes l'avaient vue et entendue sangloter dans un coin de la grand-salle. Elle s'était recroquevillée par terre comme une bête souffrant, et les femmes lui avaient demandé ce qui n'allait pas.

Il avait fallu à Gillian toute sa force de persuasion pour faire parler la jeune fille, et même alors elle avait dû tendre l'oreille pour entendre ses explications étranglées. Mais elle les avait entendues, Seltha et Joanna aussi. Une telle histoire allait se répandre dans tout le château, de la grand-salle dans la cuisine, des écuries, aux baraquements en passant par l'armurerie, et enfin au village, et tout le monde à Averette finirait par connaître sa honte.

Même son autorité de châtelaine ne pourrait empêcher cela. Mais elle pouvait encore faire en sorte que Dena ne souffre pas plus que ce qu'elle devait.

La jeune servante leva les yeux quand Gillian referma la porte. Mais au lieu de se remettre à pleurer, comme Gillian s'y attendait, elle se redressa avec une vigueur inattendue, le regard enflammé.

— Oh ! Ma dame ! J'ai été une telle sotte !

Déconcertée par ce changement d'attitude et par ces paroles farouches, Gillian désigna mollement le tabouret.

— Asseyez-vous, Dena.

La jeune fille obéit, mais se releva aussitôt comme si elle était trop agitée pour rester assise.

— J'ai été une gourde, une gourde stupide et bêtement amoureuse !

Puis sa véhémence s'effrita.

— Mais quand il m'a dit qu'il m'aimait…

Gillian s'empressa de passer un bras autour de ses épaules, regrettant de n'avoir pas été plus attentive à ce qui se passait sous son toit.

Dena se dégagea comme si elle ne supportait pas d'être touchée.

— Non, ma dame, je vous en prie ! N'ayez pas pitié de moi ! Je savais, dans mon cœur, que quelque chose n'allait pas. Qu'il ne tenait pas à moi comme je tenais à lui. Mais comme une écervelée, j'ai ignoré les avertissements de mon cœur et de ma conscience et j'ai pensé que je pourrais l'amener à m'aimer, surtout si je... si nous...

Elle se couvrit le visage de ses mains et se laissa glisser sur le tabouret.

— J'ai tellement honte !

Gillian s'agenouilla devant elle et lui écarta doucement les mains.

— Vous avez fait une erreur, c'est certain, mais la plus grande honte appartient à l'homme qui s'est servi de vous, mentant pour obtenir de vous ce qu'il voulait.

— Il a dit que j'étais belle, que même mes cheveux étaient beaux. Alors que tout le monde les trouve affreux, ou dit qu'à cause d'eux je suis maudite...

Vos cheveux sont comme le lin le plus doux.

Ces mots montèrent de la mémoire de Gillian, suaves, puissants, douloureux.

— Je comprends, Dena. Vraiment.

Même si elle ne doutait pas que James l'ait sincèrement aimée, avec toute la ferveur et l'émerveillement d'une première et tendre passion.

Les yeux de la jeune fille s'élargirent d'étonnement et d'espoir.

— Alors vous... vous n'allez pas me renvoyer, ma dame ?

— Pas si vous voulez rester, même si ce ne sera pas facile pour vous, Dena... Les gens vont apprendre ce qui s'est passé et porter des jugements. Vous serez peut-être être mise à l'écart par certains, ou insultée, et d'autres hommes vont penser que vous viendrez facilement dans leur lit.

— Qu'ils le pensent ! s'écria Dena en bondissant de nouveau sur ses pieds, le corps tremblant d'indignation. Ils se rendront vite compte qu'ils font fausse route !

Gillian se leva plus lentement.

— Et si vous attendez un enfant ?

Le regard de Dena vacilla et elle passa la main sur son ventre. Elle leva les yeux, les lèvres tremblantes, des larmes perlant au bout de ses cils.

— Si c'est le cas, me ferez-vous partir ?

— Non, pas si vous ne voulez pas. Etes-vous enceinte ?

Dena se mordit la lèvre et regarda Gillian d'un air implorant.

— Je n'en suis pas sûre, ma dame, mais… peut-être.

Gillian tendit les bras et prit ses mains dans les siennes.

— Alors vous aurez encore plus besoin de ma protection, et vous l'aurez, Dena.

Ce fut comme si toute force quittait soudain les jambes de la servante. Elle chancela et faillit tomber, avant que Gillian ne la rattrape.

— Ma dame, oh, ma dame, vous êtes si bonne avec moi ! Je ne sais pas ce que je ferais si vous…

— Chut. Taisez-vous, maintenant, chuchota Gillian en la conduisant jusqu'au lit.

Elle craignait que toute tension supplémentaire ne la rende malade.

— Allongez-vous et reposez-vous.

Dena recula.

— Oh ! Pas dans votre lit, ma dame !

— Je vous l'ordonne, répondit Gillian avec juste un peu plus de fermeté.

Se mouvant avec autant de précaution que si le lit était fait de fils délicats, Dena obéit.

— Je savais qu'il ne m'épouserait pas, avoua-t-elle pendant que Gillian la bordait avec la courtepointe. Il est presque chevalier et je suis juste la fille d'un tisserand. Mais beaucoup de nobles ont des maîtresses qu'ils aiment et traitent aussi bien que leur épouse, même mieux parfois. Je pensais que peut-être... Ça n'aurait pas été honorable, je le sais bien, mais j'aurais été avec lui et ça m'aurait suffi, parce que je l'aime tant...

Elle réprima un sanglot et essuya une larme sur sa joue tout échauffée.

— Je suis vraiment sotte, n'est-ce pas ?

— Vous lui avez fait confiance et il vous a dupée, répondit Gillian en s'asseyant sur le bord du lit. Vous n'êtes pas la première femme à être trahie par un amant et, hélas, vous ne serez pas la dernière.

— Pensez-vous... pensez-vous que messire Bayard était sincère, quand il a dit qu'il pourvoirait aux besoins de mon enfant et aux miens si Frederic ne...

— Oui, je le crois.

Gillian prit alors la main de Dena dans la sienne et la regarda gravement.

— Voulez-vous que je dise à Frederic de quitter Averette ?

Les yeux ronds comme des soucoupes, la courtepointe remontée jusqu'à son menton, Dena paraissait encore plus jeune et plus innocente.

— Vous le feriez partir à cause de moi ?

Gillian lui dédia un petit sourire d'encouragement.

— Absolument.
— Et messire Bayard serait d'accord ?
— Il n'aurait pas le choix. C'est moi qui commande à Averette, pas lui.

Dena fronça les sourcils d'un air pensif, puis elle secoua la tête.

— Non. Qu'il reste... Messire Bayard est quelqu'un de bien et je ne pense pas que Frederic soit au-delà de tout espoir. Je pense qu'il pourrait apprendre de son maître comment devenir un chevalier honorable.

Gillian le pensait aussi.

— Vous aurez à rencontrer Frederic dans la grand-salle ou dans la cour, fit-elle remarquer.

— Devrai-je le servir ?

— Non. Vous aurez même ma permission de l'ignorer complètement !

Dena esquissa un sourire tremblant qui contenait une pointe de satisfaction.

— Et je le ferai.

Gillian se leva.

— Reposez-vous, maintenant. Je vais annoncer à messire Bayard que son écuyer n'est pas obligé de partir. Je lui dirai aussi que Frederic ne doit pas vous parler, sans quoi il s'en ira le jour même.

Le visage de Dena, qui était si résolu quelques instants plus tôt, se défit de nouveau. Elle enfouit sa tête dans l'oreiller.

— Je ne tomberai plus *jamais* amoureuse !

Gillian écarta une mèche rousse de sa joue.

— Vous êtes en colère et bouleversée, mais vous êtes jeune. L'amour peut arriver...

De nouveau...

Son esprit et son cœur lui susurrèrent ces mots, bien qu'elle aussi ait été certaine de ne plus pouvoir aimer après la mort de James. Cette certitude avait duré des années, et quand Adelaide avait suggéré que ses sœurs et elle jurent de ne jamais prendre d'époux, la promesse avait été facile à faire.

« Et maintenant, Gillian ? Es-tu si sûre que tu ne pourras jamais plus aimer ? »

La réponse à cette question était...

Non. Elle n'en était pas certaine...

Elle s'efforça de chasser ce constat de ses pensées tandis qu'elle se hâtait vers la grand-salle, où elle trouva Bayard en train d'arpenter l'estrade. Il s'arrêta et se tourna vers elle.

— Frederic peut rester, dit-elle, répondant à l'interrogation muette de ses yeux. Dena pense que vous pouvez lui apprendre à être un homme meilleur.

Elle ajouta doucement :

— Et moi aussi.

Bayard rougit, puis poussa un long soupir de soulagement.

— Je ferai de mon mieux, ma dame.

Elle regarda autour d'elle pour s'assurer qu'il n'y avait pas de serviteurs à proximité, car elle voulait épargner à la jeune fille autant de tracasseries qu'elle le pourrait.

— Dena est peut-être déjà enceinte.

— Si tel est le cas, ce sera comme j'ai dit, répondit-il à voix basse. Soit Frederic se chargera de pourvoir à leur bien-être et à leur sécurité, soit je le ferai.

Gillian n'en doutait pas. Pourtant, elle n'osa pas le lui dire. Qui sait ce que son visage pourrait révéler si elle le faisait ?

— Merci, messire. Maintenant, si vous voulez m'excuser, j'ai beaucoup à faire. Cette triste affaire m'a détournée de mes autres tâches.

Il hocha la tête et la regarda s'éloigner.

Ce jour-là, il avait découvert une douceur et une générosité inattendues en dame Gillian d'Averette. Elle aurait été dans son droit en jetant Dena dehors, mais elle avait traité la jeune fille avec amabilité et compassion, comme si elle comprenait sa douleur.

Peut-être la comprenait-elle véritablement d'ailleurs ?

Etait-ce pour cela qu'elle était si froide dans ses manières vis-à-vis des hommes avec qui elle traitait ? Avait-elle été trahie par un homme ? Un amant ?

Le jour de son arrivée, lorsqu'il l'avait vue dans sa robe de paysanne, il aurait ri de penser qu'avec ses façons brusques et son manque de coquetterie, elle ait pu avoir un amant. Mais à présent... A présent, il pouvait très bien le croire.

Tandis qu'il repartait vers sa chambre pour apprendre à Frederic qu'il pouvait rester, il se demanda quel genre d'homme avait pu avoir la bonne fortune de gagner le cœur d'une telle femme, pour ensuite la rejeter cruellement et sans compassion.

— Vous est-il vraiment interdit de quitter le château ? demanda Charles à Frederic trois soirées plus tard.

Ils s'étaient retrouvés avec Dunstan dans un coin de la chambre somptueuse que l'intendant occupait au rez-de-chaussée des appartements familiaux, autour de quelques verres du vin que le négociant avait fourni.

Leur visage était éclairé par le feu qui brûlait dans une petite cheminée.

Dunstan pouvait être assez austère dans ses tenues, mais le confort de son habitation rappelait plus le luxe prisé par un prince oriental que l'ordinaire d'un roturier anglais. Le lit était ceint de draperies de soie ; les meubles étaient en chêne, sculptés avec recherche et superbement cirés ; un épais tapis aux motifs chatoyants recouvrait le sol.

Tandis que Charles faisait montre d'indignation à l'annonce de la consignation de l'écuyer, l'intendant était resté silencieux depuis qu'ils s'étaient réunis chez lui ; il semblait préférer fixer son gobelet d'un air maussade plutôt que de parler.

— Sauf si je suis avec *lui*, répondit Frederic d'un ton boudeur, sans avoir besoin de préciser qui il mentionnait. Il me surveille tout le temps comme un faucon. Je ne peux même pas aller dans les jardins sans lui dire où je vais. Et je dois dormir dans la grand-salle, maintenant, or qui peut y dormir avec tous ces ronflements ? Si vous voulez mon avis, c'est une forme de punition humiliante et indigne d'un noble. Je préférerais encore être fouetté !

Il prit une autre gorgée de vin.

— Il m'a fait travailler avec l'armurier, aujourd'hui. Avec l'armurier, moi qui serai bientôt fait chevalier et deviendrai seigneur d'un vaste domaine quand mon père mourra !

Il tendit le bras et son gobelet vers le marchand pour que ce dernier le resserve.

— Savez-vous ce que je pense ?

Charles devina qu'il allait l'entendre, qu'il le veuille ou non.

— Je pense qu'il essaie de me faire partir parce que la châtelaine est en colère contre moi et qu'il a peur d'elle. Un puissant guerrier, ha ! Mon père lui couperait les oreilles s'il savait comment je suis traité !

— Alors pourquoi ne retournez-vous pas chez votre père ? demanda Charles en lui versant du vin.

— Pour que messire Bayard dise que je me suis enfui ? Jamais !

— Evidemment... Et puis, ce n'est pas comme si vous aviez commis un crime. Je suis certain que cette fille vous a aguiché. Elles le font toutes, vous savez, et ensuite elles crient au viol !

— Elle n'a jamais dit que je l'avais violée, reconnut Frederic avec honnêteté.

— Parce que vous ne l'avez pas fait. Et si elle avait dit que vous l'aviez fait, vous n'auriez eu qu'à faire remarquer qu'elle ne cessait d'en redemander.

Charles fit un clin d'œil au jeune homme.

— Vous devez être bon au lit, pas vrai ?

Tandis que Frederic rayonnait de fierté, Dunstan tendit abruptement son gobelet pour avoir lui aussi plus de vin.

— Vous avez raison, marmonna-t-il d'un ton un peu pâteux. Elles le font toutes. Elles vous aguichent. Et puis elles deviennent aussi froides que la glace quand vous les touchez.

Il fit un geste nerveux. Le vin passa par-dessus le bord de son gobelet, mais il ne se soucia pas du gaspillage, ni du tapis sous ses pieds.

— Néanmoins, vous avez tort au sujet de Bayard. Ce butor n'a pas peur d'elle. Il essaie seulement de la mettre dans son lit. Tout le monde peut le voir sauf *elle*.

Dunstan les fixa durement avec des yeux pleins de rage.

— Je la croyais intelligente, mais elle est aussi aveugle que les autres parce qu'il se comporte comme s'il était un autre comte de Pembroke.

— Ce qu'il n'est certainement pas, commenta Charles. J'ai entendu de ces histoires...

Il secoua la tête comme s'il était trop dégoûté pour continuer, mais il attendait en réalité qu'ils le pressent d'en dire plus, ce que Frederic fit.

— Eh bien, il y a la jeune épouse du duc d'Ormonde, bien sûr. Il l'a séduite alors qu'il était traité avec la plus grande courtoisie par son époux. Mais tel père, tel fils, vous savez. Son père ne pouvait regarder une femme sans essayer de se glisser sous ses jupes, à ce qu'on dit.

— Messire Armand est un beau diable aussi, n'est-ce pas ? demanda Dunstan en tendant de nouveau son gobelet.

A ce rythme, pensa Charles, son vin ne durerait pas la semaine.

— Oui, il l'est, bien qu'il s'habille comme un paysan la plupart du temps, observa-t-il avec mépris.

Il se rappela trop tard que dame Gillian s'habillait elle aussi bien en dessous de sa condition. Par bonheur, ni Dunstan ni Frederic ne parurent remarquer cette maladresse.

— Les femmes sont toutes des sottes quand il s'agit de beaux hommes, marmonna l'intendant. Peu leur importent ceux qui font tout le travail et prennent soin d'elles. Qu'un individu arrive avec un visage avenant, et elles ont tôt fait d'écarter les jambes.

— Beaucoup les ont écartées pour Bayard de Boisbaston ! renchérit le marchand.

Il attendit un instant, puis lâcha une autre flèche.

— J'espère que dame Gillian sera capable de résister à son charme facile et à ses sourires enjôleurs.

Mais son soupir disait qu'il ne croyait pas réellement que ce soit possible.

Frederic se pencha en avant, les yeux tout brillants d'excitation.

— Vous pensez qu'elle et lui...

— Je ne serais pas surpris s'ils l'avaient même déjà fait.

Dunstan jeta son gobelet par terre et se leva sur des jambes mal assurées.

— Elle ne le laisserait pas faire ! Pas elle ! Et ils sont apparentés par mariage, n'oubliez pas...

Charles ramassa le gobelet et le remplit de nouveau.

— Naturellement, j'espère que messire Bayard n'a pas réussi, dit-il d'un ton mielleux. Mais il essaiera. C'est une seconde nature chez un homme comme lui, élevé par un tel père.

— Elle ne le *ferait pas*, répéta Dunstan, la fermeté de ses paroles sapée par son allure chancelante. Elle est trop intelligente. Pas *elle*.

Charles se leva et le ramena à son fauteuil.

— Bien sûr, de toutes les femmes, elle serait la moins susceptible de se laisser duper par ses paroles de miel et ses regards tendres, concéda-t-il. Mais elle n'en reste pas moins une femme, après tout.

Il jeta un coup d'œil de côté à Frederic, qui était resté silencieux.

— Peut-être que quelqu'un devrait surveiller messire Bayard, pour le bien de la dame ? suggéra-t-il. Après avoir puni et humilié son écuyer pour une chose de bien moindre importance, ce serait un comble si sa propre conduite était révélée !

Il hésita le temps nécessaire pour laisser s'implanter sa suggestion, puis il continua, tandis que Dunstan s'asseyait lourdement, manquant presque son siège.

— Qu'adviendrait-il de la pauvre dame déshonorée, si cela se produisait ? Elle serait humiliée, subirait une terrible disgrâce. Elle serait alors fichtrement reconnaissante à n'importe quel homme qui lui offrirait le mariage, après cela...

Tandis que Frederic fixait les flammes d'un air pensif et que l'espoir s'épanouissait dans les yeux rougis de l'intendant, Charles de Fénelon, connu aussi sous le nom de messire Richard d'Artage, ancien membre de la cour du roi, cacha son sourire satisfait et leur versa encore généreusement du vin.

Chapitre 9

Gillian longeait d'un pas vif les berges de l'étang. Derrière elle venait son escorte, constituée ce jour-là de deux des hommes d'armes de messire Bayard, Tom et Robb. Tom semblait ne rien avoir à redire à cette tâche, mais il était clair que Robb aurait préféré avoir n'importe quoi d'autre à faire, ou presque. Gillian n'appréciait pas d'être suivie de cette façon, non plus, mais à partir du moment où elle pouvait être en danger, elle n'avait pas le choix.

Ignorant les soldats de son mieux, elle inspecta les tiges de lin mises à pourrir dans l'eau d'un œil exercé. Plus tard, les tiges seraient battues et peignées en longues gerbes soyeuses, puis cardées et tissées. La récolte de lin avait été bonne, cette année, et ils auraient probablement de la toile en trop à vendre à Chatham.

Ou peut-être pas. Si la guerre était déclarée, ils auraient besoin de beaucoup de linges pour bander les blessures. Et pour faire des linceuls, malheureusement...

Quelques servantes jetaient de l'eau de l'étang sur des tiges posées dans l'herbe. Les mouiller ainsi demandait plus de temps et d'efforts, mais le lin qui résultait de ce travail était plus blanc, ainsi que la toile que l'on en ferait.

— Souvenez-vous que vous recevrez une longueur de la meilleure toile en récompense de votre travail, ou une quantité d'argent ou de grain de même valeur, rappela-t-elle aux femmes, car leur tâche leur rompait le dos autant que de couper du foin.

Les servantes lui rendirent son sourire.

— Dieu vous bénisse, ma dame, dit une servante âgée. Et vos sœurs aussi.

Gillian les remercia, puis demanda à Tom et Robb de l'attendre dehors, pendant qu'elle entrait dans le long appentis bas où le lin était étalé pour sécher. Tout au fond du local, des hommes battaient les tiges, tandis qu'au centre des femmes étaient assises sur des bancs installés en rond et dépeçaient les tiges battues en longues gerbes soyeuses.

Leur conversation s'arrêta lorsqu'elles virent Gillian, jusqu'à ce que cette dernière prenne l'un des peignes de bois et se joigne à elles.

Hilda, l'une des plus âgées, une autorité reconnue parmi elles, lui fit de la place au bout d'un banc.

— Bonne journée à vous, ma dame, dit-elle avec chaleur tandis que Gillian prenait une tige et se mettait à la peigner.

— Et à vous toutes aussi, répondit aimablement Gillian. Quelles sont les nouvelles ?

— Voulez-vous dire autres que messire Bayard terrifiant Felton ? demanda Hilda d'un ton sérieux, mais les yeux pétillants de gaieté. Il était grand temps que quelqu'un arrête ces deux grands gamins qui se conduisent comme des imbéciles ! Et pour Bertha, en plus !

Gillian continua à peigner le lin sans lever les yeux.

— Je pensais que la présence de messire Bayard avait peut-être été trop intimidante, à l'audience…

— Pour sûr elle l'était ! s'exclama une autre femme avec un grand sourire. J'ai failli en être renversée ! Mais sans vouloir vous manquer de respect, ma dame, il n'est pas aussi terrifiant que vous quand vous êtes en colère. Nous pensions que vous alliez l'écorcher vif avant la fin de la journée, le pauvre homme !

Manifestement, elle avait trop laissé voir son courroux.

— Je veux que les gens soient certains d'obtenir de moi un juste jugement.

— Oh ! Tout le monde sait que ce sera le cas, la rassura une autre femme d'un certain âge appelée Yllma. Mais ça ne fait pas de mal d'avoir un homme avec une épée pour vous appuyer, surtout quand ces deux-là s'en prennent l'un à l'autre.

Yllma soupira et secoua la tête en posant son lin peigné dans le panier à côté d'elle avant de prendre une autre tige.

— Je savais que Bertha causerait des ennuis sans fin. Elle était une fille frivole et aguicheuse, toujours à poursuivre les hommes.

— Et à en laisser plus d'un l'attraper, ajouta Hilda en plissant les lèvres d'un air dégoûté.

— Et à quoi pouvais-tu t'attendre ? demanda Yllma. Elle était désespérée de se trouver un mari.

Gillian souhaitait qu'elles parlent d'autre chose que de mariage.

— A propos de mariage, poursuivit cependant Hilda, nous souhaitons beaucoup de bonheur à dame Adelaide.

Toutes les femmes sourirent et regardèrent Gillian d'un air d'attente.

— Merci. Je pense qu'elle est très heureuse.
— Quand est-ce qu'elle reviendra ?
— Je l'ignore. Elle n'a rien dit à ce sujet dans sa lettre.

Toutes s'arrêtèrent dans leur travail et plusieurs d'entre elles regardèrent Hilda comme si elles attendaient qu'elle parle. Alors Hilda redressa ses épaules étroites et demanda :

— A quoi ressemble le nouveau seigneur d'Averette ?
— Il n'y a pas de nouveau seigneur d'Averette, répondit Gillian en posant son lin sur ses genoux.

Elle était déterminée à ce qu'elles le comprennent très clairement.

— En dépit du mariage de dame Adelaide, je reste châtelaine d'Averette. Ma sœur sera châtelaine dans le château de son époux.

Les femmes poussèrent un soupir de soulagement et Hilda sourit, montrant des dents manquantes.

— Nous étions certaines que dame Adelaide n'épouserait pas un homme cruel ou sans cœur, ma dame, mais après votre père...

Elle laissa mourir ses paroles en se rendant compte qu'elle n'avait pas besoin de rappeler à Gillian que son père avait été un tyran vicieux, cruel et égoïste.

— A-t-elle dit quelque chose au sujet de la reine ? s'enquit avec avidité Kat, l'une des plus jeunes.

Ou bien elle n'avait pas conscience de la soudaine tension, ou bien elle était trop curieuse à propos de la reine Isabel pour s'en soucier.

Gillian suspectait que c'était un peu des deux, mais elle fut heureuse de changer de sujet.

— Pas dans cette lettre.

— Au moins, le roi peut se marier par amour, dit Kat avec un soupir, en se remettant à peigner son lin.

— Le roi fait ce qu'il veut, fit remarquer Hilda, mais il était clair à son ton qu'elle aurait préféré qu'il en soit autrement.

John était un roi méprisé de ses sujets à cause de ses décisions capricieuses et égoïstes. Hélas, il était leur souverain légitime et Gillian était sûre que le renverser conduirait le pays à plus d'ennuis encore. L'Angleterre serait alors déchirée entre factions rivales, et Averette deviendrait pour certaines d'entre elles comme un os disputé par une meute de loups.

— Il ne peut pas être aussi mauvais qu'on le dit, reprit Kat avec espoir. S'il a gagné l'amour d'une dame, il doit avoir quelques bonnes qualités.

— Il a une couronne, fit une autre femme en riant.

Kat baissa la tête et se remit à peigner son lin à coups durs et rapides.

— Moi, je pense que c'était de l'amour, insista-t-elle.

— Et vous, ma dame ? Qu'en pensez-vous ?

— J'aimerais croire que c'est l'amour qui a inspiré cette union, répondit prudemment Gillian, et il se pourrait qu'il ait effectivement joué un rôle, mais on ne peut nier que le mariage était à l'avantage de John. Isabel était la promise d'Hugh le Brun et, en l'épousant, John a empêché une alliance qui aurait pu lui causer des problèmes. Quant aux sentiments d'Isabel, elle est plus jeune que vous, Kat, alors il se peut qu'on ne lui ait guère laissé le choix. Toutefois, Adelaide me dit qu'elle apprécie d'être reine, comme bien des femmes le feraient à sa place, aussi trouve-t-elle peut-être que c'est une compensation plus que suffisante, si d'autres choses manquent dans son mariage.

Ne souhaitant pas être entraînée dans d'autres discussions sur le mariage en général ou sur celui du roi en particulier, et ayant fini de peigner la tige qu'elle avait prise, Gillian posa le lin dans le panier et se leva.

— Je dois retourner au château, maintenant...
— Ma dame !

L'un des gardes du château se tenait sur le pas de la porte. Le cœur de Gillian fit un bon énorme dans sa poitrine. Quels ennuis allaient encore s'abattre sur elle ?

— Oui ? fit-elle, s'efforçant de garder l'apparence du calme.

— Un messager est arrivé, envoyé par votre sœur.
— Laquelle ?

A en juger par la sueur qui coulait sur son visage, il avait couru.

— Dame Lizette, ma dame.

Gillian s'efforça d'étouffer son inquiétude, se disant que si sa sœur avait pu envoyer un messager, c'est qu'elle n'était pas dans de graves ennuis. Il ne s'agissait probablement que d'une série d'excuses pour justifier le fait qu'elle n'était pas encore rentrée.

Néanmoins, elle retourna d'un pas vif au château, Tom et Robb trottant derrière elle.

Quatre soldats de leur garnison, qui étaient partis avec Lizette, s'attardaient près des écuries pendant que Ned et deux valets s'occupaient de leurs chevaux.

— Où est ma sœur ? leur demanda Gillian à brûle-pourpoint dès qu'elle fut à portée de voix.

— A Stamford, du moins y était-elle voilà trois jours, ma dame, répondit celui qui se prénommait Daniel en sortant de sa bourse un parchemin plié et cacheté. Elle vous a envoyé ceci…

Sur ce, Dunstan arriva précipitamment de la laiterie, sa tunique tournoyant autour de ses chevilles. Du coin de l'œil, Gillian aperçut messire Bayard et Frederic qui faisaient des passes à l'épée près de la chapelle. Elle fut tentée d'appeler le premier pour qu'il les rejoigne, puis elle décida qu'il n'avait pas besoin d'être impliqué. Pour l'instant du moins.

— C'est un message de Lizette, dit-elle en brisant le cachet et en se mettant à lire.

Elle n'était pas une enfant fugueuse, écrivait Lizette, pour être rappelée si abruptement chez elle, en particulier quand il lui avait été promis qu'elle pourrait voyager à sa guise. Néanmoins, et bien que la lettre d'Adelaide ait été très vague sur les raisons pour lesquelles il était si important qu'elle rentre à Averette, elle obéirait, mais quand bon lui semblerait.

— Sont-ce de mauvaises nouvelles ? demanda Bayard qui les avait rejoints.

Gillian réprima un juron indigne de sa position. Il était déjà assez ennuyeux de recevoir une telle lettre de sa sœur ; elle n'avait pas envie de devoir révéler en plus son insolence au chevalier.

Il ne portait que des chausses, des bottes et une chemise de toile tissée avec le meilleur lin. Elle était ouverte au cou, les lacets défaits, et laissait voir son torse musclé plus que la décence ne le voulait. En outre, il avait attaché ses cheveux en arrière avec un lien de cuir. Et malgré les efforts qu'il venait de fournir avec son écuyer, qui attendait non loin de là, et la chaleur de la journée, il transpirait à peine.

— Pas précisément, éluda-t-elle. Néanmoins, il y a une question dont nous devrions discuter, et j'apprécierais que vous veniez avec nous dans la grand-salle.

Elle surprit l'expression agacée de Dunstan, mais ils ne pouvaient faire autrement. Le chevalier devait être mis au courant.

Les serviteurs qui s'activaient à l'intérieur de la pièce, disposant des jonchées fraîches, enlevant des toiles d'araignée des chevrons, jetèrent un regard à Gillian qui se dirigeait vers l'estrade, puis se dispersèrent.

La jeune femme s'assit dans le plus grand et le plus orné des fauteuils sculptés et tendit le parchemin à Dunstan.

— Ma sœur Lizette déclare qu'elle n'est pas une servante qui arrive quand on l'appelle. Cependant, elle s'inclinera gracieusement et rentrera à Averette, mais quand bon lui semblera...

Dunstan jeta un coup d'œil à Bayard avant de prendre le parchemin. Son expression proclamait : « Est-ce qu'*il* doit *vraiment* être ici ? »

Bayard l'ignora.

— Je suis navré d'apprendre que votre sœur ne mesure pas le danger qui peut la menacer, dit-il. En vérité, elle ne doit pas s'en rendre compte ou bien elle rentrerait tout de suite. Peut-être devriez-vous lui écrire vous-même, ma dame, et tenter de la convaincre de la nécessité de revenir le plus vite possible.

— Je le ferais si je pensais que cela servirait à quelque chose, répondit Gillian en repoussant son fichu qui semblait l'agacer, tout à coup. Elle se contentera de m'ignorer. C'est ce qu'elle fait toujours.

Dunstan avança alors une autre suggestion.

— Si vous écriviez à Adelaide et lui demandiez d'envoyer une autre lettre, plus explicite peut-être ?

— Vous connaissez Lizette aussi bien que moi... Elle n'est pas plus susceptible d'obéir à Adelaide, même avec une deuxième semonce.

Dunstan se tapota le menton avec le parchemin.

— Si elle ne veut pas venir d'elle-même, quelqu'un doit aller la chercher, déclara Bayard.

Gillian lui décocha un regard irrité.

— Parce que vous supposez qu'elle peut être aisément trouvée ? Elle ne suit jamais la route habituelle pour se rendre où que ce soit. Elle aime voyager hors des grandes routes, pour voir plus de paysages, dit-elle.

— Elle ne sera sûrement pas seule, et il ne devrait pas être trop difficile de trouver un groupe de voyageurs au milieu duquel se trouve une jeune dame noble. Et même si ça l'est, quelqu'un *doit* être envoyé pour la ramener ici, conclut Bayard d'un ton qui ressemblait un peu trop à un ordre.

— Qui suggérez-vous que nous envoyions, messire ? demanda suavement Gillian, manière qui avertit Dunstan, sinon le chevalier, qu'elle était très en colère.

— Je pense que messire Bayard serait le meilleur homme pour cette tâche, déclara l'intendant.

— J'aimerais beaucoup rendre à dame Gillian ce service, répondit Bayard d'un ton égal, mais je dois faire ressortir une faille dans votre plan... Tous deux, vous avez mis du temps à croire que je venais vous aider, et même que j'étais qui je prétendais être. Vous attendez-vous à ce que dame Lizette m'accepte plus facilement ?

Il avait raison. Lizette serait encore plus sceptique et méfiante qu'elle-même ne l'avait été. Sans compter que messire Bayard ne la connaissait pas et ne savait pas à quel point elle pouvait se montrer retorse pour éviter quelque chose qu'elle ne voulait pas faire.

— Messire Bayard dit vrai, admit-elle avec réticence. Si j'envoie un chevalier en armes que Lizette n'a jamais vu, elle ne croira probablement pas qu'il vient l'aider.

Elle regarda l'intendant.

— Je pense que ça doit être vous, Dunstan. Elle vous connaît et vous êtes au fait des ruses et des manigances dont elle est capable. Elle aura une migraine, ou mal au dos, ou se plaindra de tout autre malaise qui vous ralentira. Ou alors elle prétendra qu'elle doit faire des visites de courtoisie. Mais elle a confiance en vous, Dunstan, et elle vous a toujours bien aimé. Je pense qu'elle fera ce que vous lui demandez.

— Je vous rappelle, ma dame, que je ne suis pas un soldat. Messire Bayard, lui, est un chevalier du royaume. Il a même l'autorité du roi, s'il souhaite s'en servir. Je suis sûr qu'il peut convaincre dame Lizette qu'elle est en danger et l'obliger à rentrer. Et si votre sœur est attaquée par des ennemis…

— Elle a une garde armée et vous en aurez une aussi, dit Gillian. Ce qui dissuadera sûrement des ennemis d'attaquer, à moins qu'ils n'amènent une armée entière pour la capturer. Et il leur en faudrait probablement une, ajouta-t-elle à voix basse.

Mais Dunstan ne paraissait toujours pas convaincu du bien-fondé du plan.

— Ma dame, puis-je vous dire un mot en privé ?

Gillian perçut la tension dans sa voix, mais c'était elle qui commandait, pas lui.

— Messire Bayard a été envoyé pour nous aider, et

comme il m'est apparenté maintenant par le mariage d'Adelaide, je pense qu'il peut entendre tout ce que vous souhaitez me dire sur ce sujet. Je sais que vous préféreriez vous consacrer à vos tâches ici, Dunstan, et bien sûr je souhaiterais qu'il puisse en être ainsi, mais je pense réellement que vous aurez plus de chances de la convaincre de rentrer que n'importe qui d'autre, moi comprise. Elle a de l'affection pour vous et elle vous respecte.

— Je ne crois pas qu'il serait sage de ma part de quitter Averette pendant que messire Bayard y séjourne, déclara alors fermement Dunstan, en la regardant d'une façon qu'elle ne lui avait jamais vue auparavant.

Une façon toute pleine de... de quoi, au juste ? De suspicion ? De colère ? De haine ?

Elle eut soudain l'impression qu'il pouvait lire en elle, et connaître ainsi tous ses secrets. Comme s'il était au courant du désir qu'elle ressentait pour le chevalier, et la jugeait flétrie et souillée. Comme s'il ne l'aimait plus, ou ne l'estimait plus.

Messire Bayard vint se placer entre eux, les mains sur les hanches.

— Qu'insinuez-vous au juste ? demanda-t-il à l'intendant.

Dunstan recula d'un pas.

— Je ne porte pas d'accusations, messire.

— A la bonne heure... parce que ce serait une grave erreur.

Dunstan s'efforça de se ressaisir.

— Il y a des rumeurs à votre sujet, messire, et je crains qu'elles n'aient commencé à atteindre dame Gillian...

— Quelles rumeurs ? demanda Gillian.

— Vous ne devinez pas ? rétorqua Dunstan en lui

jetant un coup d'œil mauvais. Vous êtes une jeune dame célibataire, et lui un beau chevalier connu pour séduire les femmes.

Gillian posa une main sur le dos du fauteuil et le serra fortement.

— Messire Bayard est mon parent, Dunstan. Est-il besoin que je vous le rappelle ?

— Non, mais cet élément rend la situation encore pire.

Si elle avait péché, c'était seulement dans son cœur. Mais si elle voulait continuer à commander ici, que son autorité ne soit pas remise en cause, il fallait qu'elle soit au-dessus de tout reproche, parce qu'elle était une femme.

Donc Dunstan devait rester. Mais cela ne signifiait pas qu'elle était tenue d'envoyer Bayard chercher Lizette.

— J'enverrai donc Iain, décida-t-elle. Il n'en sera pas content, et elle non plus, mais au moins ne se laissera-t-il pas prendre à ses manigances.

Dunstan sourit d'un air suffisant et satisfait.

— Un excellent choix, ma dame. Dame Lizette a beau l'exaspérer, il l'aime comme une fille.

Gillian n'apprécia pas de le voir se rengorger comme s'il estimait avoir remporté sur elle une victoire.

— Pendant l'absence d'Iain, messire Bayard commandera la garnison.

Tandis que Dunstan fronçait les sourcils, les belles lèvres de Bayard se relevèrent en un franc sourire.

— Ce sera un honneur pour moi, ma dame.

— Gillian, protesta Dunstan, je ne pense pas...

— Assez ! dit-elle agacée qu'il remette toutes ses décisions en cause. J'apprécie votre sollicitude et vos conseils, Dunstan, mais je vous rappelle que vous n'êtes pas mon père, ni mon oncle, ni mon frère ou mon époux pour me dire ce que je dois faire ! Restez à votre place.

Dunstan rougit violemment et parut se recroqueviller, et elle regretta aussitôt sa dureté.

— Allez-vous informer Iain de votre décision, ma dame, ou dois-je le faire ? demanda Bayard.

Gillian était impatiente de quitter la grand-salle à présent, de s'éloigner de ces deux hommes qui semblaient s'ingénier à la mettre mal à l'aise, l'un avec son assurance excessive et l'autre avec ses yeux blessés.

— Je vais le faire, dit-elle. Tout de suite.

Lorsqu'elle fut partie, la porte claquant derrière elle, Dunstan se tourna vers Bayard.

— Elle veut croire le meilleur de vous parce que sa sœur a épousé votre frère, dit-il d'un ton accusateur, mais je sais quel genre d'homme vous êtes. Si vous faites *quoi que ce soit* qui lui cause du mal, je m'assurerai que vous le regrettiez !

Le regard dur de Bayard avait effrayé des hommes plus courageux que Dunstan.

— Vous ne savez rien de moi, Dunstan. Et si vous êtes aussi intelligent que dame Gillian le pense, vous ne lancerez plus jamais une telle accusation sur elle et moi, que ce soit en ma présence ou non.

Chapitre 10

Si Gillian n'avait pas déjà su où trouver Iain, tout ce qu'elle aurait eu à faire aurait été de suivre ses vociférations.

— Lancez plus fort, mon garçon, ou je vais vous arracher le bras et vous battre avec !

— Ma vieille mère ferait mieux que ça !

— Vous *voulez* vous faire tuer, mon brave ?

Elle avait entendu ces récriminations cent fois auparavant, tout comme les hommes qu'il entraînait. Mais même dans ces conditions, être la cible de ces critiques n'avait rien d'agréable.

Au moins, n'importe qui savait où il en était avec lui, se dit-elle. Il n'y avait pas de sentiments dissimulés qui flambaient soudain dans ses yeux. Pas de passion inattendue provoquée par un regard ou un contact. Iain était comme un second et bien meilleur père pour ses sœurs et elle, un père qui disait ce qu'il pensait — raison pour laquelle Lizette le craignait un peu. Il ne mâchait jamais ses mots quand il estimait qu'elle s'était mal conduite.

Durant leur adolescence et plus tard, Gillian avait plus d'une fois retenu sa langue et réfréné sa colère de son mieux, pour préserver la paix de la famille. Elle n'y était pas toujours parvenue et cela l'avait conduite à de terribles querelles avec Lizette. Par bonheur, sa sœur ne lui en gardait pas de rancœur et elle-même s'empressait de s'excuser quand elle voyait combien leurs disputes bouleversaient leur mère et Adelaide. C'était en des moments pareils qu'elle sentait qu'elle était bien la fille de son père, et elle détestait l'idée que son héritage impulsif et violent continue à vivre de cette manière en elle.

La présence d'Iain et sa langue acérée lui rendaient plus facile la compagnie de Lizette, car il disait toutes les choses qu'elle brûlait de dire à sa cadette.

Il ne mâchait pas ses mots avec elle non plus, mais contrairement à Lizette elle préférait entendre la vérité toute crue plutôt que des faux-fuyants ou des mensonges destinés à apaiser. Iain la traitait comme une adulte, pas comme une pauvre enfant faible qui avait besoin d'être cajolée. Et Bayard aussi, s'avisa-t-elle soudain.

En entrant dans la cour extérieure, Gillian aperçut un groupe important de soldats torse nu et transpirants qui brandissaient des épées de bois et levaient leur bouclier, faisant de leur mieux pour éviter d'être l'objet du mépris de leur commandant.

Iain ne portait pas son haubert, ce qui n'était pas étonnant car la journée était très chaude. Il était vêtu d'une légère tunique en cuir sans manches, de chausses de toile et de bottes. La tunique révélait que même si Iain avait passé quarante ans, il était encore bien musclé et probablement capable d'en remontrer à beaucoup d'hommes plus jeunes que lui sur le champ de bataille.

— Repos ! cria-t-il quand il aperçut Gillian qui venait vers lui.

Les hommes abaissèrent leurs armes et s'assirent par terre. Quelques-uns grognèrent doucement, tandis que deux ou trois examinaient leurs écorchures et leurs meurtrissures.

— Oui, ma dame ?

Des gouttes de sueur coulaient le long de son visage buriné.

— Nous avons reçu des nouvelles de Lizette…

Il fronça les sourcils, ce qui creusa des plis dans son front bruni par le soleil.

— Elle ne vient pas ?

— Si, par miracle, elle consent à revenir, mais quand elle le jugera bon et par des routes détournées comme d'habitude, sans doute. Elle ne semble pas se rendre compte qu'elle peut être en danger, ou qu'elle n'a pas de garnison ou de château pour la protéger là où elle est.

Iain soupira et croisa ses bras puissants.

— Elle pense probablement qu'elle peut repousser une armée à elle toute seule.

— Probablement, acquiesça Gillian d'un air sombre. Nous devons donc envoyer quelqu'un la chercher et je veux que vous conduisiez la troupe.

Comme Iain haussait ses épais sourcils d'un air étonné, elle précisa :

— Vous êtes le meilleur soldat d'Averette. Je pourrais envoyer Dunstan, mais s'il y a du danger, et si l'on en vient à se battre…

— Oui, je comprends…

— Je veux que ma sœur revienne en sécurité ici, Iain, et je sais que vous êtes l'homme pour cela. Comme messire Bayard a l'expérience du commandement, il sera en charge de la garnison pendant votre absence.

Elle marqua une pause.

— Lindall est un bon soldat, reprit-elle avant qu'il ne puisse protester, mais il n'a jamais fait face à un siège.

Lindall était le second d'Iain, celui qui était désigné pour conduire la garnison si Iain était blessé ou incapable de mener les hommes à la bataille.

— Messire Bayard est un chevalier entraîné et Adelaide a foi en lui, sinon elle ne nous l'aurait pas envoyé. Et il a l'expérience d'un siège, même si elle est quelque peu limitée.

— Limitée ? releva Iain, sarcastique. C'est le moins que l'on puisse dire, ma dame !

— Quoi qu'il se soit passé en Normandie, Adelaide a manifestement confiance en lui. Entre messire Bayard et Lindall, nous devrions pouvoir assurer la sécurité du château en votre absence. Ma décision est prise, dit-elle pour finir.

Contrairement à Dunstan ou Bayard, Iain savait que ce n'était pas la peine de discuter quand elle utilisait ce ton.

— Oui, ma dame. Je ramènerai votre sœur à la maison.

Une lueur amusée s'alluma dans ses yeux.

— Qu'elle me suive ou non de son plein gré…

Quelques jours plus tard, alors qu'elle traversait la cour avec Dena, un panier de pain à la main, Gillian trébucha sur un pavé disjoint de la cour et faillit tomber.

— Attention, ma dame ! l'avertit la servante en riant.

Gillian sourit, ne prenant pas offense de son amusement. Ce n'était pas le premier incident de ce genre qui se produisait, malheureusement… Elle était souvent préoccupée, se demandant si danger il y avait véritablement, et si oui, sous quelle forme et d'où il pourrait surgir. Elle s'inquiétait aussi pour Lizette, incertaine de l'endroit où elle était, espérant qu'Iain l'avait trouvée ; sans compter les moissons qui arrivaient et la foule de tâches et de main-d'œuvre qu'elles impliquaient, la nécessité de suivre les besoins et les dépenses de la maisonnée au quotidien, et l'effort de ne pas se laisser distraire par la présence de messire Bayard, qu'elle trouvait de plus en plus prégnante et dérangeante.

Non qu'elle le voie ou lui parle fréquemment. Il apparaissait aux repas et mangeait de bon appétit. Il répondait de façon succincte à ses questions, sans flatteries ni doléances exagérées. Quand elle lui avait demandé son avis sur les fortifications, il avait répondu d'une façon qui prouvait qu'il s'y connaissait. Il lui rappelait Iain, d'une certaine manière.

Les seules choses dont il ne parlait jamais étaient le roi, sa politique ou la récente campagne en France. Elle n'aurait su dire si c'était parce que ces sujets le troublaient, parce qu'ils ne l'intéressaient pas ou parce qu'il jugeait plus sûr de ne pas en discuter.

Ce jour-là, elle avait décidé de voir par elle-même comment messire Bayard exerçait son commandement auprès des soldats de la garnison.

Pour autant qu'elle puisse en juger, ses hommes d'armes et les siens s'entendaient bien. Il paraissait avoir gagné le respect des soldats du château. Mais elle les avait jusque-là vus seulement dans la grand-salle, quand la journée était finie. Leur porter le repas de midi lui avait semblé un bon prétexte pour les voir en action, sans qu'ils soient prévenus à l'avance de sa visite.

— Ils sont là ! s'écria Dena en pointant le doigt sur les hommes qui s'entraînaient, comme si elle s'attendait à les trouver ailleurs.

Gillian reconnut immédiatement Bayard, bien qu'il lui tourne le dos et soit à demi nu, se déplaçant à grands pas dans les rangs des hommes qui se battaient deux par deux, torse nu également.

Contrairement à Iain, il ne criait pas. S'il parlait, c'était seulement assez fort pour que les soldats les plus proches l'entendent. Et s'il tenait un long et mince bâton de bois, il s'en servait pour guider une attaque ou un bras, pas pour sévir.

Il était naturel qu'il commande autrement qu'Iain, tout comme elle donnait des ordres d'une manière différente d'Adelaide ou de Lizette.

Tout en s'approchant, elle se promit qu'elle ne regarderait pas fixement son corps remarquablement entraîné, ni ses larges épaules, ni sa taille mince. Elle ne ferait pas attention non plus aux cicatrices qui prouvaient qu'il était un soldat aguerri, pas un joli courtisan qui parlait seulement de batailles et payait un forfait plutôt que de se battre, afin de rester en sécurité chez lui.

Frederic était là aussi. Elle lança un coup d'œil à Dena, mais ou bien la jeune fille ne l'avait pas encore vu, ou bien elle évitait délibérément de regarder dans sa direction.

Bayard ne tarda pas à l'apercevoir à la tête du petit groupe de servantes qui apportaient à boire et à manger.

— Repos, soldats ! Vous l'avez mérité, cria-t-il avant de se hâter vers un tas de vêtements et d'enfiler sa chemise.

Pendant ce temps, les femmes commençaient à distribuer la nourriture et la cervoise aux hommes reconnaissants, qui parlaient entre eux et essayaient de convaincre les servantes de leur donner un deuxième pain ou une ration supplémentaire de cervoise.

— Avez-vous eu des nouvelles d'Iain ou de votre sœur ? lui demanda Bayard en la rejoignant.
— Non, pas encore.
— Ça ne fait que quelques jours, répondit-il avec un haussement d'épaule qui se voulait rassurant par sa décontraction. Et il a plu deux jours. Le mauvais temps a pu les ralentir.

Même si elle n'avait pas besoin de son réconfort, ses paroles furent étonnamment bienvenues.

— J'ai pensé que je devais voir si vous avez des problèmes avec les hommes, dit-elle.

Il parut sincèrement surpris.

— Je n'en ai aucun...

Il lui prit son panier, garda une petite miche brune pour lui et tendit le reste à un des hommes.

— Tenez, Ralph, distribuez ces pains.

Puis il haussa la voix et cria aux hommes avec un agacement apparent :

— Pas trop de cervoise, coquins que vous êtes, ou ce sera les seaux ! Nous n'avons pas fini !

— Se sont-ils montrés difficiles ? demanda Gillian.

— Pas du tout, dit-il en se tournant vers elle avec l'ombre d'un sourire. Mais je ne les cajole pas. Ça les rend mous.

— Que vouliez-vous dire avec les seaux ?

Bayard lui indiqua d'un signe de tête le bout du terrain. Un homme blond et bien musclé se tenait debout, les jambes écartées, et portait deux seaux à bout de bras. Même à cette distance, Gillian pouvait voir que l'effort faisait trembler ses bras et qu'il avait le visage aussi rouge que s'il avait parcouru des milles à pied sous le soleil de midi.

— Vous pouvez les poser, maintenant, Elmer, lui cria Bayard. Vous ne forcerez plus sur la cervoise, pas vrai ?

— Non, messire !

L'homme se pencha en avant, lâchant presque les seaux. De l'eau passa par-dessus bord, mais ils ne se renversèrent pas. Elmer alla rejoindre ses compagnons en se massant les bras.

— Il s'est enivré hier soir, et il était trop malade pour s'entraîner ce matin, expliqua Bayard en finissant son pain. Il ne recommencera pas. Quand vous tenez deux seaux pleins d'eau à bout de bras, même le temps le plus court peut sembler une éternité.

— A vous entendre, on dirait que vous parlez d'expérience.

— J'ai été puni de cette façon maintes fois, et pire encore, répondit-il sans rancœur, en brossant des miettes de sa chemise. Raymond de Boisbaston, mon père, voulait que ses fils soient les meilleurs chevaliers d'Angleterre, et les plus endurcis. Il croyait fermement que seule une main de fer pouvait y parvenir.

— Au moins, il faisait attention à vous ! laissa échapper Gillian, avec amertume, regrettant aussitôt cette bribe de confidence mal venue.

Même si son père se comportait la plupart du temps comme si elle n'existait pas, Bayard n'avait pas besoin de le savoir.

— Messire Raymond s'intéressait à Simon, son fils aîné, et à moi, dit-il. Les seules fois où il s'intéressait à Armand, c'était pour le critiquer ou le punir.

Un autre indice, peut-être, expliquant pourquoi Bayard voulait aider son demi-frère.

— Je suis désolée.

— Mon père nous a rendus durs et forts, comme il le voulait. J'ai appris ainsi que tenir des seaux pleins à bout de bras était un exercice pénible, mais pas assez pour causer des dommages sérieux.

— Iain aurait mis cet homme au pilori, remarqua Gillian.

— Trop humiliant, répondit Bayard sans hésiter. Ce châtiment est à utiliser pour quelque chose de plus grave, comme le vol. Ôtez sa dignité à un homme pour une infraction mineure et vous perdez à jamais son respect… Probablement celui d'autres personnes, aussi.

— Iain ne considère pas ce genre de conduite comme une infraction mineure, et il jouit cependant du respect de ses hommes. Ils lui obéissent sans discuter.

— Comme ils m'obéissent, dit Bayard en tournant les talons. Soldats ! En rang !

Il ne criait pas, mais sa voix grave et sonore portait aisément jusqu'au mur du fond.

Les hommes abandonnèrent aussitôt leur nourriture et leur boisson. Ils empoignèrent leurs épées de bois, sautèrent sur leurs pieds et formèrent quatre rangs égaux, armes au côté, regardant droit devant eux, aussi disciplinés qu'ils l'avaient jamais été sous les ordres de leur commandant habituel.

Gillian en fut très impressionnée, et elle le dit.

Bayard haussa les épaules, puis ordonna aux soldats de se mettre au repos.

— Vous vous souciez sincèrement d'eux, n'est-ce pas ? demanda-t-elle.

— Comme vous vous souciez de vos gens, répondit-il. Vous ne restez pas assise sur l'estrade à donner vos ordres ou à demander à Dunstan de les transmettre aux serviteurs. Vous parlez à ceux qui vous servent et souvent vous faites une tâche vous-même, avec eux, comme vous avez apporté le panier de pain aujourd'hui. Et j'étais sûr que vous alliez être piquée l'autre jour, quand les abeilles se sont mises en essaim.

Elle rougit comme la plus sotte des filles à la tête tournée par un bel homme.

— Les abeilles sont trop lourdes de miel pour piquer quand elles sont en essaim. Vous devez le savoir.

— Oui, mais j'étais quand même inquiet pour vous.

Parce qu'il était sincère en lui parlant de son inquiétude, elle se sentit encore plus sotte, telle une jouvencelle prise de vertige devant son premier galant.

Il n'y avait aucune raison qu'elle reste là plus longtemps, à éprouver ces sensations délicieusement ridicules. Elle était châtelaine et il y avait beaucoup à faire à cette époque de l'année !

Criant à Dena et aux autres femmes de rassembler les paniers et de la suivre, elle prit congé de Bayard et retourna dans la cour intérieure.

— A plus tard, ma dame, murmura-t-il en regardant sa silhouette mince et gracieuse s'éloigner.

Voilà quelqu'un qui commandait avec plus d'adresse et d'efficacité que bien des hommes qu'il pouvait citer, songea-t-il, et pourtant, elle était sans doute aucun une femme. Et à sa manière singulière, une femme terriblement séduisante...

Richard d'Artage, autrefois favori de la reine et seigneur à la cour du roi John, qui s'était présenté au château d'Averette sous l'identité de Charles de Fénelon, marchand de vin, arrêta son cheval devant le pont-levis de bois du château de messire Wimarc et cria le mot de passe. La herse commença à se relever et les portes situées au-delà s'ouvrirent. Mettant alors sa monture au trot, il pénétra dans la cour d'une forteresse qui n'était pas très grande mais difficile à prendre, car nantie des mercenaires les plus farouches et les plus entraînés de toute l'Europe.

Il sauta à bas de sa selle tandis qu'un palefrenier d'un certain âge, très maigre, sortait des écuries pour prendre sa bride.

— Messire Wimarc est-il dans la grand-salle ? demanda-t-il.

L'homme secoua la tête et leva les yeux vers une croisée. Richard savait d'après ses précédentes visites que c'était celle de la chambre du seigneur.

Il traversa la cour à grands pas, et comme il était connu pour être un proche ami de messire Wimarc, personne ne l'arrêta, même lorsqu'il s'engagea dans l'escalier qui menait à la chambre du seigneur.

Francis de Farnby était mort pour leur cause, lui-même était accusé de trahison et s'en tirait de justesse. Il avait été forcé de jouer les marchands, pendant que Wimarc restait dans son château à profiter de ses maîtresses et à tisser ses manigances comme une araignée dans une toile épaisse et très sûre, car il était plus riche que Crésus et plus rusé qu'une bande de renards.

Quand Richard atteignit la chambre luxueusement meublée, il ne se donna pas la peine de frapper.

Une femme poussa un cri perçant quand il entra. Et Wimarc, aussi nu qu'elle sur le lit, roula sur lui-même tout en tirant une dague de sous un oreiller, se préparant à se défendre.

— C'est Richard…

Wimarc se détendit et se redressa, puis endossa ses manières habituelles de courtisan, même s'il ne portait que les bagues qui ornaient en permanence ses doigts.

— Il est considéré comme poli de frapper avant d'entrer dans la chambre à coucher d'un gentilhomme, Richard, fit-il remarquer en jetant la dague sur la table de chevet et sans paraître outre mesure offensé de l'intrusion.

Il attrapa la robe de chambre de soie écarlate posée sur un fauteuil voisin et la drapa autour de son corps mince et musclé.

— Je suis venu pour une affaire importante.

— Je l'espère, répondit Wimarc.

Il lança un coup d'œil à la fille qui se terrait toujours dans le lit, une chanteuse ou une danseuse probablement.

— Laissez-nous, aboya-t-il.

Tandis qu'elle sortait du lit, Wimarc ôta un anneau en argent de son doigt et le lui lança.

Avec un cri ravi, la fille attrapa adroitement le bijou puis rassembla ses habits dépareillés. Après quoi elle s'échappa de la chambre, aussi vive et mince qu'un chevreuil.

Richard éprouva une bouffée d'envie, mais un instant seulement. Il avait des questions plus importantes à considérer pour le moment que ses besoins charnels.

— C'est à propos de dame Gillian, dit-il tandis que Wimarc lissait ses cheveux et sa robe de chambre, avant de s'asseoir dans un fauteuil en ébène ancien et délicat.

Le seigneur lui indiqua un autre siège moins travaillé.

— Est-elle morte ?

— Pas encore. Je pensais que j'aurais une chance lors de l'audience publique, mais il y a eu une complication.

— Quel genre de complication ?
— Armand a envoyé son demi-frère à Averette avec une mise en garde à notre sujet, et apparemment il a l'intention d'y rester. Il y avait presque autant de soldats que de villageois, ce jour-là.

Richard ne put rien lire sur le visage de Wimarc, lequel faisait tourner une bague en rubis autour de son index.

— Pourquoi êtes-vous ici, Richard ? Pour m'annoncer que ce ne sera pas facile ou pour me dire que vous ne pouvez pas le faire ?

Admettre qu'il avait échoué et laisser les Boisbaston et Adelaide s'échapper indemnes ?

Jamais...

— Je suis venu pour avoir plus d'hommes. Dame Gillian ne s'aventure plus hors du château sans escorte, et il faudra plus qu'un homme seul pour vaincre Bayard de Boisbaston.

Wimarc s'installa plus commodément dans son fauteuil.

— Je vois. Et qui devra payer ces hommes ?

Richard luttait pour contenir sa colère. Wimarc avait plus d'argent que tous les autres conspirateurs réunis. C'était lui qui avait formé le plan de débarrasser John des hommes les plus capables de le contrôler. Une fois le roi livré à lui-même, ils escomptaient que sa nature tournerait sans tarder le pays contre lui.

— Je supposais, messire, que vous aviez déjà ces hommes à votre disposition. Et il y a autre chose : prendre Averette n'est pas aussi facile que vous semblez le penser. La garnison est extrêmement bien entraînée et les gens de dame Gillian lui sont très loyaux.

— Je devrais peut-être envisager d'envoyer quelqu'un de plus expérimenté...

— Avec assez d'hommes, je peux faire ce qui doit être fait.

— Et le ciel me préserve de vous voler votre vengeance ! répondit Wimarc avec un sourire ironique.

Il se leva et se dirigea d'un pas guilleret vers la table de chevet. Une carafe en argent incrustée de pierres précieuses, deux gobelets en argent et un reste de pain et de douceurs étaient posés dessus. Un rayon de soleil filtrait entre les volets fermés, tombant sur un tapis coûteux, tissé de couleurs vives.

Il versa un riche vin rouge dans l'un des gobelets et le tendit à Richard.

— Naturellement, j'ai toute confiance en vous, reprit-il en retournant à son fauteuil. C'est pourquoi je vous ai choisi pour une tâche aussi importante.

Il joignit le bout de ses doigts.

— Combien d'hommes voulez-vous ?

— Vingt.

Wimarc haussa un sourcil interrogateur.

— Un si grand nombre sera un peu voyant, vous ne pensez pas ?

— S'ils se montrent dans le village… mais ils peuvent camper à quelque distance jusqu'à ce que l'on ait l'occasion d'exécuter l'action qui devrait amener Adelaide et Armand à Averette, comme nous le souhaitons.

— Si vous tuez les Boisbaston et prenez le commandement d'Averette, la charmante dame Adelaide et ses sœurs seront complètement en votre pouvoir jusqu'à ce que le roi réagisse, s'il réagit, observa Wimarc. Comme ce sera délicieux pour vous !

— Je me moque bien d'elles.

— Menteur, au moins en ce qui concerne la ravissante Adelaide, dit Wimarc en souriant.

Ses yeux brillaient de la certitude de bien le connaître.

— Peu m'importe ce que vous ferez d'elle. Violez-la, tuez-la, faites les deux ou ni l'un ni l'autre, à partir du moment où vous vous débarrasserez des Boisbaston. Et quand nous aurons notre nouveau roi, les domaines des Boisbaston et Averette seront à vous.

Chapitre 11

— Un peu plus à gauche, indiqua Gillian aux serviteurs qui accrochaient la tapisserie arrivée ce matin-là du couvent du Sacré Cœur.

Elle n'avait été finie que la veille, même si Adelaide et Lizette l'avaient commencée après la mort de leur mère huit ans plus tôt. Elles l'avaient tenue secrète et avaient reçu l'argent des fournitures du père de Dunstan, l'intendant au bon cœur. Lizette y avait travaillé une semaine, Adelaide chaque jour jusqu'à son départ, et Gillian pas du tout parce qu'elle détestait broder. Trois nonnes du couvent voisin l'avaient terminée, en échange de quoi le couvent avait reçu dix moutons, trois vaches et cinq poules en remerciement de la part de Gillian.

La tapisserie représentait un verger où conversaient quatre dames qui étaient censées être elles-mêmes et leur mère. L'ouvrage était aussi beau qu'Adelaide l'avait dit, et le portrait de leur mère particulièrement réussi.

Gillian souhaita qu'Adelaide soit là pour voir la tapisserie en place derrière l'estrade. Il fallait espérer que ces problèmes de conspiration seraient bientôt terminés et qu'elle pourrait rentrer à la maison.

Avec son époux.

Dunstan entra dans la grand-salle en balayant les jonchées de sa tunique, et un coup d'œil suffit à Gillian pour voir qu'il était d'humeur acariâtre. Il en était ainsi depuis que messire Bayard de Boisbaston était arrivé, et ses manières commençaient à l'agacer. Il n'y avait aucune raison pour qu'il soit si contrarié. Le chevalier remplissait ses devoirs comme commandant de la garnison, rien de plus.

Elle se retourna vers les serviteurs.

— Maintenant, un peu plus à droite. Voilà. Parfait ! A présent, vous pouvez retourner à vos tâches.

Les hommes rassemblèrent leurs outils et quittèrent la grand-salle, laissant Dunstan, Gillian et quelques servantes qui nettoyaient les meubles avec du sable, de l'eau et de la cire.

— Ma dame, avez-vous entendu dire ce que messire Bayard a l'intention de faire faire à vos soldats aujourd'hui ? demanda l'intendant.

— Non, répondit-elle espérant qu'elle aurait la patience d'affronter une fois encore la jalousie de Dunstan et son acharnement à vouloir discréditer leur hôte à ses yeux.

Bayard ne lui disait jamais ce qu'il projetait de faire, et elle ne le lui demandait pas. Elle ne lui parlait pas du tout si elle pouvait l'éviter. Il la faisait se sentir trop... mal à l'aise.

— Il a organisé une sorte de compétition entre les fermiers et vos hommes. *Pour couper du foin !* Et il mène lui-même les soldats !

Gillian fut désolée que Dunstan se soit laissé prendre à ce qui devait être une plaisanterie, mais il aurait dû se rendre compte que cela ne pouvait pas être vrai.

— Quelqu'un vous a fait une farce, Dunstan. Aucun vrai chevalier ne ferait le travail d'un paysan.

— Non, aucun *vrai* chevalier, souligna l'intendant d'un air sombrement satisfait. Je vous ai rapporté certaines des choses que j'ai entendu dire au sujet de messire Bayard de Boisbaston, mais j'ai appris aussi qu'il ne serait pas réellement le fils de Raymond de Boisbaston.

Gillian le regarda d'un air sceptique.

— De qui serait-il le fils, alors ?

— On dit que sa mère a perdu son enfant à la naissance et qu'elle a acheté un bébé à une bande de bohémiens pour le remplacer. C'est une autre raison à son surnom, « l'amant bohémien ».

Gillian fronça les sourcils, agacée, déçue aussi. Bayard avait prouvé qu'il était utile et honorable, très loin du vaurien lascif que le marchand de vin avait décrit, et Dunstan était trop intelligent pour ne pas s'en être aperçu lui aussi.

— Quels que soient les rumeurs et les ragots colportés à son sujet, je pense que messire Bayard est un homme honorable. Et je suppose que s'il veut couper du foin…

Elle s'arrêta et secoua la tête.

— Non, cela ne peut être vrai. Quelqu'un a certainement voulu vous faire marcher, en vous disant une chose pareille.

Dunstan prit une expression obstinée qu'elle connaissait bien. Il en déférait à elle sans protester, mais elle comprit que cette fois, ce ne serait pas le cas.

— Je l'ai croisé en revenant du village et il portait une faux. Comme plusieurs de ses hommes, y compris ce grand rustaud de Robb.

Dunstan n'ajouta pas que l'arrogant Bayard — qui

regardait Gillian en douce quand ils étaient à table, qui la faisait sourire quand il parlait des hommes et de leurs exercices, qui était diablement trop séduisant – lui avait décoché un sourire insolent et lui avait souhaité une bonne journée en s'en allant. Ni qu'il était suivi par un essaim de jeunes femmes avides de l'admirer, dont cette sorcière rousse de Dena. Elle aurait dû être renvoyée quand son péché avait été découvert. Quelle sorte d'exemple était-ce dans une maison noble ? Parfois, Gillian montrait beaucoup trop de compassion et d'indulgence.

— C'est vrai, ma dame, intervint Seltha.

Elle cessa de cirer un fauteuil qui avait été poussé sur le côté de l'estrade pendant qu'on accrochait la tapisserie.

— Les hommes en parlaient en rompant leur jeûne ce matin. Il a offert une récompense, aussi : un tonnelet de cervoise au groupe qui fera le meilleur travail.

— Et qui doit en décider ? demanda Dunstan.

— Hale, bien sûr.

— Hale a donné son accord ? s'exclama Gillian.

— Il n'a pas pu le faire, protesta Dunstan. Les soldats vont ruiner la récolte ! Ils n'ont aucune idée de la façon de couper le foin !

— Ils ne vont pas tous faucher, précisa Seltha. Juste ceux qui savent faire.

Et Bayard de Boisbaston en faisait partie ? pensa Gillian, incrédule. Où et quand aurait-il appris à faucher du foin ?

— Je crois que je devrais aller voir par moi-même ce qu'il en est exactement, dit-elle à Dunstan.

— J'y vais aussi, répondit-il. J'aimerais bien voir un chevalier couper du foin !

Alors qu'ils approchaient du champ, il devint vite apparent qu'il s'y passait en effet quelque chose d'inhabituel. La fenaison n'était généralement pas un spectacle auquel assistaient les villageois, ni les marchands qui avaient visiblement abandonné leur étal pour l'après-midi.

Gillian distinguait aisément les femmes vêtues de leurs jupes et de leurs fichus, les fermiers avec leurs blouses. Des hommes étaient assis et aiguisaient des faux avec leur silex. Des enfants s'égayaient partout, surveillés par leurs grandes sœurs, tandis que des mères nourrissaient des bébés au sein à l'ombre d'un châtaigner. Hale se tenait à côté des aiguiseurs et surveillait la fauche. Le petit Teddy était à côté de lui et sautait sur place en tapant des mains.

Son père paraissait presque aussi excité que lui, même si son regard était fixé sur les hommes au travail.

Plus étonnant, des soldats étaient aussi rassemblés en petits groupes enjoués, et faisaient visiblement des paris en observant l'activité qui se déroulait dans le champ.

Un champ où dix hommes avançaient de front avec une lente détermination, balançant leur faux avec ensemble, suivis par des femmes qui liaient les gerbes.

Cinq de ces hommes étaient des villageois, dont le jeune Davy, facile à reconnaître de dos, car il était extrêmement maigre. Malgré tout, il possédait beaucoup de vigueur et fauchait toujours quand d'autres hommes plus grands et plus âgés haletaient et réclamaient de l'eau. Avec lui se trouvaient quatre fermiers du domaine, des hommes dont Gillian savait qu'ils étaient des experts à la faux.

Dans l'autre moitié du champ se tenaient quatre des soldats arrivés avec messire Bayard, dont Robb. Au milieu d'eux, messire Bayard en personne, à demi nu, ses cheveux noirs dénoués retombant sur ses épaules, balançait sa faux avec aisance et habileté. Il travaillait comme s'il était né paysan et avait été élevé comme tel.

— Je ne l'aurais jamais cru, murmura Gillian en observant la rangée d'hommes qui avançaient inexorablement.

— Peut-être que la rumeur est vraie... Peut-être qu'il n'est pas vraiment fils de noble, suggéra Dunstan, manifestement ravi à l'idée que le chevalier puisse être l'enfant d'un vagabond.

Gillian eut envie de lui dire que l'envie et la jalousie ne le rendaient pas cher à ses yeux, mais elle tint sa langue. Un jour Bayard de Boisbaston partirait et Dunstan resterait, ami et intendant loyal et fidèle, espérait-elle, malgré cet épisode où il ne montrait pas le meilleur de lui-même, et même si elle ne pourrait jamais l'aimer comme il le souhaitait.

Bayard et ses hommes menaient, gagnant lentement du terrain. Mais bientôt, au prix d'un grand effort, le jeune Davy prit les devants. Les deux groupes furent un moment au coude à coude, puis les soldats reprirent de l'avance. Puis les fermiers. Gillian s'avança, essayant de mieux y voir. Davy fauchait avec rapidité et agilité, la tête basse, les yeux fixés sur le foin à couper devant lui.

Bayard le rattrapa et lui passa devant, jusqu'à ce qu'il tourne la tête pour voir où il en était.

— Ne faites pas ça ! murmura Gillian.

Durant ce bref manque de concentration, Davy mit un pied en avant, ce qui lui permit de finir dans un grand geste, suivi par ses compagnons. Leur victoire fut saluée par un grondement joyeux des fermiers et des villageois.

Les soldats poussèrent un grognement collectif tandis que leurs camarades, haletant et suant terminaient, puis s'affalaient par terre.

— Un vaillant effort ! s'écria Hale rayonnant, tandis que Gillian et Dunstan s'approchaient. Magnifique ! Et du bon travail, par-dessus le marché. De la cervoise pour tous !

— Grâce à Dieu ! J'ai la gorge aussi sèche que du parchemin, dit Bayard en se redressant et en arquant le dos, sa faux toujours à la main. C'est un travail sacrément dur.

— Battre le grain est bien pire ! cria l'un des paysans en riant.

— Non, c'est empiler les balles de paille ! cria un autre.

— Oh ! Vous, les hommes ! s'exclama une femme sous le châtaigner, en train de faire téter son bébé. Essayez donc d'avoir un enfant ! *Ça*, c'est pénible !

Toute l'assemblée éclata de rire, y compris Bayard.

Gillian ne l'avait jamais entendu rire ainsi. C'était un rire profond, riche et plein de bonne humeur. Un rire à vous réchauffer le cœur, à vous rendre simplement heureux d'être en vie. A vous donner envie de faire partie de la vie d'un tel homme.

D'une certaine manière, s'avisa-t-elle soudain avec une chaude satisfaction, elle en ferait toujours partie, puisqu'il était le beau-frère d'Adelaide. Ce qui impliquait par la même occasion que toute relation plus intime avec lui serait impossible. L'Eglise interdirait ce genre d'union si elle la souhaitait, ce qui n'était pas le cas. Elle ne voulait pas se marier ; elle ne voulait pas quitter Averette.

— Ah, voici ma dame ! s'écria Hale, et tous les gens se tournèrent vers elle, heureux et souriants.

Rougissant devant cette attention soudaine, Gillian redressa néanmoins les épaules et traversa le champ, évitant les gerbes et soulevant des brins de paille sous ses pas.

— Comme vous pouvez le voir, ma dame, continua Hale, le dernier champ a été fauché plus tôt que prévu.

— Je suis très impressionnée, répondit-elle, même si je me rends compte qu'il s'agit de circonstances exceptionnelles. Je ne m'attendrai pas à ce que tous les champs soient fauchés à une telle vitesse à l'avenir.

— Tant mieux ! grogna le jeune Davy.

La foule rit de nouveau.

— Je vous en prie, reprenez des forces maintenant et au banquet plus tard, dit-elle. Vous avez tous travaillé dur, et je vous remercie.

Des acclamations montèrent de l'assemblée pendant qu'elle souriait et réussissait à ne pas regarder Bayard de Boisbaston.

Les gens d'Averette aimaient vraiment leur châtelaine… Il suffisait de les voir.

Il pouvait comprendre pourquoi. Gillian pouvait se montrer arrogante et distante avec lui — et par Dieu elle l'était ! —, avec ses gens, elle était quelqu'un d'autre. Elle traitait même le plus bas des serviteurs avec amabilité et faisait souvent du travail que beaucoup d'autres dames assigneraient à un inférieur. Et elle souriait fréquemment, à tous… sauf à lui.

Ils étaient toutefois parvenus à une sorte de trêve, bien délicate, bien fragile cependant, et comme il était déterminé à remplir sa promesse vis-à-vis d'Armand, il était également résolu à ne pas être celui qui la briserait.

Tâche qui lui était grandement facilitée par le fait qu'elle était trop occupée à mener le château et le domaine pour se quereller avec lui. Elle voletait partout comme une abeille active, ce qui rendait beaucoup plus facile de préserver la paix entre eux.

On tira soudain sur ses chausses et quand il baissa les yeux, il vit le petit Teddy qui lui tendait sa chemise.

— Mon papa dit que vous êtes un bon faucheur, messire. Il dit que je suis bon, moi aussi.

— Je n'en doute pas, répondit Bayard, content que le petit garçon ne lui montre pas d'hostilité.

— Je vais te ramener à ton père, veux-tu ? demanda-t-il après avoir enfilé sa chemise.

Quand l'enfant hocha la tête avec vigueur, Bayard se baissa et, d'un mouvement souple et rapide, le hissa sur ses épaules.

Teddy rit avec un plaisir sans retenue lorsqu'ils traversèrent le champ, évitant les gerbes dressées.

— Papa ! cria-t-il, ravi. Papa ! Regarde-moi !

Bayard essaya de ne pas chercher Gillian des yeux, mais il éprouva une bouffée de plaisir quand il l'aperçut qui les observait en souriant. Hélas, l'intendant se tenait à côté d'elle, le regard furieux.

Il avait eu des rivaux et des ennemis, et par le passé il n'aurait jamais considéré un homme tel que Dunstan — qui était la maussaderie incarnée – comme un concurrent. L'homme n'était ni particulièrement attirant, ni charmant. En revanche, il avait droit à l'affection de dame Gillian, ce qui pouvait être un problème — s'il souhaitait entrer en concurrence avec lui dans le cœur de la châtelaine, bien sûr.

En l'occurrence, il ne le souhaitait pas. Même si ses

rêves récents avaient été pleins d'images excitantes de Gillian dans ses bras, lui rendant ses étreintes avec une passion débridée, d'une part il lui était apparenté, ce qui rendait les choses impossibles, d'autre part, Armand se fiait à lui pour se conduire avec honneur et dignité durant son séjour à Averette.

Hale sourit quand ils le rejoignirent.

— Attention à ne pas faire de mal à cet homme, fils, avertit-il l'enfant. Il est chevalier et un des hommes du roi.

Bayard n'apprécia pas qu'on lui rappelle qu'il avait juré fidélité à John avant de connaître la véritable nature du monarque. Néanmoins, il répondit d'un ton cordial :

— Aujourd'hui, je suis seulement un faucheur de foin et pour l'instant, un puissant destrier !

Là-dessus, il hennit et piétina le sol avant de baisser la tête et de charger sur les gerbes les plus proches, faisant hurler de rire Teddy qui chancelait sur ses épaules.

Il fit encore quelques passes avant de remettre le petit garçon par terre, plaidant l'épuisement.

— Même un puissant destrier a besoin de manger, de boire et de se reposer, dit-il en ébouriffant les cheveux du petit garçon.

Avec une expression de regret, Teddy hocha la tête et retourna près de son père, pendant que Bayard s'approchait des tables sur tréteaux qui offraient de la nourriture et de la cervoise.

Il envisageait rarement d'avoir des enfants, remettant cette idée à un avenir brumeux, tout comme il le faisait avec l'idée du mariage et des autres devoirs nécessaires, mais ce jour-là, entouré des gens heureux d'Averette, le rire ravi de Teddy dans les oreilles, il eut brusquement la conviction que ce serait merveilleux d'avoir un fils à lui, à condition qu'il trouve une épouse convenable.

Quant au genre de femme qui pourrait être convenable... ses idées là-dessus avaient changé, constata-t-il.

Mais le mariage appartenait encore à un avenir imprévisible, alors il en écarta la perspective de son esprit. Il atteignit la table et l'odeur de pain frais lui mit l'eau à la bouche. Il y avait d'épaisses roues de fromage et des pichets de bonne cervoise, avec des gobelets à côté.

Armand lui avait dit que lorsqu'il était prisonnier, il aurait donné n'importe quoi pour avoir du pain, plus que toute autre nourriture. Quand Bayard mordit dans une miche, il comprit pourquoi. Y avait-il quelque chose de meilleur que du pain frais quand un homme était affamé ?

Peut-être de la cervoise s'il était mort de soif, se dit-il en vidant un gobelet d'un coup.

Gillian apparut devant lui.

A sa vive contrariété, il se sentit rougir comme s'il était redevenu un jouvenceau, gêné de transpirer, d'être vêtu comme un paysan et de sentir probablement la sueur.

— J'ai été surprise de vous voir couper du foin, messire...

Il ne put dire si elle approuvait ou non, mais il n'avait pas de regrets.

— Manifestement, j'ai d'autres talents que le combat, ma dame.

— En effet. Et où donc avez-vous appris à faucher avec une telle habileté ? D'ordinaire, il faut des années pour devenir aussi efficace.

Avait-elle eu vent des rumeurs qui couraient sur sa

naissance, rumeurs qui avaient circulé bien avant la mort de son père ?

— Feu messire Raymond de Boisbaston avait des idées inhabituelles sur l'entraînement qui sied à un futur chevalier, répondit-il avec sincérité. Il pensait que travailler dans les champs fortifiait le corps et lui donnait de la vigueur. Aussi nous y fit-il travailler, mes frères et moi. Ce qui lui fournissait par ailleurs de la main-d'œuvre supplémentaire qui ne lui coûtait rien !

Elle haussa un sourcil châtain clair, intriguée.

— Votre père considérait le fait de faucher du foin comme une sorte d'exercice martial ?

— Parmi d'autres tâches, oui. J'ai ramassé des pommes et les ai écrasées pour faire du cidre ; j'ai travaillé à la brasserie ; j'ai aidé le charron à fixer des roues et des essieux, le tonnelier à fabriquer des tonneaux ; j'ai ferré des chevaux ; j'ai labouré et semé des champs. Nous faisions tout ce qui avait besoin d'être fait. Pour ma part, j'ai pensé qu'une petite compétition aiderait à diminuer la tension chez les hommes.

— Sont-ils nerveux ?

— Ils seraient inconscients de ne pas l'être. Qui peut dire quand le roi commencera une autre guerre ? Ou quand nous pourrions être attaqués ? Si l'un ou l'autre de ces événements arrive, les soldats le subiront de plein fouet. L'entraînement peut les préparer à se battre, mais l'attente est bien pire que le feu du combat. Et parfois, une petite distraction est plus utile qu'un exercice de plus à l'épée.

— Je vois…

— Toutefois, admit-il avec un petit sourire, il y avait

bien longtemps que je n'avais pas fait un tel travail. J'aurai probablement mal partout, demain.

Du coin de l'œil, il aperçut l'intendant qui s'attardait non loin d'eux.

— Dunstan devrait faire un tour dans les champs, suggéra-t-il. Cela mettrait un peu de muscles sur ses bras et ses épaules.

Il se rendit compte aussitôt qu'il aurait dû se taire, car l'expression de Gillian s'altéra comme s'il l'avait insultée.

— Même si vous pouvez avoir quelque raison d'être fier de votre physique, messire, dit-elle fraîchement, je vous rappelle que la vanité est l'un des sept péchés capitaux. Et si vous ne voyez pas de mal à vous conduire comme l'un de mes fermiers, vous êtes toujours mon hôte. Que diront les autres nobles s'ils entendent parler de ceci ? Ils pourraient croire que je vous ai forcé à le faire.

— Alors je leur répondrais qu'il y a très peu de choses que vous pourriez m'obliger à faire, ma dame. Quant à ma vanité, je suis bien conscient que j'ai de nombreuses raisons de me montrer humble. A présent, si vous voulez m'excuser, dit-il d'un ton sec.

Il rejoignit son écuyer sans attendre de savoir si elle l'excusait ou non.

Frederic se tenait adossé à un arbre, l'air aussi maussade et buté qu'un garçon de quinze ans pouvait l'être. Bayard savait pourquoi : le jeune homme avait été choqué par cette idée de compétition, protestant qu'il était indigne d'un chevalier de couper du foin ou de faire le travail d'un paysan.

Il avait encore beaucoup à apprendre.

— Eh bien, Frederic ? Pensez-vous qu'ils ne me respectent plus, maintenant ? demanda-t-il, s'approchant de lui et désignant d'un geste les hommes et les femmes qui s'égayaient, riant, parlant, mangeant et buvant.

Frederic donna un coup de pied dans une motte de terre, de sa belle botte en cuir.

— Je pense toujours que ce n'est pas bien.

Bayard fit un effort pour rester patient. Comment diable avait fait Armand avec lui, toutes ces années ?

— Un chevalier fait tout ce qu'on lui demande, expliqua-t-il de nouveau. Et il n'est jamais mal de passer du temps avec les hommes et les femmes qui fournissent la nourriture que vous mangez, les habits que vous portez et les armes que vous maniez. N'avez-vous pas remarqué que bien que dame Gillian s'habille simplement et participe elle-même à des tâches qu'elle pourrait de droit assigner à d'autres, on lui obéit sans discuter et on parle d'elle avec affection ?

— Vous pensez que je devrais couper du foin ?

— Je pense que vous devriez faire ce que l'on vous commande. Il se trouve que la fenaison est terminée. Mais si je vous demande de décharger un chariot ou d'aider à rassembler les gerbes, je compte que vous le fassiez sans vous plaindre ou protester.

— Oui, messire, marmonna le jouvenceau.

— Maintenant, allez manger quelque chose.

Frederic hocha la tête et s'éloigna avec une nonchalance qui restait encore hautaine. Bayard avait toujours des espoirs pour ce garçon, mais il n'était pas aussi facile de le motiver qu'il l'avait pensé.

Il entendit rire Gillian et l'aperçut parmi les femmes. Elle tenait un bébé dans les bras et lui chatouillait le menton.

Comme elle était parfaitement à sa place ici, dans cet endroit, parmi ces gens...

Et lui ? Où était sa place ? Au côté d'un roi qu'il méprisait ? Dans les domaines qui avaient constitué la dot de sa mère et qui lui étaient revenus à sa mort ? Elle aurait fait n'importe quoi pour empêcher Armand ou leur père d'en hériter.

Etait-il vraiment le fils de ce père si peu aimé, ou bien les rumeurs attachées à cette éventuelle substitution d'enfant étaient-elles fondées ?

Il ne le saurait jamais maintenant. Si secret il y avait, sa mère l'avait emporté dans la mort.

Ce qu'il savait, en revanche, c'était qu'Armand lui avait demandé de venir à Averette, alors il y resterait, le temps nécessaire à sa mission, même si cela signifiait combattre un désir dont il souhaitait qu'il ne se soit jamais épanoui, pour une femme qui attisait sa passion. Une femme qui s'habillait comme une paysanne et gouvernait comme une reine bienveillante.

Chapitre 12

Les hommes et les femmes du village dansaient à la lueur d'un feu de joie au milieu de la pelouse. Les tables sur tréteaux, montées dans la journée pour le repas des faucheurs, avaient été poussées près de la forge à la nuit tombée et elles offraient maintenant du pain, du bœuf rôti, du ragoût de mouton, des douceurs et des gâteaux au miel préparés dans la cuisine du château, ainsi que des pichets de cervoise.

Des enfants turbulents couraient partout, s'amusant à se poursuivre et s'attraper au milieu de ceux qui mangeaient, buvaient, parlaient, riaient. Les plus petits, comme Teddy, épuisés par l'excitation de la journée, dormaient sur des couvertures près des femmes assises avec leur bébé dans les bras ou sur leurs genoux. Le vieux Davy, qui rassemblait autour de lui un groupe d'anciens, battait sur son genou la mesure de la musique — une harpe et un tambour –, évoquant des moissons passées. Dans l'ombre, des couples chuchotaient et s'embrassaient ; quelques-uns s'esquivaient dans l'obscurité.

Le forgeron dansait avec Peg, la serveuse de l'auberge, et la faisait tourner avec un tel abandon que c'était un miracle qu'ils ne heurtent pas les autres danseurs. Le meunier et sa femme les regardaient d'un air méfiant. Il semblait assez évident que tous deux s'étaient réconciliés après une autre de ces disputes dont ils étaient coutumiers, une trêve sans doute encouragée par la boisson et la nourriture offertes à volonté.

Habituellement, Gillian se mêlait volontiers à la fête, car elle aimait danser. Mais ce soir-là, elle préférait se tenir un peu à l'écart et regarder ses gens qui s'amusaient et profitaient du moment avec un contentement serein.

Elle parcourut la foule du regard et ne fut pas étonnée de reconnaître le marchand de vin, de retour de Londres. Peut-être cela avait-il été une erreur de l'encourager à revenir à Averette, mais si Dunstan avait envie de s'enivrer — ce qui semblait être le cas ce soir –, il n'avait pas besoin du vin de Charles de Fénelon pour le faire. Il y en avait assez dans les celliers du château dont il avait les clés, comme elle.

Messire Bayard de Boisbaston était là, assis parmi les hommes de la garnison, et il leur parlait batailles, tournois, armes et stratégie militaire. Tous l'écoutaient avec une attention soutenue, ne s'interrompant que pour boire une gorgée de leur cervoise ou poser une question.

Frederic se tenait à distance, les bras croisés et l'air morose, n'appréciant visiblement pas autant la discussion. Sans doute avait-il déjà entendu maintes fois tout cela.

Une fois de plus Gillian se demanda s'il avait été sage de le laisser rester, quoi qu'en pense Dena. Elle jeta un coup d'œil autour d'elle, cherchant des yeux la jeune servante. Elle l'aperçut près des tables, en train de parler avec Robb. Elle souriait timidement.

Tout le monde semblait profiter au mieux de la fête. Elle aurait dû s'en réjouir, or il y avait en elle une sorte de réserve, comme un petit voile de chagrin qu'elle réprima aussitôt. Elle avait plus de raisons d'être heureuse que beaucoup de gens, ces temps-ci ! Tout allait bien à Averette, au moins pour le moment. Que pouvait-elle espérer de plus en cette période ?

— Ah, vous voilà, ma dame ! s'écria Dunstan en s'approchant d'elle en trébuchant, bien que le sol soit sans aspérités.

Il avait bu beaucoup de vin, à en juger par son haleine.

Gillian n'en fut pas contente, mais elle supposa qu'un certain manque de dignité pouvait être autorisé même à un intendant, de temps en temps.

— Bonsoir, Dunstan. C'est une belle soirée, n'est-ce pas ?

— Oui, acquiesça-t-il. Très belle. Très, très belle.

Il lui prit la main et la tira du coin retiré où elle se tenait.

— Venez, Gillian, rejoignons les danseurs !

Mais Gillian dégagea sa main, contrariée par son geste, son ton et sa façon de montrer une telle familiarité en public.

— Je suis un peu fatiguée, ce soir.

— Pas même une danse avec un vieil ami ?

N'avait-elle pas dansé plusieurs fois avec lui auparavant ? Elle s'avisa que les gens les regardaient. Que penseraient-ils si elle repoussait Dunstan ?

Elle avait été inhabituellement sombre ces derniers jours, attendant une réponse d'Adelaide et craignant une attaque. Ses gens pourraient être troublés si elle paraissait trop anxieuse pour faire la fête.

— Fort bien, Dunstan, je vais danser, dit-elle en s'efforçant de paraître enjouée.

Le sourire qu'il lui fit lui rappela pourquoi ils étaient amis. Dunstan était quelqu'un de bien, et même si elle ne pouvait pas l'aimer, elle l'appréciait beaucoup. Sa vie à Averette serait bien plus difficile sans son aide et ses aptitudes pour les comptes.

Alors, tandis qu'elle marchait vers la pelouse à côté de lui, elle décida de le traiter comme elle l'avait toujours fait — en ami de longue date – et de prendre du plaisir à cette danse. Les récoltes étaient bonnes, le pays était en paix, même si la paix était précaire, elle était jeune et en bonne santé.

Les gens accueillirent avec joie son apparition dans le cercle et tapèrent dans leurs mains pour l'accompagner tandis qu'elle sautait, tournait et prenait les mains d'un Dunstan un peu vacillant.

Très vite, la musique s'empara d'elle et il sembla que ses pieds avaient une existence propre. Elle oublia ses soucis et ses responsabilités, ses inquiétudes et ses doutes. Elle devint simplement Gillian, une jeune femme un soir de fête, dansant avec un ami, non pas la châtelaine d'un domaine ou la proie possible d'un ennemi inconnu et invisible.

Lorsque la danse s'acheva, elle était essoufflée mais heureuse, se sentant plus insouciante qu'elle ne l'avait été depuis des jours.

— Sainte Marie, je n'en peux plus ! s'écria Dunstan, plié en deux, prenant de grandes inspirations saccadées.

Craignant qu'il ne tombe par terre parce qu'il avait bu trop de vin et dansé avec trop d'enthousiasme, Gillian passa un bras autour de lui et le conduisit au banc le plus proche, sur lequel il s'assit lourdement. Alors, à la vue de tout le monde, il l'attira sur ses genoux.

— Dunstan ! s'écria-t-elle en bondissant aussitôt sur ses pieds, tout son plaisir gâché par cette inconvenance. Vous vous oubliez !

— Gillian, pardonnez-moi, dit-il en se levant d'un mouvement mal assuré, l'air affligé. Jamais… Je n'aurais pas dû… C'est le vin !

Son visage se contracta subitement, il plaqua une main sur sa bouche et bouscula les gens pour se précipiter à la rivière.

Embarrassée, Gillian ne savait où regarder ni que faire, jusqu'à ce que la voix de Bayard résonne derrière elle.

— Ce pauvre intendant ne tient pas le vin, on dirait…

Elle pivota sur ses talons et croisa son regard qui brillait à la lueur du feu de ce qui ressemblait bien à de l'amusement. Il avait l'air du roi du chahut en personne, à supposer que ce dernier fût un homme incroyablement attirant.

— Il est très rare que Dunstan boive trop, dit-elle pour le défendre.

— Moi aussi. Ça émousse les sens.

Elle ne voulait pas penser aux sens de Bayard, ni à quoi que ce soit d'autre à son sujet. Elle commençait à reculer pour retourner s'asseoir dans un coin, quand le joueur de tambour entama un air rapide et palpitant qui ressemblait assez au rythme de son sang dans ses oreilles.

— Voulez-vous danser avec moi, ma dame ?

Il avait posé la question avec un certain détachement, comme s'il était certain qu'elle refuserait. Etait-ce parce qu'il ne pensait pas qu'elle voudrait danser avec lui ? Parce qu'il croyait qu'elle craignait les ragots et la censure ?

Qu'elle avait *peur* ?

Si c'était le cas, il avait beaucoup à apprendre encore sur dame Gillian d'Averette !

Elle lui décocha un sourire hardi et tendit la main.

— Avec plaisir, messire.

Elle sentit son approbation et en fut contente.

Elle regretta aussitôt d'en être si satisfaite, mais il avait déjà saisi sa main dans la sienne, forte et calleuse, et la conduisait au centre du cercle. Puis il s'inclina devant elle comme s'ils se trouvaient dans la grand-salle du roi, à Westminster, et comme si elle était la plus charmante des dames.

Elle en ressentit une impression très étrange.

Puis ils se mirent à danser. Il ne fallut que quelques pas à Gillian pour se rendre compte qu'il dansait très bien, avec une grâce lisse et pourtant masculine, une assurance qui indiquait qu'il dansait souvent. Peut-être que cette histoire d'enfant bohémien était vraie...

Déterminée à ne pas s'en laisser conter, elle dansa comme jamais elle ne l'avait fait. Elle tourbillonna, virevolta, tapa dans ses mains, sauta d'un côté et de l'autre, comme la danse et son propre désir l'exigeaient. De la façon dont Lizette danserait, tout au moment présent.

Elle dansa jusqu'à ce que la harpe et le tambour se taisent et qu'elle soit essoufflée, échauffée et décoiffée. Bayard applaudit, tout comme les gens attroupés autour d'eux.

Elle se ressaisit aussitôt et la châtelaine en elle se demanda avec une pointe d'inquiétude si cela n'avait pas été une erreur de s'abandonner ainsi. Peut-être aurait-elle dû danser avec plus de dignité et de solennité.

— Aimeriez-vous boire quelque chose, ma dame ? lui demanda Bayard.

Elle avait soif, mais elle voulait surtout quitter la pelouse et se soustraire aux regards de ses gens, alors, haussant le menton aussi majestueusement que si elle était dans sa grand-salle et vêtue de sa plus belle cotte, elle s'éloigna au côté de Bayard, faisant de son mieux pour ignorer les coups d'œil que les villageois et les fermiers échangeaient en douce.

Cette danse avait peut-être bien été une erreur, mais elle ne la regrettait pas. Quel plaisir de danser, de toucher la main de Bayard, de le voir bouger avec tant d'habileté et de puissance, de le regarder s'approcher de si près d'elle, son corps si proche du sien...

Alors qu'il lui tendait un gobelet de cervoise, ses doigts effleurèrent les siens et un désir qu'elle n'avait pas éprouvé depuis la mort de James s'épanouit en elle, chaud, fort, pressant.

— Vous dansez fort bien, ma dame, dit-il tandis qu'ils marchaient jusqu'à un banc libre à quelque distance des tables, dans l'ombre de la forge.

Il était trop abrité, peut-être, mais elle ne voulait pas sentir les yeux curieux des villageois posés sur eux pendant qu'ils parlaient.

— Vous aussi, répondit-elle après en avoir bu une gorgée. Comme si...

Elle hésita en s'avisant qu'il n'apprécierait peut-être pas une comparaison avec des vagabonds dont on disait qu'ils avaient refusé d'aider Joseph et Marie lors de leur fuite vers l'Egypte. Ou qu'ils descendaient de Noé après le Déluge.

— Comme si j'avais du sang égyptien ? demanda-t-il.

Un pli amer de sa bouche lui révéla son déplaisir.

Peut-être lui avait-on déjà fait cette remarque.

— Je ne voulais pas vous blesser. C'est juste que j'ai rarement vu un homme danser aussi bien.

— Alors j'accepte votre compliment et vous prie de me pardonner de m'être senti offensé à tort.

Il était encore plus facile de comprendre comment tant de femmes souhaitaient être intimes avec lui quand il parlait de cette voix grave et basse, et qu'il la regardait de ces yeux sombres et intenses.

— De grâce, asseyez-vous, messire, dit-elle. Vous devez être fatigué.

— Oui, je le suis, répondit-il en prenant place à côté d'elle. Fatigué des spéculations qui insinuent que je ne suis pas le fils de ma mère, mais un enfant bohémien acheté ou volé pour remplacer son bébé mort.

— Je sais combien les rumeurs peuvent être contrariantes pour en avoir éprouvé moi-même les effets néfastes, dit Gillian. Les gens ne cessent de prétendre que mes sœurs et moi allons nous marier, ou que nous devrions être mariées. Ils ont également des avis sur qui nous devrions épouser. Ou alors parce que nous ne sommes pas mariées, ils disent que nous ne sommes pas normales, ou mal formées, ou je ne sais quoi d'autre encore.

— C'est frustrant, n'est-ce pas ? fit-il en joignant les mains et en appuyant ses avant-bras sur ses cuisses. D'autant plus frustrant que rien ne dit qu'ils ont tort. Je ne peux pas être certain de ne pas être un enfant bohémien échangé contre un autre. Ma mère a eu du mal à mettre au monde son seul enfant.

Il s'interrompit un instant.

— Ce n'était pas un secret non plus qu'elle haïssait mon père, et qu'à sa mort sa dot devait revenir aux enfants de son sang, et non à son époux ou à ses beaux-fils. Messire Raymond avait deux fils plus âgés que moi, Simon, qui est mort en se préparant à partir en croisade, et Armand, qu'elle méprisait.

Il poussa un soupir.

— Même *moi*, je peux croire que si son enfant était mort à la naissance et si on lui avait dit qu'elle ne pourrait jamais en avoir un autre, elle ait pu acheter ou voler un bébé pour empêcher son époux ou ses beaux-fils d'hériter de ses possessions.

Il jeta un coup d'œil méfiant à Gillian.

— Dit comme cela, elle paraît monstrueuse, n'est-ce pas ? Mais qui sait quel genre de femme elle aurait pu devenir si elle n'avait pas été contrainte au mariage par sa famille, sous peine d'être bannie dans un couvent ? Hélas, elle l'a été, et cela l'a rendue amère et pleine de ressentiment. Mon père la rabaissait chaque fois qu'il le pouvait, et elle ne reculait jamais. Armand et moi avons grandi au milieu d'un champ de bataille. C'est l'impression que nous avions. Mais au lieu de devenir des ennemis, nous sommes devenus des alliés, essayant de trouver ensemble un peu de paix.

Pas étonnant qu'il soit si attaché à son demi-frère, pensa Gillian.

— Notre foyer n'était pas heureux non plus, dit-elle en serrant son gobelet entre ses mains. Mais contrairement à la vôtre, ma mère ne s'opposait jamais à mon père, qui voulait désespérément des fils. Elle était trop timide, trop faible. Moi aussi, j'étais ainsi.

— J'ai du mal à le croire !

Elle eut un petit sourire contraint.

— Oh ! Si… J'avais l'habitude de m'enfuir au village

et de rester chez le vieux Davy et sa femme pour ne pas entendre mon père se mettre en rage contre elle.

Elle sentit la rougeur de la honte échauffer son visage.

— Je laissais Adelaide traiter avec lui. Elle était la plus courageuse de nous trois. Je n'oublierai jamais le jour où elle s'est mesurée à mon père quand il a battu ma mère. Elle l'a traité de lâche, pour frapper une femme. Le regard qu'il lui a lancé ! Ce n'était pas de la haine. Nous y étions habituées. Ni du dégoût. Nous y étions habituées aussi. C'était une sorte de respect. J'ai appris ce jour-là que la force ne dépendait pas forcément des muscles ou de la taille. Adelaide est la personne la plus forte que je connaisse, et si je pouvais être à moitié aussi brave, aussi forte et aussi bonne qu'elle, je serais satisfaite.

— Vous l'êtes, dit doucement Bayard, et je ne suis pas sûr qu'elle commanderait Averette à moitié aussi bien que vous.

C'était le compliment le meilleur et le plus excitant qu'elle ait jamais reçu, et pendant un moment elle fut trop émue pour répondre.

Il se leva et se tint devant elle, sa cicatrice plus visible à la lueur vacillante du feu de joie.

— Je suppose qu'on vous a rapporté le surnom qu'on m'a donné à la cour ?

— Oui, murmura-t-elle.

— Je ne suis pas un moine, Gillian, mais je veux vous assurer que même dans mes pires périodes de frasques je ne courais pas la campagne en séduisant toutes les femmes qui croisaient mon chemin, comme l'a fait mon père non regretté. Armand et moi avons vu trop clairement la douleur et le désastre qu'un tel homme laisse derrière lui pour avoir envie de suivre ses traces égoïstes.

Gillian se leva à son tour et le regarda intensément.

— Alors vous n'avez pas eu une aventure avec l'épouse de l'homme qui vous retenait captif en attendant d'être rançonné, et pendant que votre frère languissait en captivité ailleurs ?

— Non ! L'épouse du duc était jeune et délaissée ; elle me trouvait attirant et sans doute ma compagnie la distrayait-elle de sa solitude, mais il n'y a rien eu de plus entre nous.

Il passa une main agitée dans ses cheveux sombres.

— J'aurais pu être son amant si je l'avais voulu, je suppose, mais je ne l'ai pas voulu. J'étais l'hôte du duc autant que son prisonnier. Quant à la reddition du château que j'étais chargé de tenir et sur laquelle on a beaucoup parlé, sachez que j'ai reçu un message venant apparemment du roi, qui me demandait de me rendre. Il disait que le château ne valait pas les vies qui seraient perdues pour le garder. Sur le moment, je n'ai pas remis en question cet ordre. J'ai reconnu ce qui semblait être le cachet du roi et le document paraissait signé de sa main, mais quand je suis retourné à la cour, il a nié avoir envoyé un tel ordre — ce qui, hélas, ne signifiait pas qu'il ne l'avait pas fait. Il se peut qu'il ait tenté de couvrir une erreur, d'excuser un désastre de plus. Ceux de mes hommes qui ont réussi à s'en sortir ont été immédiatement envoyés rejoindre la garde personnelle du roi.

— Et pourtant vous le soutenez encore...

— Parce que je lui ai juré fidélité, et que l'honneur exige que je respecte ce serment. A mon grand regret, je me suis engagé avant de savoir quel genre d'homme était John, avant de comprendre dans quels abîmes il pouvait tomber.

Il secoua la tête.

— J'étais jeune et impatient d'être fait chevalier. Dieu me protège, j'aurais probablement juré loyauté à Satan lui-même pour entrer dans la chevalerie !

Il prit Gillian par les épaules et ajouta, avec une conviction pleine de ferveur :

— Mais je veux que vous croyiez que je ne suis pas un lâche, ma dame, que j'obéissais à des ordres quand je me suis rendu, que j'ignorais qu'Armand souffrait, même si j'aurais dû comprendre qu'après ce que le roi avait fait, laisser les hommes de Corfe mourir de faim, ses ennemis seraient loin d'être chevaleresques. Je n'aurais pas dû supposer qu'ils seraient aussi honorables que le duc.

Gillian posa une main légère sur son bras pour lui offrir tout le réconfort silencieux qu'elle pouvait. Mais en le faisant, elle eut vivement conscience de sa chair et de ses muscles sous ses doigts. De sa proximité, de l'odeur masculine de cuir et de drap qui l'enveloppait. De ses lèvres si proches des siennes.

Elle essaya de se dire encore une fois qu'il était le beau-frère d'Adelaide, envoyé à Averette pour la protéger. Pas pour la courtiser. Et certainement pas pour l'embrasser ou l'épouser. Encore moins pour l'aimer…

Elle aurait dû l'arrêter, quand il l'attira à lui, protester, s'enfuir en courant…

Elle ne le put pas. Elle ne le voulait pas.

Dès l'instant où leurs lèvres se touchèrent, les murailles qu'elle avait édifiées autour de son cœur se rompirent. Le désir, si longtemps contenu, s'écoula librement en elle.

Elle voulait être dans les bras de cet homme ; elle

voulait éprouver et expérimenter de nouveau la passion, être désirée en retour.

Alors elle l'embrassa avec ferveur et avec un besoin presque désespéré, comme si elle était une femme dévoyée dont le seul projet d'avenir était de réchauffer la couche d'un homme.

La couche de *cet homme*.

Elle glissa une main dans la masse épaisse de ses cheveux et, de l'autre, se cramponna à lui. Il l'enlaça plus étroitement, la serrant contre lui comme s'il ne voulait plus jamais la laisser partir.

Il commença à la caresser doucement, et elle, haletante, consentante, l'embrassa comme si elle voulait le dévorer.

Elle avait déjà connu l'amour, elle l'avait déjà partagé avec un jeune homme qui venait juste d'atteindre l'âge adulte. Avec toute la faim d'attention et de tendresse née de son enfance négligée, elle s'était abandonnée à cet amour avec bonheur, corps et cœur, cœur et âme.

Pourtant, ce qu'elle ressentait à présent, dans les bras de cet homme mûr, dans son étreinte puissante, ne ressemblait pas à ce qu'elle avait connu. Elle se sentait emportée, submergée. Elle savait où ce désir pouvait la mener, les mener, mais elle ne s'en souciait pas. Pas plus qu'elle ne se souciait à cet instant de qui ou de ce qu'il était, ni de ce qu'il avait fait.

Tout ce qui comptait était de l'embrasser, de rester dans sa chaleur, dans son odeur, de sentir sur elle ses caresses.

Il en fut ainsi jusqu'à ce que quelqu'un l'empoigne durement par l'épaule et l'arrache aux bras de Bayard.

Chapitre 13

— Espèce de ribaude ! Pécheresse ! hurla Dunstan en poussant Gillian loin du chevalier.

Elle chancela, rattrapant son équilibre de justesse. Bayard s'avança et s'interposa, paraissant encore plus grand, plus puissant.

— Posez encore la main sur elle et je vous tuerai ! dit-il d'une voix dure.

Elle revint se placer entre les deux hommes, déterminée à les arrêter avant que l'un d'eux ne soit blessé.

— Dunstan, je vous en prie…

— Je sais ce que j'ai vu !

Son corps tout entier tremblait de rage ; il pointait un doigt sur elle.

— Vous ne résistiez pas ! Vous le laissiez vous embrasser. Vous lui rendiez ses baisers !

Sa voix se brisa, soudainement chargée de douleur.

— Par Dieu, vous *vouliez* qu'il vous embrasse !

— C'était une erreur, dit-elle, conciliante, en s'avançant vers lui.

Bayard essaya de la retenir, mais elle repoussa sa main.

— Une erreur ? persifla Dunstan en tirant une dague de sa ceinture. Combien de choses ai-je faites pour vous, ingrate ? Quelle patience ai-je montrée, croyant que si je vous servais bien, si je vous traitais avec le respect que vous souhaitiez tant, vous verriez un jour mes mérites et ma valeur ? Je pensais que je pouvais gagner votre amour à force de travail et d'attentions, malgré mon humble naissance. Quel sot j'ai été ! Quel imbécile de penser que vous valiez tant d'efforts !

— Rengainez votre dague, ordonna Bayard.

Il ne détachait pas les yeux de l'intendant. Bien qu'il ne soit pas un homme d'armes, il était exalté, furieux, par conséquent le plus dangereux des adversaires, car il se battrait avec pour seul objectif de le tuer. Il ne voyait plus en lui qu'un ennemi.

— Oui, Dunstan, rengainez votre dague, implora Gillian en s'avançant encore. Il n'est pas besoin d'user de violence.

De nouveau, Bayard lui saisit le bras pour la mettre hors de portée de Dunstan.

— Ôtez vos sales mains d'elle ! cria l'autre en plongeant en avant.

Il était peut-être déterminé et la rage décuplait sa force, mais Bayard était un chevalier entraîné. Il esquiva facilement le coup, attrapa le poignet de Dunstan et le tordit, le forçant à lâcher le couteau. Puis il se baissa pour le ramasser.

— Partez, Dunstan, ordonna-t-il. Retournez au château.

— Pensez-vous que j'aie peur de vous, espèce de pécheur lubrique ? Vous arrivez ici comme le roi, vous prenez ce que vous voulez, et je suis censé vous laisser faire ?

— Dunstan, intervint Gillian, je suis si désolée que vous...

— Désolée ? Vous n'êtes pas désolée, ma dame ! Je vous connais trop bien pour me laisser duper. J'ai vu la vérité de votre étreinte !

— Dunstan, je ne peux pas vous retourner votre amour, dit-elle calmement, mais je tiens à vous comme à un frère...

— Un frère ? s'exclama-t-il avec dédain, le visage aussi rouge que des baies de houx. Cet homme est votre frère plus que moi !

Gillian ne put rien répondre car il avait raison — du moins l'Eglise le dirait-elle aussi.

— Retournez au château, commanda de nouveau Bayard, faisant un pas vers lui.

— Oui, Dunstan, rentrez, s'il vous plaît. Nous discuterons de ceci plus tard, dit Gillian, quand vous aurez eu le temps de...

— De quoi ? De me calmer ?

Secouant la tête, Dunstan commença à reculer.

— Pensez-vous que je sois sot au point de croire vos explications mensongères, vos excuses pathétiques ? Vous me dégoûtez ! Quand je pense aux années que j'ai gâchées, à espérer...

Il agita un doigt menaçant en direction de Gillian.

— Je vais écrire à Adelaide. Elle doit apprendre quel vaurien est son beau-frère et savoir que sa sœur ne vaut pas mieux qu'une ribaude !

Il se tourna et partit en chancelant vers le château.

— Dunstan, attendez ! appela Gillian.

Elle voulut le suivre, mais Bayard la retint.

— Laissez-le. Il est trop bouleversé pour entendre raison.

Elle se dégagea de la main qui l'avait tant enflammée quelques instants plus tôt.

— Qu'allons-nous faire ? demanda-t-elle.

— Eh bien, je vous suggère d'envoyer vous-même une lettre à votre sœur, afin de lui expliquer ce qui s'est passé.

— Et que dois-je écrire ? dit-elle encore, scrutant son visage indéchiffrable. Que se passe-t-il entre nous, messire ?

— Quelle autre vérité peut-il y avoir que la suivante : tous les deux, êtres faillibles et amenés à nous côtoyer souvent et longuement dernièrement, nous sommes devenus trop amicaux. Notre affection a pris un mauvais tournant, nous poussant à faire une chose regrettable, et Dunstan nous a surpris. Dites-lui qu'elle ne doit pas s'inquiéter, car nous ne ferons plus une telle erreur.

Il paraissait si calme, si détaché, comme si ce baiser n'avait signifié guère plus pour lui que de trébucher sur une branche. Mais que pouvait-il signifier de plus, étant donné le vœu qu'elle avait fait, son désir de rester à Averette et le mariage de leur frère et sœur qui les liait d'une manière qui en excluait toute autre ?

— Et Dunstan ? s'enquit-elle. Qu'allons-nous lui dire ?

— Vous êtes la châtelaine d'Averette et lui votre intendant. Vous ne lui devez pas d'explications pour votre conduite, et moi non plus.

— Sauf qu'il est aussi mon ami.

— Un ami qui vient de vous insulter, de tirer une dague et de vous menacer ! Même si vous souhaitez l'excuser, vous devez le relever de ses fonctions. Vous ne pouvez plus lui faire confiance comme avant.

Il avait raison, elle ne pouvait plus se fier totalement à Dunstan, cependant elle ne voulait pas qu'il lui dise que faire.

— Je vais y réfléchir.

— Sa fierté a subi un rude coup. Il est peu probable qu'il vous pardonne ou me pardonne avant longtemps. S'il reste au château, il créera vraisemblablement des conflits et des querelles.

— Il était mon ami, pourtant ! Je me fiais à lui… Je comptais sur lui… Je ne peux pas lui ordonner de partir, alors que c'est *nous* qui sommes en tort !

— Faites ce que vous voulez, si vous êtes prête à en supporter les conséquences, déclara alors Bayard, réprouvant ouvertement son attitude. Dieu sait pourquoi je vous ai donné mon avis !

— Peut-être que vous devriez partir aussi, messire. Dunstan va raconter aux gens ce qui s'est passé.

— Je vous l'ai dit, ma dame. Je resterai ici jusqu'à ce qu'Armand ou Adelaide me donnent la permission de partir. C'est ce que mon frère m'a demandé et c'est ce que je ferai. Mais je vous l'assure, sur mon honneur de chevalier, je ne vous embrasserai plus jamais.

Là-dessus, il tourna les talons et s'éloigna.

Gillian attendit dans l'ombre, essayant de reprendre contenance et de calmer son cœur qui tambourinait dans sa poitrine.

Dieu lui vienne en aide, elle avait été une sotte ! Une sotte sans volonté, pour s'être ainsi abandonnée à ses pulsions charnelles quand elle avait tant à perdre : l'amitié et les conseils de Dunstan, le respect de son peuple, son propre respect…

Et pour quoi ? Un baiser, une étreinte ? Pour se sentir une femme désirable et attirante ? Pour se sentir aimée ?

Elle s'était crue forte, résolue, n'ayant pas besoin de l'aide, du soutien ou de la bonne opinion d'un homme, quel qu'il soit. Elle n'avait voulu que leur respect.

Jusqu'à ce qu'elle rencontre Bayard, qui lui donnait cela et tellement plus encore.

Mais à quel prix ?

Si elle perdait l'affection et le respect de son peuple, si elle perdait Averette, elle n'aurait plus rien. Elle ne *serait* plus rien.

Aucun sentiment, aucun amour, aucun désir, aucun homme ne valaient cela.

Pas même *lui*.

Nauséeux, l'esprit bourdonnant encore de ce qu'il avait vu et le cœur battant de rage, Dunstan entra en vacillant dans sa chambre.

Tout ce à quoi il pouvait penser, c'était Gillian dans les bras de Bayard de Boisbaston, l'embrassant passionnément. Tout son corps pressé contre celui du chevalier comme s'ils étaient amants depuis des jours, peut-être depuis le premier jour où il était arrivé au château.

Non, sûrement pas. Il s'en serait rendu compte, l'aurait su, l'aurait vu…

Néanmoins, elle l'avait traité, *lui*, comme un lépreux parce qu'il l'avait simplement attirée sur ses genoux !

Tous ses espoirs, tous ses rêves étaient réduits en cendres maintenant. Tous les plans qu'il avait faits pendant des années, tous les efforts pour lui prouver qu'il était digne de son amour. Pour qu'un jour elle le regarde et qu'il voie enfin dans ses yeux un désir, une passion égale à la sienne. Ils auraient économisé assez d'argent au fil des années, grâce à la frugalité de Gillian et à son intendance précautionneuse, pour pouvoir offrir au roi une somme qui leur obtiendrait son consentement à leur mariage.

Alors Gillian serait devenue son épouse.

A la place, qu'est-ce que sa patience, ses calculs soigneux, son attente avaient obtenu ? Il avait été ignoré, écarté pour un homme à la réputation de vaurien et de lâche !

Il devrait la dénoncer. Dans la grand-salle, devant tout le monde. Et au village aussi. Laisser Dena, qui admirait tant sa maîtresse, les autres serviteurs du château et les villageois, savoir quel genre de ribaude lubrique était leur châtelaine, et quel genre de débauché était messire Bayard de Boisbaston.

Il *devrait* les dénoncer. Il en avait le droit. Et il *devrait* écrire à Adelaide, comme il avait menacé de le faire.

Mais qu'arriverait-il alors à Gillian si son péché et sa honte étaient révélés ? Que ferait Adelaide ? Et les gens d'Averette ? Ils pouvaient l'enfermer de force dans un couvent.

Et cela la détruirait. Elle aimait trop Averette.

Il eut un sanglot étranglé. Puis un autre. Il ne pouvait pas lui faire une chose pareille. Il l'aimait. En dépit de ce qu'il avait vu et de ce qu'elle avait fait, il l'aimait.

Il l'aimait depuis l'époque où ils étaient des enfants jouant à des jeux puérils, où elle prenait son parti quand Lizette le taquinait. Il l'aimait quand James d'Ardenay était venu en visite et qu'il avait craint de la perdre.

Il l'aimait même si Bayard de Boisbaston l'avait séduite, même si elle ne pourrait jamais être sienne.

Beaucoup plus tard cette nuit-là, incapable de dormir, Bayard arpentait sa chambre comme un ours en cage. Il n'aurait jamais dû toucher Gillian. Il n'aurait jamais dû l'embrasser.

Non seulement il avait risqué sa réputation, mais il avait vu la culpabilité dans ses yeux. Le remords et le désarroi, comme s'ils avaient commis un crime.

Il se posta à la croisée et regarda les nuages qui passaient devant la lune comme des fantômes. Dunstan était-il allé dans sa chambre pour écrire une lettre à Adelaide, dénonçant la jeune femme et le dépeignant, lui, comme un vaurien encore pire que son père ? Ou bien était-il en train de boire à se rendre ivre mort ?

Que penserait Adelaide si elle recevait une telle lettre ? Et que penserait Armand ?

Combien de jours passeraient-ils avant que son frère ne le convoque pour lui demander une explication ?

Il devait parler à Dunstan seul à seul, d'homme à homme, pendant qu'il était encore temps et avant qu'il ne dise à tout le monde ce qu'il avait vu, s'il n'était pas déjà trop tard, décida-t-il. Il essaierait de lui expliquer que ce baiser avait été une erreur, une impulsion qu'il aurait dû contrôler. C'était *sa* honte, *son* péché, *sa* faute. Il en prendrait l'entière responsabilité et épargnerait Gillian s'il le pouvait.

Si Dunstan aimait vraiment Gillian, s'il gardait de tendres sentiments pour elle, et même s'il ne croyait pas réellement à ses explications, il ne pourrait que vouloir lui épargner l'humiliation et la honte, et non chercher à ruiner sa réputation et sa position, à retourner contre elle tous ces villageois, ces gens du château qui la chérissaient.

Et si Dunstan refusait de garder le silence ?

Il trouverait un moyen de le convaincre.

Attrapant sa tunique, il l'enfila par-dessus sa chemise et ses chausses. Il chaussa ses bottes, puis ouvrit la porte de sa chambre. Les appartements de l'intendant étaient situés au rez-de-chaussée du logis familial, et l'on y accédait directement par la cour.

Bayard attendit qu'un gros nuage couvre la lune, puis se glissa jusqu'à sa porte. Il frappa doucement et colla l'oreille au panneau de bois, guettant une réponse.

Rien.

Peut-être que l'intendant ne l'avait pas entendu. Peut-être qu'il était trop occupé à rédiger sa lettre. Ou alors il s'était enivré à en perdre conscience.

Ne voulant pas regagner sa chambre avant d'avoir eu ses réponses, Bayard ouvrit avec précaution et se coula à l'intérieur. Au même moment, un rayon de lune entra par la croisée ouverte.

Il découvrit avec stupeur une pièce luxueusement meublée, mais dans un complet désordre. Des vêtements, des parchemins, des rouleaux, de petites boîtes et des bottes étaient éparpillés partout, apparemment jetés au hasard. Un pichet brisé gisait par terre, près de la table de toilette, à côté d'un coffre retourné et cassé.

Frottant un silex pour allumer une bougie sur la table de chevet, Bayard inspecta lentement la chambre. Grâce à Dieu, il n'y avait pas de cadavre, pas de sang, pas de visage mort qui le fixait.

Peut-être quelqu'un s'était-il introduit dans

l'appartement pendant que Dunstan était à la fête au village pour le voler. Mais alors, où était l'intendant, maintenant ?

Bayard examina de nouveau le désordre, notant ce qui semblait manquer. Il était à peu près certain que des vêtements avaient été emportés, et peut-être des bijoux qui se trouvaient dans le coffret. Mais si le vol était l'objectif et le résultat de ce désordre, pourquoi avoir laissé le chandelier en argent qu'il tenait à la main, les ceintures et les bottes en cuir épais, la cuvette et l'aiguière en bronze ?

On aurait plutôt dit que quelqu'un avait fait ses bagages en toute hâte.

Bayard souffla la chandelle et reposa le chandelier sur la table de chevet. Il quitta la chambre aussi silencieusement et prudemment qu'il y était entré et traversa la cour pour se rendre aux portes du château.

Les gardes en poste, Bran et Alfric, se raidirent, visiblement déconcertés par l'arrivée de leur commandant au milieu de la nuit.

— Je voulais juste m'assurer que vous ne dormiez pas, mentit Bayard. Dunstan est-il revenu ?

Avec un grand sourire, Bran secoua la tête, le visage illuminé par la torche qui brûlait dans un support sur le mur.

— Pas encore. Il semblait très pressé quand il est sorti à cheval. A mon avis, il craignait peut-être que Peg ne l'attende pas et prenne quelqu'un d'autre !

— Peg ?

Fronçant les sourcils, Alfric donna un coup de coude à son compagnon.

— Eh quoi ? Il va au village pour s'amuser un peu, et alors ? Il n'y a pas de mal à ça !

— Non, confirma Bayard se demandant depuis combien de temps Dunstan fréquentait cette Peg, si Gillian le savait et s'il était vraiment allé la rejoindre. Quand rentre-t-il, d'habitude ?

— Aux matines, parfois un peu plus tard, mais jamais après l'angélus.

— Pour moi, ce sera après l'angélus cette fois, messire, dit Alfric, apparemment désireux de donner des informations maintenant qu'il voyait que Bayard n'était pas en colère. Il avait un ballot avec lui. Ça avait l'air d'être des habits de rechange, comme s'il avait l'intention de rester dehors un moment.

Bran eut un rire moqueur.

— Peut-être quelques jours, à en juger par la taille du ballot !

Ou peut-être ne reviendrait-il jamais, pensa Bayard. Si Dunstan était parti sans dire un mot à quiconque de leur conduite, il ne pouvait qu'en être reconnaissant.

— Lorsqu'il reviendra, dites-lui que j'aimerais lui parler. C'est important.

— Oui, messire, nous le ferons, répondit Alfric d'un ton enjoué.

Après avoir franchi le barrage des sentinelles en donnant le mot de passe, Richard s'avança entre les arbres vers le feu de camp des mercenaires établis à la lisière sud d'Averette.

— Où est Ullric ? demanda-t-il quand il atteignit la clairière.

Il ignora les trois grandes brutes qui se mirent debout et tirèrent leur épée.

Le chef saxon des hommes de Wimarc se leva.

— C'est Richard, dit-il à ses hommes, qui rengainèrent leur lame et se rassirent.

Ullric rota et lui décocha un regard impertinent et interrogateur.

Richard pinça les lèvres avec dégoût. Il pouvait sentir l'odeur du Saxon à distance.

— Quand allez-vous attaquer ?

Avant de répondre, Ullric but une lampée de vin — une partie de son paiement, sans doute.

— Quand je serai prêt.

La main sur son épée, sachant qu'il avait une dague dans chaque botte et une autre à la ceinture, Richard avança d'un pas.

— Vous avez été payés pour les tuer, pas pour vous enivrer autour d'un feu !

— Payés, oui, mais pas assez pour se faire tuer, répondit Ullric en lançant l'outre à l'un de ses compagnons, aussi sale et barbu que lui.

Ils n'étaient pas tous des Saxons, des Angles ou des Germains. Il y avait quelques Espagnols qui utilisaient le cimeterre incurvé des Maures, ainsi que deux ou trois Irlandais et trois Gallois avec leurs arcs. Tous gloussèrent et hochèrent la tête avec approbation quand leur chef ajouta :

— L'argent ne sert à rien quand on est mort.

— J'avais cru comprendre que vous étiez les meilleurs que l'argent pouvait acheter. Si ce n'est pas vrai, je suggère que vous rendiez ce que vous avez reçu.

Ullric rit de nouveau.

— Il peut toujours venir !

— Vous pensez qu'il ne le fera pas ?

Une ombre de crainte voila un instant les petits yeux noirs du Saxon. Il savait, comme Richard, que Wimarc n'était pas un homme que l'on avait envie d'avoir pour ennemi. Car sinon, la meilleure chose que l'on pouvait espérer était une mort rapide.

— Il ne viendra pas lui-même, bien sûr, dit Richard en frappant un peu plus fort avec les mots, les armes qu'il maniait le mieux. Il enverra sa garde personnelle. J'ai entendu dire qu'elle peut mettre une semaine à tuer un homme.

— La dame est trop bien gardée, répondit Ullric, sur la défensive. Et vous auriez dû me dire que Bayard de Boisbaston était là.

— Vous le connaissez ?

— On entend dire des choses... Son père a paraît-il entraîné durement ses fils et ils sont impitoyables à la bataille.

— Bayard n'est qu'un homme et vous êtes quinze ! rétorqua Richard, regrettant de n'avoir pas insisté pour que Wimarc lui donne vingt mercenaires.

Il n'aurait jamais dû en accepter quinze.

— Et nous ferons le travail quand *je* déciderai que le moment est venu.

Un bruit de voix et de feuilles remuées les interrompit. Tous les hommes se levèrent. Deux éclaireurs firent leur apparition, traînant un troisième homme entre eux. Il était couvert de sang, les mains liées. On l'avait battu.

Richard attrapa une branche enflammée dans le feu et la leva tandis que les deux mercenaires jetaient leur prisonnier par terre, puis il le retourna du pied.

Gémissant de douleur, la joue gauche meurtrie, la

lèvre coupée, l'œil droit fermé, Dunstan regarda Richard au-dessus de lui.
 — Charles ! Aidez-moi ! dit-il dans un souffle.
 — Eh bien, eh bien, Ullric. Je crois que vos hommes ont trouvé un appât.

Chapitre 14

Le lendemain matin, Gillian retrouva Bayard dans la chapelle pour la messe.

Le petit édifice était construit en pierre, des piliers en occupaient les côtés et un autel, également en pierre grise, occupait le fond. C'était sa mère qui avait brodé la nappe d'autel qui constituait toujours la seule décoration avec les bougies et la statue de la Vierge.

Gillian accordait peu d'attention à ce qui l'entourait ou au père Matthew, car pour la première fois depuis que son père était mort, elle avait craint de quitter sa chambre ce matin-là. Elle avait redouté de voir des changements dans la conduite de ses gens vis-à-vis d'elle, persuadée que Dunstan avait révélé à tous ce qu'il avait vu. Quand Dena lui avait apporté de l'eau pour sa toilette et que Gillian avait constaté que son comportement était celui de tous les jours, elle en avait conclu qu'elle n'avait tout simplement pas encore entendu les ragots.

Mais ensuite, les serviteurs et les soldats dans la grand-salle l'avaient saluée comme d'habitude, eux aussi. Elle s'était sentie soulagée mais troublée jusqu'à ce qu'elle atteigne la chapelle et qu'une explication se présente.

Dunstan n'était pas là. Il se pouvait alors qu'il n'ait pas encore dit à quiconque ce qu'il avait vu.

Peut-être avait-il pris une outre de vin et s'était-il enivré à mort.

Peut-être avait-il passé la nuit au village et n'était-il pas encore rentré.

Où qu'il soit, la nouvelle de sa conduite honteuse n'avait manifestement pas encore atteint le château ni sa maisonnée. Mais elle le ferait bientôt, et tout le monde saurait. En ce moment même, Dunstan pouvait être en train de régaler les villageois du récit de ce qu'il avait surpris la nuit dernière, et il pouvait revenir n'importe quand pour la dénoncer.

Elle jeta un coup d'œil à Bayard, qui inclinait respectueusement la tête. En le regardant, elle aurait pu croire qu'il était plein de culpabilité et de remords, mais il avait toujours montré la même dévotion. Elle l'avait remarqué le premier matin après son arrivée. Elle s'était demandé si cette dévotion était sincère ou simplement destinée à l'impressionner.

Si tel était le cas, il y avait réussi, d'autant qu'il ne disait ou ne faisait jamais rien pour attirer l'attention sur sa piété. Mais s'il était un homme qui craignait Dieu, comment avait-il pu l'embrasser ?

Peut-être parce que, comme pour elle, le désir avait momentanément pris le pas sur la raison.

Et à cause de cela, elle risquait de perdre le respect qu'elle s'était tant efforcée de mériter, et peut-être l'affection de ses gens.

La messe terminée, elle sortit de la chapelle, s'attendant à ce que Bayard s'attarde à l'intérieur comme il le faisait souvent. A la place, il la suivit dans la cour et plusieurs serviteurs leur jetèrent des regards curieux.

— Vous n'auriez pas dû me suivre, le réprimanda-t-elle à voix basse.

— Je dois vous parler, répondit-il d'un ton pressant. Dunstan est parti.

Elle s'arrêta brusquement.

— Parti ?

— Bran et Alfric étaient de garde aux portes la nuit dernière et ils m'ont dit qu'il a quitté le château en portant un gros ballot. Apparemment, il rend assez souvent visite à Peg, une servante de la Tête de cerf.

Gillian pensait bien connaître Dunstan, mais manifestement il avait des secrets, lui aussi.

— Il paraît qu'il rentre avant l'angélus, d'ordinaire, poursuivit Bayard. J'ai demandé aux gardes de me l'envoyer dès qu'il rentrerait, mais il n'est pas revenu. Soit il s'attarde avec cette Peg plus longtemps que d'habitude, soit il a quitté Averette, comme je le suspecte d'après le désordre que j'ai constaté dans sa chambre. Il semble que la plupart de ses habits et quelques autres objets manquent, mais rien de valeur. Je pense qu'il a pris de quoi se vêtir et qu'il est parti.

Un soulagement indéniable le disputa à l'appréhension en Gillian.

— Pourquoi serait-il parti ?

L'expression de Bayard s'adoucit.

— Peut-être parce qu'il tient toujours à vous. En tout cas, il semble qu'il soit parti sans dire quoi que ce soit à personne.

Ainsi, leur secret et leur honte étaient saufs. Pour un moment du moins...

— Bayard…, commença-t-elle, pensant qu'il devrait lui aussi quitter Averette.

Mais avant qu'elle ne puisse continuer, une voix affolée cria :

— Ma dame !

C'était Hale, le visage ruisselant de sueur.

Gillian saisit ses jupes et courut vers lui.

— C'est Dunstan, ma dame. Il est mort !

— Mort ? répéta-t-elle, incrédule.

Dunstan ne pouvait pas être mort. Il était là, durant la fête, vivant et en bonne santé ! Vivant aussi, dans la nuit, quand il était sorti à cheval du château.

— Où ? Quand ? demanda Bayard.

— Je ne sais pas, messire, répondit Hale, le souffle toujours haché d'avoir couru. Je l'ai trouvé attaché à un arbre, dans une prairie. Il a été battu, ma dame, et entaillé, et on lui a coupé les…

Hale déglutit fortement et secoua la tête, détournant les yeux.

— Ce qu'ils ont fait ne convient pas à vos oreilles, ma dame.

Les gardes et les soldats postés aux portes et sur le chemin de ronde avaient entendu ; ils paraissaient aussi bouleversés que Gillian. Seltha, qui se rendait au puits, se mit à pleurer.

Dunstan avait fui Averette et il était devenu la proie d'assassins.

Il était parti à cause de ce qu'il avait vu. A cause de ce *qu'elle* avait fait.

A cause *d'eux*.

Il était mort maintenant. Disparu. Assassiné et mutilé.

— L'avez-vous touché ? demanda Bayard.

— Non, messire.
— Bien.

Prise de vertige, Gillian posa une main sur le bras du paysan.

— Teddy n'était pas avec vous, j'espère ?
— Non, ma dame, grâce au ciel. Il a passé la nuit chez ma sœur.
— Avez-vous une idée de ceux qui ont fait ça ? Ont-ils laissé des traces, quelque chose ? demanda Bayard.

De nouveau, Hale secoua la tête.

— Non, messire, rien, mais je n'ai pas regardé de trop près...

Gillian ne pouvait l'en blâmer.

— Je crains, ma dame, dit Bayard, que ce ne soit pas l'œuvre de simples voleurs ou hors-la-loi. Ils auraient laissé Dunstan où ils l'ont trouvé ou ils auraient caché son corps. Ils ne l'auraient pas mutilé et exposé.

Pauvre Dunstan... Pauvre ami... Brutalisé. Massacré. Elle s'assurerait que justice soit faite. Que Dunstan soit vengé.

— Qui que ce soit, dit-elle d'une voix dure et froide, je veux qu'on les retrouve.

Bayard hocha la tête pour acquiescer ; son visage reflétait la même colère et la même résolution que Gillian de retrouver les tueurs.

— Je vous promets que je les retrouverai, ma dame, et que Dieu leur vienne en aide quand ils tomberont entre mes mains !
— Je veux qu'ils soient ramenés *ici* pour être jugés, Bayard. Qu'ils subissent la justice du roi pour les traîtres. Une mort rapide est trop bonne pour eux.
— Rassemblez les hommes ! ordonna alors Bayard à

Lindall, qui était venu les rejoindre de l'armurerie. Je veux quatre patrouilles à cheval et hors du château avant que la cloche de la chapelle ne sonne 9 heures. L'une d'elles partira vers le nord, une autre vers l'est et une encore vers l'ouest, pour encercler la région et rejoindre celle qui se trouve déjà à la lisière du domaine. La dernière partira avec Robb et moi. Prenez un chariot pour le corps. Lindall, vous serez chargé des portes. Que personne n'entre ou ne sorte du château, sauf si vous le connaissez. Frederic !

— Ici, messire ! répondit le jeune écuyer depuis les marches de la grand-salle.

Comme beaucoup d'autres qui étaient à l'intérieur pour rompre leur jeûne, il avait entendu l'agitation dans la cour et était sorti voir ce qui se passait.

— Vous viendrez avec moi, lui dit Bayard, quand vous m'aurez aidé à enfiler mon haubert. Vous devriez être en sûreté ici, ma dame, ajouta-t-il à l'intention de Gillian.

Peut-être, mais il n'était pas question qu'elle attende sans rien faire.

— Je vais avec vous, déclara-t-elle.

— Je pense que vous devriez rester au château, ma dame, se risqua à dire Hale. Ce n'est pas un spectacle pour les yeux d'une dame.

— Dunstan était mon intendant, mon ami, et je l'aimais comme un frère, répondit Gillian d'un ton sans réplique. Quoi que ces monstres lui aient fait, je le ramènerai à la maison.

Craignant pour sa sécurité, Bayard allait protester, mais il vit l'expression implacable de la jeune femme.

— Comme vous voudrez, ma dame, se contenta-t-il alors de dire.

Il n'y avait pas beaucoup de milles à parcourir pour atteindre l'endroit où les assassins de Dunstan avaient laissé son corps, mais le trajet parut interminable à Gillian assise à côté de Ned sur le banc d'un chariot qui bringuebalait.

Bayard chevauchait en tête du cortège, Frederic à son côté. La moitié de la patrouille le suivait, et l'autre moitié se trouvait derrière le chariot.

Même si elle avait l'impression qu'un lien de cuir était passé autour de sa gorge et la serrait à l'étrangler, elle ne pleurait pas. Elle ne le pouvait pas. C'était comme si ce qui s'était passé était trop terrible pour les larmes, trop affreux pour que son esprit en accepte la réalité.

Le monde entier semblait avoir changé en une seule courte nuit. Dunstan était mort, la sécurité qu'elle s'était efforcée de créer sur le domaine depuis la mort de son père était ébranlée. Pas seulement pour elle, mais pour tout le monde à Averette.

A présent, chaque bruit, chaque murmure de la brise dans les branches des chênes et des châtaigniers, des aulnes et des sorbiers la faisaient frissonner et craindre que des hommes sanguinaires ne soient tapis à proximité, attendant le meilleur moment pour les attaquer malgré la présence de Bayard et de ses hommes.

Ils atteignirent le bord de la prairie où des moutons et des vaches broutaient au printemps. Au milieu se dressait un unique chêne. Quand Bayard commanda au cortège de s'arrêter, plusieurs corbeaux s'envolèrent de l'arbre en croassant. A son tronc gisait une forme encore indistincte.

Dunstan...

Si elle n'avait pas embrassé Bayard et si Dunstan ne

les avait pas vus, il n'aurait pas quitté le château. Il serait encore à Averette... vivant.

Bayard amena son cheval près d'elle.

— Je pense qu'il vaudrait mieux que vous restiez ici, ma dame. Frederic, Robb et moi allons détacher Dunstan.

Elle était la châtelaine d'Averette ; elle devait être forte.

— Dunstan était mon ami et des mains amies doivent l'aider.

Les yeux sombres de Bayard s'adoucirent de compassion.

— Il est mort, ma dame, et seules des prières peuvent l'aider maintenant. Ce serait mieux si le terrain autour de lui était foulé le moins possible jusqu'à ce que Robb et moi puissions l'examiner.

Il baissa la voix et parla avec une douceur qui lui donna des frissons.

— Je pense qu'il aurait aimé que vous vous souveniez de lui tel qu'il était, ma dame, et non tel qu'il est maintenant. Je vous assure que nous le traiterons avec tout le respect et toute la dignité qu'il mérite.

— Fort bien, dit-elle.

Bayard démonta et lui tendit sa main gantée.

— Soyez doux avec lui, dit-elle en lui donnant la sienne, et ses doigts forts se refermèrent sur les siens pour l'aider à descendre.

— Je vous le promets...

Il la lâcha, sa main glissa en s'attardant légèrement sur la sienne, et il se remit en selle.

Il donna quelques ordres brefs, puis, avec Frederic, Robb, Ned et le chariot, il s'éloigna, la laissant en arrière avec le reste de ses hommes.

*
* *

Bayard avait participé à bien des batailles, et il avait vu ce qu'il pouvait parfois rester des corps des soldats après les affrontements les plus violents.

Mais le corps mutilé de Dunstan ne ressemblait à rien de ce qu'il avait jamais vu, et lorsqu'ils détachèrent le cadavre sanglant, il pria avec ferveur pour ne plus jamais voir une chose pareille. Non seulement l'intendant avait été sauvagement battu, mais il y avait sur son corps des traces de torture, et pas de celle utilisée pour extorquer des informations.

Ce qui lui avait été infligé l'avait été pour le plaisir que certains hommes prennent à causer de la souffrance.

Heureusement qu'il avait demandé à Gillian de rester en arrière ! La vue de ce corps l'aurait rendue malade, comme Frederic qui vomissait derrière l'arbre.

Il regretta d'avoir amené le jeune homme aussi près. Il avait pensé que Frederic devait être mis au fait de la nature malfaisante de certains hommes, mais s'il avait su à quel point ils avaient été brutaux, il l'aurait épargné. C'était un spectacle à lui troubler le sommeil pendant des années.

Et le sien aussi.

Ned avait pâli, mais il parvint à faire ce que Bayard lui demandait, si bien que les restes de Dunstan reposèrent bientôt dans le chariot, recouverts d'une couverture.

Pendant ce temps, Robb continuait à étudier le sol boueux autour de l'arbre.

— Dites à Alfric que vingt hommes doivent retourner au château pour garder la dame, ordonna Bayard au conducteur du chariot. Et ne laissez pas dame Gillian regarder sous la couverture. C'est un ordre !

— Oui, messire. Et vous ? demanda le palefrenier. Et

lui ? ajouta-t-il en désignant d'un signe de tête Frederic qui chancelait sur ses jambes et s'appuyait au tronc du grand chêne.

— Frederic, vous pouvez rentrer au château avec dame Gillian et les autres. Les hommes restants ne doivent pas bouger jusqu'à ce que j'aie fini d'inspecter les lieux.

— Je préférerais rester ici avec vous, messire, répondit le jouvenceau.

Bayard étudia son visage. Il avait encore le teint verdâtre, mais il avait l'air d'aller mieux depuis que Dunstan avait été couvert.

— Très bien, restez alors... Ned, emportez le corps.

— Oui, messire. Une vilaine affaire. J'espère que vous attraperez ces scélérats, répondit le palefrenier en prenant les rênes.

— Je le ferai, répondit Bayard. Avec l'aide de Dieu, je le ferai !

Sous le couvert du bois voisin, Ullric grommela un juron.

— Tous ces hommes rendent une attaque trop dangereuse, dit-il à Richard qui avait rasé sa barbe.

— Vous devez attaquer maintenant ! Quand aurez-vous une meilleure occasion ?

Ullric retroussa sa grosse lèvre supérieure.

— Nous devrions risquer notre vie sur un mot de vous pendant que vous resteriez ici à vous cacher comme une fillette ?

— C'est vous qui avez été engagés pour ce travail, pas moi.

— Alors c'est *moi* qui décide quand attaquer. Je vous l'ai dit, je ne prendrai pas de risques inutiles.

Richard regarda le Saxon avec mépris.

— Qu'allez-vous faire ? Attendre une invitation de leur part ?

— Je vais attendre que Boisbaston sorte avec une patrouille plus petite. Je ne pensais pas qu'il amènerait autant d'hommes pour récupérer un cadavre.

Richard examina le groupe de soldats rangé à la lisière de la prairie. Lui non plus n'avait pas escompté que Bayard vienne avec une telle escorte.

La troupe commença à se scinder en deux, une partie repartant visiblement avec dame Gillian et le chariot, l'autre restant avec Bayard — soit vingt hommes avec la dame et au moins autant avec le chevalier.

— Il n'est pas sot, grommela Ullric en se grattant la joue avec le manche de sa hache d'arme. Il se peut que je doive diviser mes propres hommes. Mettre le feu à quelques fermes pour l'obliger à répartir ses troupes en plus petites patrouilles encore, puis attendre qu'il arrive avec l'une d'elles.

Richard jura de nouveau.

— Je ne projetais pas de passer le reste de ma vie à essayer de tuer ce bougre d'homme !

— Alors partez. Laissez-le-nous, ainsi que la femme.

Richard avait beau regimber à l'idée de s'attarder avec les mercenaires, il comptait bien voir arriver Armand et sa ravissante épouse, afin de pouvoir exercer sur eux sa propre vengeance. Il n'était pas prêt, en particulier, à laisser Adelaide à Ullric.

Il se mit debout.

— Tuez-le juste, et rapidement. Je ne veux pas perdre plus de temps ici que je ne le dois.

Chapitre 15

Pour Gillian, le reste de cette terrible journée passa comme dans un cauchemar, une brume de désespoir, de culpabilité et de remords.

Elle ne regarda pas le corps de Dunstan avant de le remettre au père Matthew. C'était peut-être faible et lâche, mais cette fois elle serait faible et lâche. Comme Bayard l'avait suggéré, elle voulait se rappeler Dunstan tel qu'il avait été, dans la primeur de sa vie, un ami fidèle, un compagnon et un frère.

Après être revenue avec le corps, et malgré son chagrin, elle dut reprendre le cours de sa journée et de ses activités, faire comme si elle était sereine, comme si les heures à venir seraient semblables à celles de la veille.

Elle donna cependant des ordres pour que l'on débarrasse la chambre de Dunstan et empaquette ses affaires, décidant qu'elles iraient à l'Eglise puisque l'intendant n'avait plus de parents en vie. Elle organisa avec le père Matthew la messe de funérailles et la veillée funèbre, ainsi que les prières qui seraient dites pour le repos de son âme. Elle écrivit à Adelaide pour la prévenir, lui envoyant un messager escorté de dix hommes. Elle présida un repas du soir très calme, mais mangea à peine. Elle n'avait pas faim.

Ensuite, elle alla à la chapelle afin de prier et de demander justice pour son ami assassiné et miséricorde et pardon pour ses propres péchés et ceux de Bayard, agenouillée devant le cercueil qui contenait le corps de Dunstan enveloppé d'un linceul.

De toutes les choses qu'elle regrettait, la plus importante était de ne pas avoir abordé avec Dunstan la question de ses sentiments pour elle, et des siens pour lui. Peut-être que si elle avait mis fin à ses espoirs dès qu'elle avait remarqué le changement de ses manières à son égard, si elle lui avait expliqué le vœu qu'elle avait fait avec ses sœurs, elle aurait pu éviter sa rage jalouse et son départ soudain qui l'avait placé sur le chemin du malheur.

Elle n'aurait pas dû embrasser Bayard, non plus. Elle n'aurait pas dû céder à son désir. Elle savait que toute union respectable et honorable leur était interdite, quoi qu'elle ressente pour lui, quand bien même elle l'aimerait comme elle n'avait jamais espéré aimer de nouveau — d'un amour plus profond, plus fort, plus mature que celui qu'elle avait eu pour James dans leurs toutes jeunes années.

Elle avait été amoureuse de James, oui, comme une jouvencelle, pleine d'espoirs et de rêves. Mais ce qu'elle éprouvait pour Bayard était l'amour d'un cœur de femme, une femme qui voyait sa beauté, mais aussi tellement plus. Il était loyal, généreux, compatissant, bon, honnête et vulnérable. Ils pourraient vivre ensemble, s'ils avaient le droit de se marier et si elle pouvait lui donner une maison. Elle pourrait connaître alors un bonheur et un contentement que peu de femmes avaient la chance de connaître.

La porte de la chapelle s'ouvrit et se referma. C'était le père Matthew, peut-être, ou quelqu'un d'autre qui venait présenter ses respects à l'estimé Dunstan.

— Dame Gillian ?

Bayard.

Elle ferma les yeux, priant pour être forte, et se releva lentement, les genoux douloureux d'être restée agenouillée sur les froides dalles de pierre. Il avait ôté son haubert et s'était lavé. Il portait à présent sa tunique, sa chemise, ses chausses et ses bottes. Ainsi vêtu, il n'avait plus l'air d'un sévère commandant. Il avait l'air d'un ami. Ou d'un amant.

— Avez-vous trouvé les meurtriers ? demanda-t-elle.

Il secoua la tête.

— Non. Rien n'a pu nous mettre sur leur piste. Mais ce que je peux vous dire, c'est que Dunstan n'a pas été tué près de cet arbre. Il n'y avait pas assez de sang. Demain, nous allons essayer de trouver l'endroit où le meurtre a été commis.

— Qu'importe l'endroit ? demanda-t-elle, s'efforçant de faire fonctionner son cerveau malgré le chagrin, la fatigue et les autres émotions qui bouillonnaient en elle.

— Ils ont pu laisser derrière eux des indices qui nous diront qui ils étaient et d'où ils venaient, peut-être même où ils sont partis.

Il fronça les sourcils d'un air soucieux.

— Ne voulez-vous pas vous retirer et essayer de vous reposer un peu, ma dame ? Si vous tombez malade, vos gens s'en affligeront. Or ils sont déjà assez bouleversés…

— Le moins que je puisse faire pour Dunstan, c'est de le veiller. Laissez-moi seule avec mon mort, je vous prie.

Son mort. Mort à cause d'eux, à cause du désir qu'elle n'avait pu réprimer. Il était mort et ne l'entendrait jamais lui dire combien elle regrettait de l'avoir blessé. De ne pas avoir été honnête avec lui.

— Gillian…

Son nom. Un mot. Si doux dans le silence.

— Gillian…, murmura-t-il de nouveau, tout son corps tendu comme s'il se contrôlait avec peine pour ne pas la toucher.

Comme s'il voulait la prendre dans ses bras mais n'osait pas le faire, tout comme elle-même brûlait de le tenir, mais ne le pouvait pas. Il était son parent, envoyé pour la protéger, pas un amant venu la courtiser et la faire sienne.

— Ma courageuse Gillian…

Elle se couvrit le visage de ses mains.

— De grâce, Bayard, allez-vous-en.

Alors les larmes arrivèrent, si abondantes que ses sanglots secouaient son corps et lui coupaient le souffle.

Bayard l'entoura de ses bras, la serrant contre lui. Tandis qu'il lui caressait les cheveux, sa voix était un murmure rauque, brisé par le remords et le désir, le regret et le réconfort.

Ses cheveux que James disait aussi doux que du lin. James, dont le souvenir l'avait empêchée d'aimer Dunstan ou tout autre homme. Jusqu'à maintenant.

Elle devait ordonner à Bayard de partir, de quitter Averette et elle essaya, mais les mots ne vinrent pas. Elle ne pouvait supporter cette idée. Sans son soutien, elle se noierait dans le courant impétueux de son chagrin et de sa culpabilité.

Il était tellement désolé, murmurait-il. Tellement, tellement désolé. Il n'avait jamais voulu qu'une telle chose arrive. Il avait été envoyé au domaine pour aider, pas causer la mort d'un homme de qualité. Il souhaitait de tout son cœur qu'elle puisse lui pardonner un jour sa faiblesse. Faiblesse d'avoir cédé à son désir. De l'avoir convoitée. De la convoiter encore.

Dieu lui vienne en aide et Dieu lui pardonne…

Sa souffrance était aussi forte que la sienne. Sa culpabilité et ses remords aussi. Ils avaient péché ensemble et maintenant ils s'accrochaient l'un à l'autre, dans une commune douleur.

Un autre sanglot étouffa Gillian et, le menton tremblant, elle leva les yeux pour le regarder, l'implorant en silence de lui dire que tout irait bien.

De ses deux mains, il écarta ses cheveux de son visage mouillé de larmes, et ce geste fut une caresse. Puis il l'embrassa avec tendresse et douceur.

Mais au-delà de ce baiser, il y avait une profonde aspiration et un besoin qui correspondait au sien : ne pas être seul mais auprès d'un être aimé et chéri.

Et de ce besoin naquit le désir, brûlant, puissant. Une autre urgence, un autre besoin prirent alors le dessus.

Gillian pressa davantage son corps contre celui de Bayard. Il ouvrit les lèvres et sa langue poussa doucement contre les siennes jusqu'à ce qu'elle lui livre accès à la chaleur intime de sa bouche.

Un bruit monta de sa gorge, moitié soupir, moitié gémissement, tandis que ses mains glissaient le long du dos de Gillian.

Elle oublia où elle se trouvait et pourquoi, n'ayant plus conscience que de la passion qui palpitait en elle. Gémissant d'envie, elle le tint serré contre elle. Et lorsqu'il bougea pour l'adosser à l'un des piliers, elle l'accompagna volontiers comme s'ils ne formaient qu'un seul corps.

Il glissa un genou entre les siens. Haletante, impatiente, elle s'accrocha à lui, le souffle court, la bouche affamée et quêtant le plaisir. Posant à son tour des mains brûlantes sur son corps, le touchant, le caressant.

Il interrompit leur baiser pour faire glisser ses lèvres sur la ligne de sa mâchoire et le long de son cou. Elle s'arqua, se tenant à ses épaules, et ouvrit les yeux un bref instant.

Cela suffit.

Elle se rappela soudain ce qu'elle n'aurait jamais dû oublier : où elle était et pourquoi. La vue du cercueil de Dunstan la frappa avec la force d'un soufflet.

Elle repoussa Bayard.

— Non ! chuchota-t-elle.

Comment pouvait-elle faire ceci ? Comment pouvait-elle laisser ses sentiments, ses sens, la dominer de nouveau à ce point ?

— Pas ici ! Pas maintenant !

Il recula et elle vit des remords égaux aux siens dans ses yeux sombres.

— Oh ! Dieu, murmura-t-il. Gillian...

— Non ! s'écria-t-elle encore en s'écartant, effrayée par sa propre faiblesse. Non, Bayard ! Pas maintenant — jamais ! Partez ! Laissez-moi ! Laissez-moi !

Alors, sans un mot de plus, il quitta la chapelle.

Tandis que la porte se refermait, Gillian tomba à genoux et se couvrit le visage de ses mains glacées. Les bougies continuaient à brûler, l'odeur de l'encens flottait dans l'air et le seul bruit qui rompit dès lors le silence fut celui d'une femme qui pleurait.

Frederic longeait à grands pas la courtine extérieure en direction de la poterne. Exactement comme Charles le lui avait dit. « Si vous marchez d'un pas décidé, personne ne vous demandera où vous allez et pourquoi. » Un homme très intelligent, ce Charles...

Tandis que les premiers faibles rais de lumière pointaient à l'est, il atteignit la poterne, satisfait de voir que c'étaient Tom et Bran qui la gardaient. Ni l'un ni l'autre n'était particulièrement futé.

— Ouvrez la porte, commanda-t-il.

Les deux hommes échangèrent un regard méfiant.

— Vous sortez ? demanda Tom, le plus grand des deux.

Charles lui avait assuré qu'un homme sûr de lui pouvait braver les questions de n'importe quel garde et il le ferait, malgré la sueur qui lui coulait dans le dos.

— Je vais au village régler une affaire pour messire Bayard, répondit-il d'un ton d'importance.

— Nous n'avons rien entendu dire à ce sujet, fit Bran dubitatif. C'est un peu tôt, non ?

— Je dois être revenu avant que nous ne partions en patrouille ce matin. Mais vous pouvez toujours vous faire confirmer ma mission par messire Bayard ou Lindall, si vous pensez que je mens...

Comme il s'y attendait, les gardes ne se montrèrent pas enclins à l'accuser de duperie. Ils n'étaient pas particulièrement enclins à déranger leurs supérieurs de si bonne heure.

— Allez-y, alors, dit Tom en ouvrant le portillon.

Frederic remercia d'un signe de tête et se hâta de s'éloigner. Il devait rencontrer Charles puis revenir du village avant que Bayard ne se rende compte de son absence. Il espérait que Tom et Bran tairaient cette escapade et que Charles…

— Voilà le jouvenceau lui-même…, dit une voix alors qu'il dépassait une charrette pleine de bois qui se rendait au village, son conducteur courbé en avant et portant une cape de drap gris avec un capuchon.

Surpris, Frederic se tourna et essaya de voir le visage de l'homme.

— Charles ? C'est vous ? Qu'est-il arrivé à votre barbe ?
— Je l'ai rasée. Elle me grattait trop.
— Pourquoi êtes-vous habillé de cette façon ?
— Montez, mettez la cape posée sur le siège, et je vous expliquerai tout…

Troublé, mais curieux de savoir pourquoi le marchand de vin était affublé de la sorte et la charrette pleine de bois au lieu des barriques de vin habituelles, et surtout pourquoi ils ne se rencontraient pas à la Tête de cerf, comme prévu, Frederic grimpa à bord et mit sur ses épaules la cape de drap foncé.

— Par Dieu, ce vêtement pue !
— A moins que vous ne vouliez que messire Bayard découvre que vous avez quitté le château malgré ses ordres, je vous suggère de baisser la voix. Quant à cette cape, je l'ai empruntée à un homme qui ne se lave pas souvent.
— Qui ?
— Je vous le dirai quand nous serons sortis du village.

Charles passa la main sous le banc et tendit une outre de vin à Frederic.

— Buvez donc un coup en attendant.

Frederic déboucha l'outre et prit une gorgée d'un très bon vin.

— Pourquoi n'êtes-vous pas à la Tête de cerf ?

— Je me suis lassé de la compagnie de Peg et il se trouve que je peux mieux servir mon maître de cette façon.

— Votre maître ? Vous travaillez pour un autre marchand de vin ?

— Pas exactement.

Ils avaient dépassé le village et s'approchaient maintenant du bois que Frederic avait traversé avec Bayard pour aller chercher le corps de Dunstan.

— Alors, Frederic, avez-vous décidé si vous allez voyager vers l'ouest avec moi et retourner chez votre père, ou rester ici avec un homme qui vous traite comme un enfant ? demanda Charles alors qu'ils pénétraient sous les arbres.

— Je ne sais pas très bien. Mon père devrait savoir que je suis mal traité, mais il n'est pas précisément doux non plus.

Il étudia le joug du canasson qui tirait la charrette Et ajouta :

— Vous aviez raison à propos de messire Bayard.

— Ah oui ? demanda Richard d'Artage, cachant son triomphe. En quel sens ?

— Je les ai vus cette nuit.

— Dame Gillian et messire Bayard ? Ils étaient ensemble ?

Frederic rejeta en arrière la capuche puante et inspira une bouffée d'air frais.

— Ils étaient seuls dans la chapelle.

— Que faisaient-ils ?

— Comment le saurais-je ? Je ne suis pas entré.

Richard fronça les sourcils. Il serait certainement entré, s'il avait été certain de ne pas être vu.

— Alors tout ce que vous savez, c'est qu'ils étaient ensemble dans la chapelle.

— Seuls *de nuit*. Et messire Bayard paraissait troublé quand il est sorti.

— Bien sûr, qu'il était troublé. L'intendant a été tué !

— Non, pas pour cela... Il est sorti et a refermé la porte, puis il a appuyé la main dessus en inclinant la tête. Il a murmuré le nom de dame Gillian et est resté là un long moment. J'ai cru que j'allais avoir la crampe avant qu'il ne s'en aille.

— Et la dame ?

— Elle veillait Dunstan.

— Une mauvaise conscience, peut-être ?

— Elle, Dunstan et messire Bayard se sont disputés après la fenaison, j'en suis certain. J'ai vu Dunstan partir à cheval dans la nuit ; il avait l'air d'un possédé.

— Ainsi, j'avais raison tout du long, dit Richard. Bayard la convoite, s'il ne l'a pas déjà eue. L'intendant a probablement essayé de la prévenir.

Il jeta un coup d'œil à son passager.

— Et *voilà* le genre de vaurien immoral à qui notre roi accorde de la valeur !

— Il faudrait parler de lui au roi.

— Le roi est déjà au courant. Regardez qui d'autre l'entoure, à la cour ! Des mercenaires comme Falkes de Bréauté, des hommes aussi immoraux, avides et stupides que lui-même ! John honore ces gredins pendant qu'il ignore des hommes meilleurs, de plus grande valeur. Il est un tel imbécile qu'il ne voit pas que même les vauriens qu'il récompense le haïssent et vendront leur loyauté au plus offrant dès qu'ils en auront l'occasion.

Richard arrêta la charrette et se tourna pour regarder le jeune homme.

— C'est pourquoi nous sommes nombreux à vouloir mettre un homme meilleur sur le trône.

Frederic fronça les sourcils.

— Parler ainsi est de la trahison.

— La vraie trahison serait de laisser un roi faible comme John perdre nos terres au profit de Philippe de France... Et il le fera, vous pouvez en être certain, s'il reste sur le trône. A moins que vous ne vouliez voir Philippe et sa cour régner sur ce pays, vous devriez nous aider à débarrasser l'Angleterre de John, de sa reine enfant et de tous leurs alliés.

Frederic garda un silence troublé, car la voix de l'homme qu'il avait pris pour un marchand de vin avait changé, ainsi que ses manières déférentes. Il parlait comme un homme bien éduqué, riche, arrogant — comme un courtisan.

— Qui êtes-vous ? demanda-t-il.

— Je suis messire Richard d'Artage, l'un des nombreux seigneurs qui veulent mettre fin au règne d'un tyran cupide.

Agrippant le banc, Frederic le fixa avec désarroi.

— Vous êtes un traître ! Vous étiez ligué avec Francis de Farnby. Vous avez comploté pour tuer le comte de Pembroke et l'archevêque !

Il voulut descendre de la charrette, mais Richard l'attrapa par le bras et le retint.

— Le comte et l'archevêque soutiennent John, ils

méritent de mourir ! Comme tous ceux qui aident à maintenir ce vilain sur le trône.

— Mais tous les hommes qui soutiennent John ne sont pas mauvais, protesta Frederic. Les frères de Boisbaston...

— Recherchent le gain et les récompenses, le coupa Richard. John n'a-t-il pas donné à Armand la belle Adelaide ? Et Averette lui revient de droit, aussi. Pourquoi pensez-vous que son frère est ici ? Vous ne croyez sûrement pas que Bayard est venu par bonté de cœur, ou pour quelque idéal chevaleresque ? Bon Dieu, Frederic, ce que vous avez vu de vos propres yeux — sa séduction de dame Gillian, la façon honteuse dont il vous traite – prouve assez qu'il n'est pas un homme honorable !

Richard vit que le jeune homme commençait à douter et il persévéra pour refermer le piège.

— Tous ceux qui sont loyaux à John sont les vrais traîtres. Ils trahissent leur pays et son peuple en soutenant ce chien. Je suis sûr que vous êtes assez intelligent pour le voir, et que vous êtes le genre d'homme courageux et honorable qui serait avide d'aider notre cause. Est-ce que je me trompe ? Allez-vous retourner en courant à Bayard de Boisbaston et lui dire que j'étais ici ?

Frederic le regarda avec méfiance.

— Qui mettriez-vous sur le trône à la place de John ?

Richard se mit à rire au lieu de répondre, car il ne le savait pas lui-même et ne s'en souciait guère, à partir du moment où il serait convenablement récompensé par celui que choisirait Wimarc, quel qu'il soit.

— Un homme meilleur que lui, répondit-il pour temporiser. Mais je n'en dirai pas plus jusqu'à ce que nous soyons certains de votre volonté de vous joindre à nous. Le voulez-vous ?

— Si cette rébellion échoue, je pourrais tout perdre, même la vie.

— Si elle échoue, quelques paysans et fantassins mourront, ainsi que quelques sots de nobles qui n'auront pas le bon sens de s'enfuir à temps. Vous n'êtes pas un sot, alors si notre plan semble pouvoir échouer, vous partirez en sécurité dans un autre pays. Vous aurez des amis, de riches amis, pour vous aider. Vous ne mourrez pas et ne souffrirez même pas de privations.

Il posa une main sur l'épaule mince du jeune homme.

— Mais nous n'échouerons pas. Trop d'hommes haïssent John et seront heureux de le voir renversé, même s'ils n'ont pas le cran de le faire eux-mêmes. Il faut du courage pour se lever et débarrasser le pays d'un tyran. J'étais sûr d'avoir vu ce courage en vous. Et lorsque nous gagnerons, ce courage et ces efforts seront largement récompensés. Des terres, des titres, une épouse riche et jolie, et naturellement une place à la cour.

Il le regarda bien en face.

— Alors, mon jeune et intelligent ami, allez-vous vous joindre à nous ? Ou laisserez-vous ce Plantagenêt détruire l'Angleterre ?

Chapitre 16

Alors que la nuit s'éclairait des premières lueurs de l'aube, Bayard se leva et alla à la table de toilette. Il éclaboussa son visage d'eau froide, mais cela fit peu pour le rafraîchir. Il avait à peine dormi, trop inquiet et trop troublé pour se reposer, trop ravagé par la culpabilité et le désarroi, sachant que même s'il pouvait apporter son aide durant cette période de besoin, Gillian souffrait à cause de lui. Quant à lui...

Il n'aurait jamais imaginé qu'une peine de cœur puisse être aussi cruelle. Il lui était arrivé d'être déçu ou dépité lorsqu'une femme le quittait ou au contraire ne répondait pas à ses avances. Mais cette douleur avait toujours été fugace.

Cette fois, cependant, il savait qu'il ne serait plus jamais le même. Il savait qu'il mesurerait toutes les femmes à l'aune de Gillian pour ce qui serait de l'intelligence, de la compétence, de la compassion. Et bien peu d'entre elles, si toutefois il en existait, pourraient supporter la comparaison.

Dire qu'il était venu à Averette avec deux buts clairs et simples : remettre la lettre d'Adelaide et, à la demande d'Armand, rester pour protéger Gillian et Lizette jusqu'à ce que la conspiration ne soit plus une menace pour elles. A la place, il s'était trouvé confronté à plusieurs difficultés : d'abord imposer sa mission à une femme autoritaire et ingrate, et ensuite lutter contre lui-même, lorsqu'il avait compris que ladite femme était tellement plus que cela.

Après s'être séché le visage, Bayard s'appuya à la table et laissa pendre sa tête. Gillian éprouvait le même désir et la même affection que lui. Son étreinte passionnée de la veille au soir ne pouvait le tromper. Si seulement ils pouvaient être ensemble ! Il ferait n'importe quoi pour obtenir sa main et l'épouser, mais hélas, une telle union était réprouvée par l'Eglise.

Quant à toute autre forme d'union... Gillian était une femme honorable qui avait besoin d'être respectée si elle devait continuer à être la châtelaine d'Averette. Elle ne pouvait se permettre la moindre intimité en dehors du mariage, en particulier maintenant qu'ils avaient frôlé le scandale et causé sans le vouloir la mort de Dunstan.

Même si elle consentait malgré tout à être à lui, il voyait pour elle plus de malheur que de joie dans une telle relation. Si elle était contrainte à quitter sa maison, son domaine, elle en viendrait à s'en repentir et à lui en vouloir.

Le ciel était maintenant strié de rose et d'orange, colorant les rares bandes de nuages comme s'ils étaient des doigts trempés dans de la peinture.

Le jour se levait. Il se demanda avec un brin d'irritation pourquoi Frederic n'était pas déjà là pour l'aider à enfiler son armure.

Il revêtit seul ses chausses, sa chemise, ses bottes et son justaucorps. Il parvint à passer son haubert et boucla son baudrier autour de sa taille, négligeant son surcot. Puis il prit son heaume et partit à grands pas pour la grand-salle, cherchant le jouvenceau.

Il ne le trouva pas. A sa contrariété croissante puis à sa crainte, nul ne put dire qu'il avait vu Frederic ce matin-là, ni même depuis qu'il était allé se coucher la veille au soir.

Tandis qu'il allait aux portes pour interroger les gardes, Bayard espéra que l'absence du jeune homme était seulement due à une bêtise, et non à quelque chose de plus sinistre. Qu'on le retrouverait dormant dans un grenier à foin ou dans un cellier. Ou même dans les bras d'une servante, à partir du moment où il serait sain et sauf.

— Bonjour, soldats, dit-il à Tom et Bran.

Ils parurent surpris par son salut, mais il ne voulait pas provoquer d'alarme ou de panique inutiles.

— Avez-vous vu mon écuyer ?

Les deux hommes échangèrent un coup d'œil interloqué.

— Oui, messire, bredouilla Tom. Voilà un moment. Il a dit qu'il allait au village régler une affaire pour vous. C'est ce qu'il nous a dit. Pas vrai, Bran ?

— C'est vrai, messire.

— Vous n'avez pas trouvé bizarre qu'il aille au village de si bonne heure ?

Tom fixa le bout de ses bottes et Bran regarda au loin, comme s'il s'attendait à trouver la réponse écrite sur un nuage.

— Il n'a pas dit où il allait, au village ?

Les deux hommes secouèrent la tête.

— Il était à pied ?

— Oui, messire.

— Est-ce qu'il portait une sacoche ou un autre bagage ?
— Non, messire.

Ainsi, il était peu probable que Frederic soit reparti chez son père.

Peut-être s'était-il simplement lassé d'être surveillé et était-il allé au village pour s'amuser, même si Bayard espérait qu'il était assez intelligent pour ne pas vadrouiller de nuit, étant donné ce qui était arrivé à Dunstan. Et s'il n'était pas au village, il faudrait faire des recherches. Ce qui était contrariant, car ils n'avaient pas beaucoup d'hommes en trop, mais il fallait que le jouvenceau soit retrouvé, et au plus vite.

— Je veux que vous deux alliez à la Tête de cerf… Voyez s'il y est. S'il n'y est pas, interrogez les villageois. Si personne ne l'a vu, rentrez immédiatement ici et prévenez Lindall si je ne suis pas encore rentré de patrouille.

Les sentinelles échangèrent un regard incertain, et Bayard devina une cause probable à leur hésitation.

— Peu m'importe si vous êtes de garde depuis les matines. Vous l'avez laissé sortir, alors cherchez-le !

Il tourna les talons et retourna dans la grand-salle. Comme il l'espérait et le redoutait à la fois, car il détestait être le porteur d'autres mauvaises nouvelles, Gillian était là.

Quand elle le vit, elle s'empressa de le rejoindre.

— Qu'y a-t-il ? demanda-t-elle, une pointe d'anxiété dans la voix.

Pour la ménager, Bayard essaya de minimiser l'absence de Frederic. Après tout, le garçon était jeune, fier et de caractère emporté, et il n'y avait aucun signe de drame. Il pouvait très bien être à la Tête de cerf.

— Apparemment, Frederic a décidé de se rendre

sans permission au village ce matin. J'ai envoyé Tom et Bran le chercher, mais je ne veux pas retarder notre départ pour l'attendre.

Gillian ne se laissa pas duper.

— Frederic a disparu et vous n'avez mis que deux hommes à sa recherche ? Nous devrions organiser des patrouilles. Il est mon hôte. Je suis responsable...

— Non, vous n'êtes pas responsable de Frederic, du moins pas plus que moi. Il est fier et je l'ai tenu en laisse ces derniers jours. Il est possible qu'il m'en veuille, et qu'il soit tout simplement allé au village pour s'amuser, ou pour défier mon autorité.

— Il devait savoir que son absence serait remarquée...

— C'est bien ce qui m'inquiète. Il aurait dû rentrer, avant que sa désobéissance ne devienne un manquement sérieux. J'ai dit à Tom et à Bran que s'ils ne le trouvent pas à la Tête de cerf, ils interrogent les villageois et informent Lindall du résultat de leurs recherches.

— Je n'attendrai pas aussi longtemps. Nous allons entamer des recherches approfondies tout de suite !

Bayard regarda son visage pâle et soucieux, les cernes sombres sous ses yeux verts.

— Je resterai aussi, dans ce cas, et j'aiderai à le chercher ici. Vous devriez vous reposer.

— Non, partez, comme prévu... Je peux conduire la fouille du château et du village toute seule.

Son regard l'implora de comprendre.

— Je dois faire quelque chose, Bayard.

Il comprenait. Et fort bien même, se souvenant de sa frustration de ne rien pouvoir faire chez le duc d'Ormonde.

— Fort bien, ma dame, ce sera comme vous le commandez.

— Je vais parler à Dena. Il lui a peut-être confié quelque chose à propos de parents ou d'amis vivant dans le voisinage.

Bayard s'inclina.

— A plus tard, ma dame. J'espère trouver ici un Frederic repentant, ou le ramener moi-même.

— Sain et sauf, Dieu le veuille, murmura-t-elle avec ferveur. Sain et sauf !

Il l'espérait aussi, et pas seulement pour lui ou pour le jouvenceau. Il ne voulait pas que Gillian éprouve plus de culpabilité et de remords qu'elle n'en éprouvait déjà. Elle avait assez souffert à cause de sa présence au château.

— Non, ma dame, fit Dena en secouant la tête. Je ne sais pourquoi il serait allé au village ou ailleurs, à moins qu'il ne se soit rendu à la Tête de cerf.

— Il n'y est pas allé, dit Gillian essayant de cacher son désarroi croissant.

Lindall était revenu du village en lui disant que Peg n'avait pas vu Frederic. Et personne d'autre ne l'avait aperçu à Averette.

— Vous êtes tout à fait certaine qu'il n'a jamais parlé d'un ami ou d'un parent qui vivait non loin d'ici, et à qui il aurait pu rendre visite ?

— Non, jamais, ma dame. Vous ne pensez pas qu'il soit en danger, n'est-ce pas ?

Quelles que soient la haine ou la colère que Dena avait pu éprouver pour lui, il était clair que sa disparition la bouleversait sincèrement.

— J'espère que non, répondit Gillian, voulant être aussi honnête que possible sans ajouter aux craintes de la jeune fille.

Ou aux siennes.

La vérité, pourtant, c'est qu'elle avait peur. Elle craignait que pour quelque raison que ce soit, Frederic ne se soit enfui d'Averette et n'ait été pris par les hommes qui avaient tué Dunstan. Qu'il n'ait été lui aussi vilainement assassiné.

— Vous pouvez vous retirer, Dena. Dès que j'aurai des nouvelles, je vous ferai prévenir.

— Merci, ma dame. J'espère… j'espère qu'il va bien. Je veux dire… je n'ai jamais souhaité qu'il lui arrive du mal…

— Moi non plus.

Gillian regarda la jeune servante quitter la grand-salle, puis elle se tourna vers Edun, le sommelier, qui avait attendu pendant qu'elle parlait.

L'homme était chargé des tonneaux de vin et des tonnelets de cervoise. Il passa une main sur son menton barbu.

— Il me déplaît de vous annoncer d'autres mauvaises nouvelles, ma dame, mais c'est à propos du vin que vous avez acheté à ce Charles de Fénelon. Il vous a trompée.

Un autre nœud se forma dans l'estomac de Gillian.

— Trompée ? Comment ?

— Plus de la moitié des tonneaux est remplie d'eau.

— Ces tonneaux auraient-ils pu être échangés entre le moment où ils sont arrivés et maintenant ?

— Je ne pense pas, ma dame, répondit l'homme. Il y en a trop. Peut-être que s'il n'y en avait eu que deux ou trois cela aurait pu arriver, mais il y en a quinze.

Il se mordit la lèvre et ajouta :

— Dunstan ne les a pas vérifiés. Pas comme il le faisait d'habitude. Il n'a pas semblé faire très attention.

Il avait été distrait, comme elle, et négligent, aussi.

— Je vais envoyer quelques soldats au village pour voir si ce marchand y est encore, bien qu'il soit probablement loin, à cette heure. Néanmoins, nous pourrons peut-être découvrir où il se rendait ensuite. Entre-temps, videz les tonneaux qui contiennent de l'eau et essayez d'acheter du vin au négociant du village.

— Oui, ma dame.

Edun la salua puis s'éloigna, l'air à la fois soucieux et soulagé.

Quelle réussite, songea-t-elle avec amertume. Elle avait attendu si longtemps d'être en charge d'Averette, et voilà à quoi son administration aboutissait ! Un échec ! Elle était pourtant si sûre de pouvoir mener à la fois le domaine et le château avec efficacité, justice et amabilité. Dunstan et elle avaient passé des heures à discuter de la façon dont les choses pouvaient être mieux faites, et pendant quelques courts mois cela avait été exactement comme ils l'avaient espéré et rêvé.

Mais en dépit de tous ses efforts, tout semblait partir à vau-l'eau.

Il y avait certaines choses qu'elle ne pouvait pas empêcher, elle le savait. Elle ne pouvait pas contrôler le roi ou ses ennemis, ou encore ses sœurs. Elle ne pouvait pas commander au temps, aux récoltes, ou tenir le monde à l'abri du mal.

Mais elle avait échoué dans d'autres domaines où son pouvoir d'action, était plus direct. Elle n'avait pas su protéger Dena, et Dunstan, peut-être même Frederic. Elle avait laissé un marchand malhonnête la tromper. Elle avait laissé ses sentiments — son désir, sa solitude, son amour – prendre le pas sur ses devoirs.

Peut-être n'était-elle pas digne de gouverner Averette, après tout. Peut-être que les hommes avaient raison de penser qu'une femme, aussi intelligente et déterminée soit-elle, ne pouvait pas prendre la tête d'un domaine. Peut-être devrait-elle laisser sa place à Armand de Boisbaston.

Dans ce cas, la laisserait-il vivre au château ? Sinon, ou irait-elle ? Que ferait-elle ?

Se retirer dans un couvent ? S'éloigner d'Averette. De Bayard…

Elle baissa la tête et sentit le goût d'une larme, chaude et salée, lorsqu'elle toucha ses lèvres.

Alors, un bruit puissant retentit à travers la salle.

Surprise, elle leva les yeux pour voir Seltha et Joanna en train de redresser le dessus d'une table contre le mur. Elles avaient dû le renverser.

— Pardon, ma dame ! s'écria Seltha. Nous ne voulions pas…

Elle hésita.

— … vous déranger.

— Peut-être devriez-vous vous allonger ? suggéra Joanna.

Son inquiétude, sincère, faisait écho à celle de Seltha et des autres serviteurs présents dans la grand-salle.

Ils l'observaient tous.

Ces gens se fiaient à elle, comptaient sur elle pour les garder en sûreté. Ils l'aimaient aussi, à leur façon.

Une nouvelle vitalité l'envahit. Les habitants d'Averette étaient son peuple, ses amis. Ce château était sa demeure… Une demeure qu'elle devait maintenir, protéger et chérir. Qu'elle devait préserver du désordre et de l'anarchie. De la violence… Du malheur…

Elle était dame Gillian d'Averette et elle ne baisserait pas les bras ! Non, elle ne céderait pas au doute et au désespoir !

— Je vais tout à fait bien, dit-elle fermement, en redressant ses minces épaules.

Si elle avait échoué dans certains domaines, elle avait réussi dans d'autres. Ses audiences publiques, par exemple, laissaient ses gens satisfaits, contents que justice soit faite, comme jamais ce n'était arrivé du temps de son père. Et le soir de la fenaison, ils avaient été heureux et gais. Elle avait contribué à ce contentement, parce qu'ils savaient tous qu'elle avait leurs meilleurs intérêts à cœur.

Quels que soient les sacrifices qu'elle devrait faire, ou quoi qui vienne en travers de son chemin, elle ferait son devoir.

— Ça doit être l'endroit où ils l'ont tué, dit Robb à Bayard et aux autres soldats de la patrouille tandis qu'ils démontaient dans une petite vallée où un ruisseau coulait entre des pentes rocailleuses et boisées.

Il pointa le doigt sur le sang qui couvrait le tronc rugueux du châtaignier devant eux, et sur la terre rougie à son pied.

— Ils l'ont attaché à cet arbre. Son sang a détrempé le sol.

Bayard suivit le doigt de Robb qui désigna ensuite des pierres noircies indiquant la présence d'un feu de camp qui n'aurait pas été visible à moins de se trouver en hauteur, d'un côté ou de l'autre de la vallée.

— C'est là qu'ils ont mangé, bu et dormi.

Et monté la garde pendant que Dunstan était torturé et tué.

Grâce au ciel, ils n'avaient trouvé le corps de Frederic nulle part et Bayard espérait encore découvrir son écuyer dans un grenier ou une meule de foin, cuvant une nuit de beuverie. Ou dans les bras d'une paysanne quelconque.

— Vous estimez toujours qu'il y avait une vingtaine d'hommes ? demanda-t-il à Robb.

— Oui, plus ou moins.

— Dispersez-vous et cherchez, ordonna Bayard au reste de ses hommes. Robb, je veux que vous regardiez de près toutes les traces de sabots, pour le cas où il y aurait quelques entailles ou autres défauts permettant d'identifier les chevaux. Trouver le sabot, trouver le cheval, trouver les hommes... Vous autres, informez-moi de quoi que ce soit d'anormal, même si cela vous paraît peu important, en particulier de tout signe indiquant que Frederic ou quelqu'un d'autre est passé par là. Nous allons faire le chemin d'ici à la prairie où le corps de Dunstan a été trouvé.

Les branches basses de l'arbre étaient malheureusement à la bonne hauteur pour les bras écartés d'un homme, et il était clair d'après le sang qui les maculait que Dunstan y avait été attaché comme un crucifié.

Le pauvre homme... Le pauvre homme...

« Je les trouverai, Dunstan, jura Bayard en silence. Par Dieu, je les trouverai et ils souffriront pour ce qu'ils vous ont fait. Je vous en donne ma parole ! »

— Messire !

Alfric agita les bras à l'autre bout de la clairière.

— Qu'y a-t-il ? cria Bayard en courant à travers le vallon, son glaive tapant contre sa cuisse.

Alfric indiqua quelque chose par terre.

C'étaient des poils. Des poils châtains, épais et frisés.

— Je pensais que ça pouvait être ceux de Dunstan, dit Alfric, la voix rauque d'horreur. A cause de ce qu'ils lui ont fait...

— Ils ne sont pas de la bonne couleur, répondit Bayard, soulagé que ces poils soient trop sombres pour appartenir à Frederic, aussi. Je pense qu'il s'agit d'une barbe qu'on a rasée.

Il appela les autres hommes et leur montra la touffe de poils. Mais personne ne put en dire quoi que ce soit. La couleur était commune, après tout.

— Est-ce que quelqu'un a trouvé autre chose ?

Les hommes secouèrent la tête.

— Alors continuez à chercher, dit-il sombrement.

Chapitre 17

Le crépuscule tombait lorsque Bayard et la patrouille revinrent au château, transis, mouillés. Ned sortit en hâte des écuries pour les accueillir et Lindall sortit à son tour de la grand-salle, portant une torche qui grésillait dans l'air humide, même si la pluie avait cessé.

— Des nouvelles de Frederic ? lui demanda Bayard en démontant.

— Non, messire, répondit Lindall en secouant sa grosse tête. La dame et moi avons fait fouiller le château et le village, mais personne ne l'a vu. Toutefois, le petit Teddy affirme qu'il a vu une charrette conduite par deux hommes traverser le village ce matin de bonne heure.

Bayard ôta son heaume.

— Vers quelle heure ?

— Au point du jour. L'enfant a le sommeil léger. Il a entendu un bruit de roues et a regardé dehors pour voir ce que c'était.

— Est-ce qu'il a reconnu ces hommes ?

— Non. Ils portaient des capes avec le capuchon rabattu sur la tête et la charrette était pleine de bois. Elle ressemblait à celle de Ben, le charbonnier, mais il ne vient au village que les jours de marché. Si les hommes parlaient, Teddy n'a pas pu les entendre.

— Personne d'autre n'a vu cette charrette ?

— Non, messire. Je dois toutefois vous prévenir, messire, que le petit Teddy aime inventer des histoires. Je ne dis pas qu'il ment, mais il a pu rêver et penser que c'était vrai, surtout s'il veut aider, vous comprenez ?

— Je veux que l'on trouve le charbonnier et sa charrette.

— Oui, messire.

Lindall hésita un instant, puis demanda :

— Je suppose que de votre côté, vous n'avez rien non plus, messire ?

— Nous avons trouvé le camp où Dunstan a été tué, répondit-il tandis qu'ils se dirigeaient tous vers la grand-salle, pataugeant dans les flaques laissées par la pluie.

Une pluie, songeait Bayard, qui avait probablement détruit toute chance de découvrir à présent la trace des criminels.

Il indiqua l'endroit à Lindall, qui siffla entre ses dents.

— De malins scélérats, hein ?

— Nous avons également trouvé ceci, ajouta Bayard en tirant la boule de poils humides de sa ceinture. Vous avez une idée d'à qui cette barbe aurait pu appartenir ?

— C'est une barbe ?

— Je le crois, oui.

— Je ne connais personne qui s'est rasé la barbe récemment.

Bayard soupira et laissa le commandant en second à ses tâches. S'attendre à ce qu'un reste de barbe, surtout de cette couleur très commune, puisse être utile, avait été un mince espoir.

Le petit Teddy avait affirmé qu'à l'aube, deux hommes

avaient traversé le village dans une charrette. Frederic avait quitté le château seul, selon les deux gardes, mais rien n'indiquait qu'il le soit resté. Qui aurait pu le rejoindre, ou qui avait-il pu aller retrouver ? Une femme ? Mais le garçonnet avait parlé de deux hommes. Malgré son jeune âge, il pouvait dire s'il s'agissait d'un homme ou d'une femme.

Les hommes qui avaient tué Dunstan se déplaçaient en meute, comme des loups affamés, mais cela ne voulait pas dire qu'ils restaient toujours ensemble. Néanmoins, Bayard ne pouvait pas croire que son écuyer se serait acoquiné avec de tels hommes. Il était bien plus probable qu'il se soit rendu au village dans un autre dessein et qu'il ait été enlevé. Pourquoi, alors, ne s'était-il pas débattu, n'avait-il pas appelé au secours — ses cris auraient ameuté les villageois –, ou n'avait-il pas été attaché, dans la charrette ? Et pourquoi avait-il quitté le château, pour commencer ?

Il se pouvait aussi que les passagers de la charrette aient été des fermiers, des vendeurs ambulants ou des voyageurs inoffensifs, vaquant simplement à leurs affaires.

Bayard entra dans la grand-salle inquiet sur le sort de Frederic, courroucé de ne pas s'être douté qu'il pouvait être assez contrarié pour se livrer à un acte impétueux ou téméraire. La plupart des soldats et des serviteurs avaient déjà pris leur repas du soir, ainsi que le père Matthew qui était probablement retourné à la chapelle dire des prières pour l'âme de Dunstan.

Seules quelques torches éclairaient la vaste salle. Des soldats étaient déjà endormis sur leur palette ; d'autres s'attardaient, s'occupant de leur armure, parlant à voix basse ou jouant aux dés. Ils levèrent les yeux lorsqu'il entra et le saluèrent d'un signe de tête.

Il y avait des chandelles sur la table haute, et de la nourriture qui attendait. Gillian était debout sur l'estrade, les mains jointes et l'expression soucieuse, incarnation de l'anxiété, se découpant sur la tapisserie colorée.

Comme toujours, elle portait une cotte très simple, en drap bleu clair cette fois. Sa ceinture de cuir sans ornement reposait sur ses hanches et son voile était un carré de toile blanche. Aucun cosmétique n'entachait l'éclat naturel de sa peau, de ses lèvres ou de ses yeux, mais ses joues avaient perdu leur rose et des plis soucieux marquaient son front.

Si seulement il avait pu lui apporter de bonnes nouvelles ! Si seulement il avait pu lui annoncer qu'ils avaient retrouvé Frederic sain et sauf ou qu'ils avaient attrapé les hommes qui avaient assassiné Dunstan. Que les conspirateurs avaient tous été arrêtés et qu'il n'y avait plus de danger immédiat pour ses gens et elle, ou encore que sa sœur errante était sur le chemin du retour.

A la place, tout ce qu'il avait était une poignée de poils.

— Vous n'avez pas retrouvé Frederic, dit-elle lorsqu'il atteignit l'estrade, en lui faisant signe de s'asseoir.

— Non, répondit-il tandis qu'elle lui servait du vin chaud. Nous n'avons pas trouvé les meurtriers de Dunstan, non plus, mais nous avons découvert où ils ont commis leur crime, et quelque chose qui pourrait nous aider...

— Quoi ? demanda-t-elle pendant qu'il buvait avec gratitude, la chaleur du breuvage presque aussi bienvenue que sa présence.

Comme elle s'asseyait à côté de lui, il lui raconta qu'ils avaient trouvé la vallée, l'arbre, le sang et les poils.

— De quelle couleur, ces poils ?

— Châtain clair.

Il les tira de sa ceinture pour les lui montrer.

— Cela pourrait être la barbe de Charles de Fénelon, dit-elle après les avoir examinés.

— Qui ?

— Un marchand de vin qui est venu ici récemment, prétendant être de Londres. Aujourd'hui, j'ai découvert qu'il m'a flouée. Plusieurs des tonneaux que je lui ai achetés étaient pleins d'eau. Mais pourquoi un marchand…

Elle élargit les yeux, comprenant brusquement.

— Ce n'était pas un marchand de vin.

— J'en doute, en effet, et je pense que je peux deviner qui il est en réalité. A quoi ressemblait-il, à part sa barbe ?

— Il était plus petit que vous, à peu près de la taille de Frederic. Mince, bien habillé. Des cheveux longs et assez décoiffés, ce qui était étrange, maintenant que j'y repense, car autrement il était très soigné de sa personne.

— Comment s'exprimait-il ? Etait-il éduqué, cultivé ?

— Eduqué, mais pas trop. S'il avait parlé comme un noble ou un courtisan, cela aurait éveillé mes soupçons, alors peut-être qu'il a déguisé son élocution.

Si c'était l'homme auquel Bayard pensait, il l'avait sûrement fait.

— Etait-il beau ?

Ses joues trop pâles se colorèrent d'une légère rougeur.

— Avenant, et bien trop flatteur.

— C'était probablement Richard d'Artage, l'homme qui était de mèche avec Francis de Farnby. Il est intelligent et rusé, et tout à fait capable d'un tel stratagème.

— S'il était bien ce Richard d'Artage, pensez-vous qu'il ait pu assassiner Dunstan ?

— Pas en personne, mais il pourrait certainement être derrière ce meurtre.

— Sainte Mère ! dit doucement Gillian. Comment n'ai-je rien vu ?

Bayard dut faire un effort pour ne pas toucher sa main.

— Comment auriez-vous pu deviner qu'un des ennemis du roi pourrait se déguiser en marchand de vin et venir seul à Averette ? Si quelqu'un me l'avait suggéré, je l'aurais traité de fou.

Il prit un bout de pain dans un panier et désigna d'un signe de tête le tranchoir qui se trouvait devant elle.

— Avez-vous mangé ?

Elle fit signe que non.

— Je vous attendais, dit-elle, leur servant à tous les deux une portion de ragoût de bœuf, des poireaux et des haricots. Pensez-vous que Frederic puisse être le complice de ce d'Artage ?

Cette possibilité n'était pas venue à l'esprit de Bayard, mais il existait malheureusement un risque que ce soit le cas. Frederic était jeune, impatient, déterminé à se faire un nom — comme il l'était lui-même à l'époque où il avait juré fidélité à John.

— Cela se peut, reconnut-il. Il était peut-être de mèche avec lui depuis le début...

Il se sentit accablé. S'il avait introduit un traître à Averette, en plus de tout le reste !

— Pensez-vous qu'il a été impliqué dans la mort de Dunstan ? demanda-t-elle dans un murmure.

Bayard considéra cette éventualité et la rejeta aussitôt.

— Non, il n'était pas là quand Dunstan a été tué.

Ce n'est pas possible. Nous aurions su qu'il était parti, et voir le corps a été un véritable choc pour lui. Il en a été malade et il ne feignait pas. Le ciel soit loué pour cela, au moins. Mais s'il est complice de quelque manière que ce soit avec ces traîtres, si j'ai introduit sans le savoir une vipère dans votre maison, je ne me le pardonnerai jamais, ma dame…

Sans tenir compte de ceux qui pouvaient les voir, Gillian tendit le bras et lui prit la main.

— Vous cherchiez à solliciter le meilleur en lui, pas le pire. Et je me suis lourdement trompée, moi aussi.

Il croisa son regard et le soutint, et durant cet instant de désarroi, de sympathie et de compréhension partagés, leur lien se renforça et grandit encore.

Puis Bayard retira sa main et ils terminèrent leur repas en silence.

Plus tard ce soir-là, Gillian, qui ne parvenait pas à trouver le sommeil, arpentait sa chambre éclairée par une bougie. Dehors, un croissant de lune brillait dans le ciel et elle pouvait entendre les gardes qui échangeaient des saluts en se croisant. A part leurs murmures, tout était silencieux.

La solitude la hantait comme si souvent dans sa vie, comme si elle était une princesse de conte de fées enfermée dans une tour, mais cette nuit plus qu'à aucun autre moment.

Souvent dans son enfance, quand son anxiété devenait trop grande et qu'elle ne pouvait pas s'enfuir au village, elle montait sur les remparts du donjon et se blottissait derrière un merlon. Elle se racontait alors une histoire, celle d'une méchante sorcière qui avait jeté un sort sur

Averette et la retenait prisonnière. L'histoire disait qu'un jour, elle trouverait une façon de briser le maléfice et qu'elle serait libre.

Non seulement libre, mais belle et charmante, plus encore que ses sœurs. Elle ne serait plus la terne et grise Gillian, la petite souris dans son trou, mais une belle princesse qui apparaîtrait alors aux yeux du monde dans toute sa splendeur.

Quand son père était mort et qu'elle avait prononcé son vœu de célibat avec ses sœurs, cela avait été comme si le sortilège était enfin levé. Elle était libre, aussi libre qu'une dame noble pouvait l'être, même si elle n'était pas belle et charmante. Devenir enfin la maîtresse d'Averette suffisait à son nouveau bonheur.

Et puis Bayard était arrivé, brisant le calme équilibre de ses jours, attisant son désir, ses aspirations passionnées à tel point qu'elle ne cessait de se répéter les paroles de Lizette après leur serment : « Nous avons juré de rester célibataires, mais pas d'être chastes. » Et elle avait ri.

Non, en effet, elles n'avaient pas promis d'être chastes.

Elle si, avait-elle pensé alors. Puisque James était mort, qui d'autre voudrait d'elle ? Qui d'autre la verrait autrement que la moins jolie des trois sœurs ?

Les mains dans les manches de sa robe de chambre, elle alla à la croisée et regarda le ciel nocturne, puis le village endormi.

Elle savait qui elle voulait, autant qu'elle voulait rester à Averette. Elle voulait l'amant bohémien qui prenait son plaisir et continuait son chemin. Qui offrait de l'amour et en acceptait sans engagement.

Si elle allait à lui maintenant, que dirait-il ? Que ferait-il ?

Le mariage était hors de question et toute autre relation un péché, mais son cœur lui commandait de céder au désir farouche qui l'habitait. Oh ! qu'elle prenne tout l'amour qu'elle pouvait pendant qu'elle en avait l'occasion, pendant qu'il était encore là, s'il était consentant !

Et s'il ne l'était pas ? se demanda-t-elle avec inquiétude, torturée déjà de frustration.

S'il était meilleur, plus fort, plus honorable qu'elle ?

Comment le saurait-elle à moins d'aller le trouver ?

Oserait-elle ? Serait-elle assez hardie, assez forte, assez déterminée, pour demander ce qu'elle désirait de tout son cœur et accepter les conséquences qui en découleraient ?

Bayard quitta son lit, incapable de dormir. Il n'en pouvait plus de fixer les tentures, l'esprit et le cœur en proie à l'agitation.

Il s'était remis à pleuvoir. Il entendait l'averse frapper les murs de pierre. Où était Frederic ? Etait-il vivant ou mort ? En sûreté, ou bien méritait-il de souffrir pour sa trahison ?

Est-ce que ces poils de barbe appartenaient à Richard d'Artage ? Faisait-il partie de la bande qui avait torturé, tué et mutilé Dunstan ? Et si Frederic était avec eux, était-il leur allié ou leur prisonnier ? Pourraient-ils trouver des traces d'eux le lendemain, ou est-ce que toute piste, tout indice auraient été effacés par la pluie ?

Un bruit léger et familier interrompit ses pensées. Il se tourna pour voir la porte de sa chambre qui s'ouvrait lentement. Avec précaution.

Attrapant son baudrier, il tira son épée.

Chapitre 18

Ce n'était pas un ennemi qui se glissait dans la chambre de Bayard. C'était Gillian, vêtue d'une robe de chambre écarlate, ses cheveux défaits enveloppant sa mince silhouette. Elle se raidit quand elle le vit, prêt à l'assaillir, puis se détendit lorsqu'il rengaina son épée et la posa sur le coffre.

Elle referma la porte derrière elle et joignit les mains. Son vêtement était coupé dans un drap souple, ses pieds étaient glissés dans des pantoufles de daim bordées de fourrure, et elle paraissait si vulnérable et si perdue qu'il eut immédiatement envie de la prendre dans ses bras, de la serrer contre lui et de lui promettre qu'il la protégerait toujours.

A la place, il demanda :

— Que faites-vous ici, ma dame ?

Elle s'approcha un peu.

— Je voulais... vous voir... J'ai été très prudente et il fait très noir dans les couloirs. De grâce, Bayard, laissez-moi rester un petit moment. Je ne veux pas être seule cette nuit.

Si elle s'était montrée sévère ou autoritaire, il aurait peut-être trouvé la force de lui dire de repartir, mais devant ses paroles prononcées avec tant de douceur, d'humilité, il n'eut pas la volonté de la chasser.

Il avait apporté de la grand-salle en remontant dans sa chambre, un peu plus tôt, du vin, du pain et du fromage, pour le cas où il aurait plus d'appétit dans la nuit.

— Avez-vous faim ? demanda-t-il. Vous n'avez pas beaucoup mangé, tout à l'heure.

— Non, merci.

— Nous allons trouver ce Richard et ses hommes s'ils sont encore dans les environs, lui assura-t-il, pensant que c'étaient ses soucis qui l'avaient conduite ici. Si Frederic est avec eux, nous le trouverons aussi.

Elle ne répondit pas et il se rendit compte que si elle restait là, si vulnérable et si triste, il ne pourrait pas s'empêcher de la toucher.

— Pardonnez-moi, Gillian, mais je pense qu'il vaudrait mieux... que ce serait plus... prudent si vous partiez...

— Je ne veux pas vous causer plus de culpabilité ou de remords, Bayard, dit-elle en marchant vers lui, mais je veux rester.

Elle leva les yeux vers lui. Ils ne brillaient pas de larmes, mais... d'espoir.

— J'ai besoin de vous. Je veux vous aimer.

Elle s'enhardit et passa les bras autour de lui, se haussa sur la pointe des pieds et l'embrassa.

— Je veux faire l'amour avec vous. Je ne vous demande aucun engagement, aucune promesse. Juste que vous me laissiez rester. Accueillez-moi dans votre lit cette nuit...

Il fronça les sourcils, tout d'abord éberlué de sa demande, puis il dit :

— Je ne suis pas le séducteur immoral pour qui l'on me prend, ma dame...

Elle n'avait pas voulu le blesser.

— Je sais que vous êtes un homme honorable. J'ai vu comment vous traitez les femmes de ma maisonnée. Je me suis rendu compte que vous êtes quelqu'un de bien et de noble, au meilleur sens du terme, sinon je ne serais pas ici. Je sais que ce que je vous demande est un péché, mais je ne peux supporter l'idée de ne jamais connaître le plaisir dans vos bras.

Elle redressa les épaules et le regarda bien en face, l'air résolu.

— Si vous êtes réticent parce que vous me croyez vierge, sachez que je ne le suis pas. J'ai aimé un autre homme autrefois, il y a des années, un homme qui est mort depuis, à qui je me suis donnée.

La stupéfaction se peignit tout d'abord sur le visage de Bayard, puis quelque chose d'autre, dans ses yeux, quelque chose qui fit danser le désir dans son sang, qui lui dit qu'il était tenté d'accepter.

— Allez-vous me renvoyer, Bayard ? Allez-vous me forcer à endurer la douleur de cette nuit seule, comme je l'ai été toute ma vie ? demanda-t-elle en s'approchant de lui. Je vous en prie, si vous tenez un peu à moi, laissez-moi rester. Aimez-moi, ne serait-ce que cette fois…

— Par le sang du Christ, Gillian, je n'ai jamais convoité une femme autant que je vous convoite. Vous êtes la tentation incarnée, pour moi. Mais votre réputation ? Et si vous attendiez un enfant ? J'ai vu la façon dont les bâtards et leurs mères sont traités, et je ne veux pas prendre le risque que vous connaissiez un tel sort, ni aucun de mes enfants.

Elle croisa fermement son regard.

— Nul n'a besoin de savoir que nous sommes amants.

Personne à part vous n'est au courant pour James. Et si je devais être enceinte, les gens d'Averette m'aiment et mes sœurs aussi. Je serais en sécurité ici, ainsi que notre enfant.

— Pendant qu'on me tiendrait pour le butor pour qui trop de gens me prennent déjà ?

Gillian mesura alors combien elle avait été égoïste de venir.

— Je demande trop, dit-elle alors. Je vous demande de vous déshonorer et c'est mal. Je vais vous laisser en paix...

Avec toute la dignité qu'elle put rassembler elle se dirigea vers la porte, mais il lui saisit le bras.

— Me laisser en paix ? répéta-t-il, les yeux pleins de douleur. Quelle paix peut-il y avoir pour moi sans vous ? Vous avez capturé mon cœur. Vous tenez mon avenir entre vos mains. Que ne donnerais-je pas pour être avec vous, cette nuit et toutes les suivantes ! Si vous êtes désireuse de risquer autant par amour, puis-je faire moins ?

Son regard se fit plus intense encore.

— Je vous aime, Gillian, comme je n'ai jamais aimé une femme ou pensé que je le pourrais. Je n'ai jamais vraiment connu l'amour, avant de venir ici et de vous connaître.

Il l'attira dans ses bras.

— Restez avec moi, murmura-t-il. Que Dieu nous vienne en aide à tous les deux, je ne peux pas vous laisser partir !

Il l'embrassa avec tout l'amour, toute la passion qu'elle lui inspirait. Et la retenue qu'il avait essayé d'imposer à ses émotions disparut. Il la tint contre lui, et sentir son corps svelte et fort contre le sien le porta au-delà de l'exaltation. Il la voulait autant qu'il voulait de l'air, de la lumière et du bonheur. Il n'avait presque rien fait pour l'encourager, au contraire. Il avait essayé de la dissuader. Il était innocent de toute tentative de séduction. Elle était venue à lui. Et pour l'avoir fait, c'est qu'elle devait l'aimer, comme il l'aimait.

Elle lui rendit son baiser avec une ferveur passionnée. Pas comme une femme maniérée feignant d'être réticente, telles les dames de la cour. Pas comme une fille de taverne, dont l'esprit calculait ce qu'elle ferait avec l'argent qu'il donnerait. Ni comme une femme qui le prenait pour un beau jouet qu'elle rejetterait quand elle se serait lassée.

Excité par son ardeur, il fit glisser sa bouche de la sienne pour suivre la douce courbe de son cou, tandis que ses lèvres à elle exerçaient leur magie sur sa peau.

— Portez-moi jusqu'à votre lit s'il vous plaît, Bayard, chuchota-t-elle.

— Volontiers, murmura-t-il en la soulevant dans ses bras.

Elle ne pesait presque rien. Il la déposa sur le lit drapé de rideaux et elle l'attrapa par le cou pour l'attirer à côté d'elle. Impatiente de le sentir en elle, d'aimer et d'oublier les problèmes qui les entouraient, elle lui tira sa chemise par-dessus sa tête. Son corps était magnifique, plus musclé que le corps adolescent de James. Son torse était marqué de cicatrices, sa chair portait de nombreuses marques dues aux blessures de la bataille ou de l'entraînement, mais comme la longue et fine cicatrice sur son visage, elles ne diminuaient en rien son allure ni sa beauté.

Elle captura sa bouche tout en dénouant les lacets de

ses chausses ; lorsqu'elle glissa sa main à l'intérieur, elle constata qu'il était également magnifique en cet endroit.

Un bruit sourd, entre grondement et grognement, résonna dans la gorge de Bayard. Il fit porter son poids sur son bras gauche et ses genoux, et sa main droite trouva la poitrine de Gillian. Il la caressa légèrement, ouvrant sa robe de chambre pour la toucher, la fine toile de sa chemise frottant sur ses tétons sensibles.

Elle caressa de ses mains son large dos, ses hanches minces, ses côtes et son torse, le faisant gémir de plaisir et augmentant le sien. Il glissa sa langue entre ses lèvres et fit lentement remonter sa chemise sur ses hanches, ajoutant à l'attente excitante qui grandissait en elle.

Elle était moite et prête, sachant ce qui allait venir et que, cette fois, il n'y aurait ni la douleur ni le sang qui avaient tant bouleversé James.

Pauvre James... Si jeune et si naïf, balbutiant de dévotion, essayant de l'aimer sans vraiment savoir comment faire.

Il n'était pas comme Bayard, mûr, sûr de lui, admirable et courageux. Aimable, généreux et faillible, comme elle, et ses mains la parcouraient avec une adresse si délicieuse, si délectable.

Elle caressa encore ses larges épaules, son dos, ses muscles qui bougeaient et se nouaient sous sa peau, lui rappelant toute la puissance contenue dans son corps.

Il remonta sa chemise sur son ventre et alors ses mains caressèrent son intimité. Elle s'arqua, pressant son corps contre sa main, et il rit, d'un rire sourd de joie et de ravissement.

— Impatiente ? demanda-t-il à mi-voix en se redressant pour la regarder.

Elle tendit une main vers lui.

— Pour ceci, acquiesça-t-elle en plaçant son sexe durci à l'entrée de sa féminité.

Puis, gardant les yeux sur son visage, elle se poussa en avant et le prit en elle.

Il ferma les yeux, restant immobile un moment avant de pousser à son tour, l'emplissant plus complètement, la faisant gémir de plaisir et réclamer davantage. Il prit de nouveau sa bouche, passionnément.

Leur baiser fut suivi de plus d'excitation encore, de plus d'urgence. Gillian soulevait et abaissait ses hanches au rythme des assauts de Bayard, nouant les jambes autour de lui pour mieux le prendre en elle. Elle le sentit alors devenir plus dur et plus volumineux. Ses assauts se firent plus rapides, plus puissants. Bientôt, il n'y eut plus de pensées, plus de conscience. Seulement l'excitation et le ravissement, le plaisir et la passion.

Il la prit par les épaules ; son cou se contractait à chaque poussée ; tout son corps était tendu tandis que la tension grandissait en elle, aussi. Ils haletaient, soupiraient, gémissaient, toute pensée cohérente envolée.

Tout ce dont Gillian avait conscience, c'était la sensation incroyable de Bayard qui l'emplissait, la puissance de son corps qui la faisait se tendre comme si elle était un arc et lui l'archer tirant de plus en plus sur la corde…

Elle se soulevait et retombait, se cabrait et se tortillait ; ses orteils se recroquevillaient, ses mains empoignaient ses épaules ; elle serrait les dents pour s'empêcher de crier.

Alors qu'elle le retenait dans les spasmes de l'extase, Bayard se raidit et grogna, l'emplissant de sa semence.

James avait été hésitant. Bayard était… Il était tout ce qu'un homme devait être. Absolument tout.

Et dans le lit de cet homme, dans ses bras, Gillian comprit totalement la décision d'Adelaide, mesurant dans le même temps ce qu'elle perdrait quand Bayard s'en irait.

Un peu avant l'aube, alors qu'elle reposait, la tête sur le torse de son amant, Gillian songeait qu'elle ne pouvait s'attarder plus longtemps ; il était temps pour elle de retourner avec précaution dans sa chambre et de passer la journée à se consacrer à ses obligations de châtelaine, se concentrer, comme si elle n'était pas amoureuse de Bayard, la tête pleine de lui, et comme si elle n'avait pas passé la majeure partie de la nuit dans ses bras.

Elle enroulait et déroulait autour de son index une mèche de ses cheveux. Il eut un petit rire grave et délicieux.

— Vous allez finir par me l'arracher, si vous ne faites pas attention, dit-il en lui souriant, faisant glisser sa main sur son épaule.

— Je devrais peut-être le faire, si vous devez les porter aussi longs, répondit-elle en s'appuyant sur un coude pour le regarder. Pourquoi les gardez-vous ainsi ?

— Parce que cela me plaît.

Il roula sur le côté, et sa cuisse effleura la jambe de Gillian d'une façon qui lui échauffa le sang.

— Vous n'aimez pas mon apparence ?

— Paon que vous êtes, vous savez bien que si ! Mais vos cheveux sont si... désordonnés.

— Et ma dame aime l'ordre.

Elle tendit la main pour dégager son visage.

— Pas toujours. Je vois certainement l'attrait de votre chevelure et ceci est assez attirant, aussi, dit-elle en dessinant sa cicatrice du bout du doigt. Cela vous fait paraître... moins civilisé.

— Et c'est séduisant ?

— Très. Comment avez-vous été blessé ? A la bataille ? Dans une mêlée ?

A son tour, il repoussa une mèche de ses cheveux lisses derrière son oreille et secoua la tête d'un air penaud.

— En tombant d'un arbre.

Elle le fixa, incrédule.

— Vous êtes tombé d'un arbre ?

— Pas récemment, répondit-il avec une gravité apparente. Quand j'étais jeune garçon. Armand avait coutume de voler des pommes dans le verger d'un monastère près du château de notre père. Il les partageait avec moi et notre ami Randall. Un jour, j'ai décidé que je pouvais en voler aussi et j'ai grimpé au lierre qui poussait sur le mur. C'était de cette manière qu'Armand entrait dans le verger. J'y suis arrivé et je suis monté dans un pommier. J'étais très fier de moi, je l'admets. Puis, alors que j'étirais le bras pour cueillir une pomme, j'ai perdu prise et je suis tombé. Une branche cassée m'a ouvert la joue. J'ai glapi comme un cochon qu'on égorge. Et le sang ! Ce que j'ai saigné ! Le pauvre moine qui est arrivé en courant a failli s'évanouir à ma vue. Il m'a ramassé et emmené à l'intérieur, et l'un des frères m'a donné quelque chose pour m'endormir. Quand je me suis réveillé, j'étais à la maison, la joue recousue aussi proprement qu'une nonne aurait pu le faire.

Il se pencha pour lui embrasser légèrement l'épaule. Comme toujours lorsqu'ils s'embrassaient, le désir s'épanouit en elle et son corps se détendit, chaud, moelleux et accueillant. Elle passa une jambe sur la sienne et se rapprocha de lui, ses seins nus pressés sur son torse.

— Il est tard, la mit-il en garde.

On frappa doucement à la porte.

— Ma dame ? appela Dena, la voix étouffée par l'épais panneau de bois.

Gillian attrapa sa chemise au pied du lit. Comment Dena avait-elle su où la trouver ? Que voulait-elle à cette heure ?

Bayard quitta le lit et prit ses chausses jetées par terre.

— Que voulez-vous ? demanda-t-il.

— Dame Gillian est-elle là ? Je suis allée à sa chambre et elle n'y était pas, alors j'ai pensé…

— Evidemment que non ! mentit Bayard. Qu'est-ce que vous imaginez !

Mais Gillian savait que quelque chose n'allait pas. Elle pouvait entendre la détresse dans la voix faible de la servante, sa panique. Elle enfila sa chemise et écarta Bayard pour ouvrir la porte.

Le visage d'une pâleur mortelle, la jupe ensanglantée, Dena s'appuyait au chambranle.

— Pardon de vous déranger, ma dame, mais… je saigne.

— Bayard ! s'écria Gillian tandis que Dena glissait contre le mur, évanouie.

Il fut à côté d'elle en un instant.

— Aidez-moi à l'allonger sur le lit !

Il la souleva dans ses bras et la porta jusqu'à son lit, l'installant doucement.

Gillian vérifia rapidement qu'elle n'était pas blessée, se doutant de ce qui arrivait.

— C'est le bébé, dit-elle. Je crains qu'elle ne soit en train de le perdre.

Et elle devait arrêter les saignements ou Dena pourrait mourir aussi.

— Allez dans ma chambre, dit-elle, et apportez-moi mon coffret à médecines. Vous le trouverez dans le grand coffre près de la porte. C'est un coffret bleu. Envoyez une servante dans la cuisine et faites remplir d'eau bouillante le pichet vert que j'utilise pour mes potions. Demandez aussi qu'on m'apporte un seau d'eau chaude et un autre d'eau froide. J'ai besoin de linges propres — en quantité. Et de trois brassées de paille de l'écurie. Ce lit de plumes va vite être abîmé sinon…

Tandis que Bayard finissait de s'habiller et quittait la chambre, Gillian versa dans la cuvette l'eau qui restait du pichet. Elle prit tous les linges de toilette et retourna au lit.

Elle plia certains des linges et les glissa sous la jeune fille. Elle se servit du reste pour la laver et la sécher aussi doucement que possible, ôtant ses habits ensanglantés, avant de lui passer une chemise propre de Bayard qu'elle avait sortie du coffre.

Alors qu'elle retirait un linge trempé de sang et le remplaçait par un autre, les paupières de Dena s'ouvrirent en papillonnant. Puis elle serra les mains sur son ventre et remonta les genoux sur sa poitrine.

— Je meurs ! gémit-elle. J'ai péché et maintenant je meurs !

« Pas si je peux vous sauver », pensa Gillian en priant en silence.

— Je vais m'occuper de vous, dit-elle doucement, en la forçant à abaisser ses jambes. Messire Bayard est allé chercher mes médecines. Je sais exactement ce qu'il vous faut. Du manteau de la Vierge pour arrêter le saignement et de l'écorce de saule pour ôter la douleur. Vous vous sentirez bientôt mieux.

La jeune fille la regarda avec des yeux implorants.

— Et mon bébé ?

Gillian se pencha sur elle et la regarda avec sympathie et regret.

— Il est avec Dieu, au ciel.

Dena lâcha un gémissement pitoyable et se mit à sangloter.

Gillian se leva et alla à la porte pour attendre Bayard. Il apparut au sommet des marches avec son coffret bleu dans les mains.

— Donnez-moi ça et laissez-nous, dit-elle doucement, en luttant pour conserver son sang-froid. C'est une affaire de femmes.

Il hocha la tête et commença à se tourner, puis s'arrêta et dit :

— J'étais trop bouleversé pour être prudent et je crains que vos servantes n'aient compris que nous étions ensemble.

— On ne peut pas l'empêcher...

Elle ne pouvait y penser maintenant. Il fallait qu'elle prenne soin de Dena.

— Je suis contente qu'elle ait eu la présence d'esprit de venir m'appeler ici.

Ils entendirent des pas qui approchaient et les murmures de plusieurs femmes. Pendant que Bayard s'empressait de longer le corridor vers l'escalier qui menait à la cour, Gillian se hâta de retourner dans la chambre.

Seltha arriva, portant une cruche enveloppée d'un

torchon, sûrement l'eau bouillie. D'autres la suivaient, chacune essayant d'y voir par-dessus les épaules de ses compagnes.

— Posez la cruche sur la table, ordonna Gillian à Seltha. Joanna, placez l'eau froide et l'eau chaude près du lit. Les linges sur ce tabouret. Ensuite, vous pourrez toutes repartir.

Elle prit un linge propre et un gobelet qu'elle essuya, puis elle versa de l'eau bouillie dedans, même si cette teinture ne serait pas à boire. Dans son coffret à médecines, elle trouva le petit récipient en terre couvert de toile cirée qui contenait le manteau de la Vierge séché. Elle plaça les herbes dans un petit sachet de toile lâche et les mit à infuser dans l'eau chaude.

— Seltha, allez trouver celui qui apporte la paille et dites-lui de faire vite. Vous autres, allez vous remettre au travail…

— Mais, ma dame, ce ne sont pas encore les matines, fit remarquer Seltha.

— Alors allez vous recoucher, sans bruit !

Les servantes obéirent, mais pas en silence. Elles chuchotaient au contraire, mais leurs accents scandalisés n'échappèrent pas à Gillian. La jeune femme fut tout à fait certaine qu'elles parleraient et spéculeraient sur ce qu'elles avaient vu jusqu'à ce que le soleil se lève et que leurs tâches commencent.

Elle aviserait plus tard. Pour l'instant, elle devait soigner Dena dont la vie dépendait d'elle, de l'efficacité de sa potion pour arrêter le saignement et d'un Dieu miséricordieux.

Chapitre 19

Peu après midi, lorsqu'ils eurent récupéré deux chevaux cachés à une courte distance du village et abandonné la charrette et le canasson que Richard avait volés à un charbonnier malpropre dont le cadavre avait été jeté dans son propre feu, Frederic et son redoutable compagnon entrèrent dans une clairière, non loin du domaine d'Averette.

— Nous pouvons nous reposer ici un moment, dit Richard en démontant. Nous devrons passer quelques nuits comme des hors-la-loi, j'en ai peur. Un petit inconvénient qui sera récompensé plus tard.

— Projetez-vous vraiment de tuer messire Bayard ? demanda Frederic en descendant de sa selle et atterrissant dans une flaque de boue.

— Comment attirer son frère loin de la cour et du roi, autrement ? Nous devons nous débarrasser de ces deux-là et de quelques autres.

Frederic jeta sa bride sur un buisson d'aubépine.

— Et dame Gillian et ses sœurs ?

— Elles sont nobles. Elles seront traitées avec toute la courtoisie qui leur est due.

— Et les autres femmes d'Averette ? Elles ne subiront pas de mal ? Elles ne seront pas tuées ?

— Si vous vous inquiétez pour la fille que vous avez engrossée, ne craignez rien. Elle sera sauve. Vous pourrez peut-être même la réclamer comme une partie de votre récompense, quand nous triompherons.

Au fond de la clairière, des feuilles s'agitèrent bien qu'il n'y ait pas de vent et des hommes commencèrent à apparaître, sortant du couvert des arbres tels des esprits qui se seraient matérialisés.

Ou des démons, pensa Frederic, car c'étaient de grandes brutes massives, vêtues d'un ensemble bigarré de cottes de mailles, d'armures et de cuir. Ils étaient tous barbus, dotés de larges épaules et très bien armés. Beaucoup étaient couturés de cicatrices et plusieurs avaient un œil, une oreille ou un doigt en moins.

— Qu'est-ce que ça signifie ? demanda Frederic en essayant maladroitement de tirer son épée. Qui sont ces hommes ?

Richard posa une main sur son bras pour l'empêcher de dégainer.

— Des mercenaires à ma solde, n'ayez pas peur... Ils ne vous veulent pas de mal.

Le jouvenceau fronça les sourcils.

— Ce sont ceux qui ont tué Dunstan, n'est-ce pas ?

— Oui, admit Richard. J'avais besoin de connaître quelques détails sur le château d'Averette, qui doit avoir des passages secrets et des entrées cachées. Hélas, mes compagnons se sont un peu laissé entraîner par leur enthousiasme. Dunstan est mort avant que nous n'ayons appris quoi que ce soit d'utile.

— Je ne sais rien de passages secrets ou d'entrées dérobées, affirma Frederic devenu très pâle.

— Je ne le pensais pas, puisque vous n'êtes qu'un hôte. Mais il se trouve que nous avons une autre source d'information, dit Richard en hochant la tête tandis qu'un autre homme apparaissait, vêtu d'un haubert de qualité et portant les couleurs d'Averette.

— Alors c'est ici que vous étiez, jeune écuyer, lança Lindall à Frederic stupéfait. Fermez donc la bouche, mon garçon, avant que des mouches ne rentrent dedans.

— Que… que faites-vous ici ? Je pensais que vous étiez loyal à dame Gillian.

— Et moi, je vous croyais loyal à messire Bayard, rétorqua Lindall.

Frederic se redressa et déclara avec hauteur :

— Messire Bayard ne mérite pas ma loyauté !

— Aucun homme ne la mérite, ni aucune femme, répondit le soldat en crachant sur le sol boueux. Un homme doit s'occuper de lui-même dans ce monde, et un homme loyal est un homme mort ou pauvre, ajouta-t-il en décochant un regard significatif à Richard.

Lequel glissa une main dans sa ceinture et en tira une bourse en cuir tintant de pièces, qu'il lui tendit.

— Alors, quelles nouvelles ?

— Bayard envoie d'autres patrouilles, plus petites. Seulement dix hommes chacune.

Les yeux de Richard d'Artage brillèrent et il fit signe à Ullric d'approcher.

— Vous entendez ça, Ullric ? Seulement dix.

Le Saxon hocha la tête et sourit largement, révélant ce qui restait de ses dents.

— Bayard et sa patrouille vont aller vers le sud le

long de la rivière aujourd'hui, et demain vers le nord s'ils ne trouvent rien, ajouta Lindall en comptant ses pièces en argent.

Il jeta un coup d'œil à Frederic.

— Mieux vaut espérer qu'ils ne vous attrapent pas, mon garçon, sinon ce sera la prison et la mort d'un traître pour vous.

— Ce sera la même chose pour vous, riposta Frederic.

— Quelle preuve a-t-on contre moi ?

— Cet argent.

— Je l'ai *gagné* et je ne suis pas assez bête pour l'emporter dans mes quartiers. Ils ne trouveront rien là-bas pour dire que je suis de mèche avec des rebelles.

— Comment avez-vous quitté le château ? Où pensent-ils que vous êtes ?

— Je suis commandant en second. Mes hommes ne me demandent pas où je vais.

Lindall attrapa l'outre de vin accrochée à la selle de Richard.

— Par Dieu, j'ai le gosier sec. La prochaine fois, j'amènerai mon cheval plus près.

— Faites-le et vous pourriez être obligé de rentrer à pied, dit Richard. Je ne vais pas me faire prendre parce que vous êtes trop paresseux pour parcourir un mille à pied.

Lindall fronça les sourcils, puis but une gorgée de vin avant de jauger Frederic du regard.

— Alors, qu'est-ce qui a fait de vous un rebelle ? La contrariété de vous être fait réprimander au sujet d'un jupon ?

— Bien sûr que non !

— Alors ça ne vous fera rien si j'y goûte ? Je lui dirai

que je l'aime, moi aussi, si c'est ce qui lui fait écarter les jambes.

Le soldat se rembrunit en voyant l'expression de Frederic.

— Quoi, vous pensez que maintenant qu'elle a eu un noble, elle est trop bonne pour les gens comme moi ?

Son rire obscène fut encore plus répugnant que sa trahison pour de l'argent.

— Dena est une ribaude, comme toutes les femmes. Et si elle a d'autres idées, elle découvrira bientôt la vérité, surtout maintenant qu'elle a perdu le lardon que vous lui aviez mis dans le ventre.

— Quoi ?

Lindall se mit à rire.

— Regardez-le, avec sa mine de dix pieds de long ! On pourrait presque penser qu'il s'en soucie.

— Est-ce qu'elle va bien ?

— Il paraît qu'elle vivra, répondit Lindall d'un ton détaché après une autre goulée de vin.

Puis il décocha un sourire sarcastique à Richard.

— En parlant de ribaude, vous aviez bien raison à propos de dame Gillian, messire... Quand elle s'est mise à saigner, Dena a cherché sa maîtresse dans tout le château. Et devinez où elle l'a trouvée ? Dans la chambre du chevalier ! Elle qui fait toujours sa hautaine et sa puissante ! Si son père était encore en vie, il lui écorcherait le dos et à juste titre, à cette traînée.

— Assez ! déclara Richard. Retournez à Averette avant qu'on ne se rende compte de votre absence. Frederic, prenez soin de nos chevaux. Ullric, avec moi. Nous devons faire des plans...

※
※ ※

En entendant frapper doucement à la porte, Gillian se leva du tabouret à côté du lit. Elle se massa la nuque et cambra le dos, douloureux à force de se pencher pour soigner Dena. Elle ouvrit la porte et découvrit Bayard sur le seuil.

— Comment va-t-elle ? demanda-t-il en jetant un coup d'œil à la silhouette allongée sur le lit.

— Elle ira bien, je pense, grâce à Dieu. Cela n'a pas pris aussi longtemps que je le craignais pour arrêter les saignements.

— Elle a eu de la chance que vous sachiez quoi faire.

— Et que j'aie eu les médecines pour le faire ! Par bonheur, elle est jeune, forte et en bonne santé, même si elle est très affectée d'avoir perdu le bébé, bien sûr…

Bayard soupira et s'appuya au montant de la porte.

— Je pensais qu'elle en serait peut-être soulagée, vu la façon dont Frederic l'a traitée.

— Non, elle voulait l'enfant. Et fortement, je crois.

Ils se regardèrent un moment en silence, chacun pensant à ce qui arriverait si Gillian tombait enceinte. Elle savait que cela causerait un scandale et que sa réputation serait perdue, mais elle n'avait pas peur.

Bayard pouvait aisément imaginer les enfants qu'ils pourraient avoir ensemble — des filles hardies et insolentes, des garçons forts et vigoureux – et combien il les aimerait.

— Je ne veux pas déranger, dit-il enfin, mais j'ai besoin de mon armure. Nous sommes déjà en retard pour sortir.

— La pauvre Dena a perdu tant de sang qu'il faudrait plus qu'un peu de bruit pour la réveiller, répondit Gillian en s'écartant de la porte pour le laisser entrer. Puisque vous n'avez pas d'écuyer, je vous aiderai.

Bayard alla au coffre de bois qui contenait son haubert et son surcot, et souleva le couvercle qu'il appuya contre le mur. Il sortit son justaucorps matelassé. Il n'avait pas besoin d'aide pour passer ce vêtement qu'il portait sous sa cotte de mailles. Il n'avait pas besoin non plus de l'assistance de Gillian pour fixer ses jambières.

— J'ai décidé que nous devrions avoir un plus grand nombre de patrouilles pour couvrir plus de terrain à la fois dans nos recherches, dit-il à voix basse, tandis qu'elle l'aidait avec son haubert. C'est pourquoi aujourd'hui, j'envoie des hommes par groupes de dix, mais ils ont ordre de rester à la portée d'une corne. De cette manière, si une patrouille est attaquée, les autres pourront très vite lui venir en aide.

Gillian hocha la tête tout en soulevant la cotte de maille qui couvrait son torse. Elle lui tombait jusqu'aux genoux et avait des manches et une coiffe attachée ; c'était la pièce la plus lourde qu'il portait.

— Il est bien que vous ne soyez pas une faible femme, observa-t-il en enfilant les bras et la tête dans les ouvertures correspondantes. Sinon, je serais obligé de m'allonger et de ramper là-dedans !

— Il se peut encore que vous ayez à le faire.

Par chance, il n'eut pas à recourir à cet expédient. Quand il eut passé son haubert, il remonta la coiffe sur sa tête, puis releva le gorgerin qui protégeait son cou et l'attacha avec le lien en cuir. Pendant ce temps, Gillian lui apporta son heaume, une belle pièce en métal un peu cabossée.

— Ne vous inquiétez pas, dit-il lorsqu'il la vit passer

le doigt sur la plus grosse bosselure. C'est moi qui l'ai faite. Je l'ai laissé tomber.

Il sourit, mais sans véritable joie et elle se demanda si c'était vrai ou s'il disait cela pour la réconforter.

— J'espère que vous serez plus prudent aujourd'hui à la fois avec votre heaume et votre tête, messire.

— J'essaierai, promit-il avec un autre sourire.

Lorsqu'il eut enfilé son surcot, bouclé son baudrier autour de sa taille et pris son long bouclier au bras gauche, elle demanda :

— Vous serez prudent, n'est-ce pas ? Vous ne prendrez pas de risques stupides ?

— Avec vous qui m'attendez ici ? Je n'ai jamais eu plus de raisons de vivre, Gillian… Mais je n'aime pas vous laisser seule ici.

— Vous craignez une attaque ?

— Je suis sûr que si cela arrive, Lindall pourra la contenir jusqu'à ce que nous revenions. Je pensais plutôt à cette nuit, et au fait que tout le château va être au courant.

Il n'avait pas besoin de lui dire quelles difficultés elle aurait à affronter. Elle le devinait suffisamment.

— Comparé aux risques que vous courrez si vous rencontrez les hommes qui ont tué Dunstan, cela me semble de bien peu d'importance, répondit-elle.

Elle le pensait réellement.

— Malgré tout, ce ne sera pas agréable, dit-il en lui prenant les mains et en les serrant fort.

— Je peux m'arranger des regards et des murmures. Je suis bien sûre que personne n'osera sûrement me faire ouvertement des reproches ou des critiques.

Il eut un petit sourire et l'attira à lui pour lui donner un baiser d'adieu.

— Quand vous prenez cet air-là, ma dame, je doute que le roi lui-même essaye !

Chapitre 20

Les ragots, les rumeurs et les spéculations allèrent en effet bon train au château.

Cela commença avec les servantes qui avaient été appelées au petit matin. Elles s'empressèrent de raconter en cuisine que Dena était mourante dans la chambre de messire Bayard, mais que ce n'était pas la nouvelle la plus choquante : dame Gillian était là aussi, en chemise et robe de chambre ! On ne pouvait se tromper sur la signification de sa présence chez le chevalier, n'est-ce pas ?

Bientôt tout le château bruissa de l'annonce d'une liaison illicite entre le beau Bayard de Boisbaston et la châtelaine d'Averette. Un fermier qui apportait du fourrage pour les vaches apprit la nouvelle d'une servante, et très vite l'histoire se répandit également dans tout le village.

Gillian avait supposé que les ragots seraient ennuyeux, mais lorsqu'elle laissa Seltha prendre soin de Dena et partit vaquer à ses tâches quotidiennes, il n'en fut pas plus facile pour elle de constater le comportement différent de la maisonnée à son égard. Même si personne ne la fixait avec mépris ou ne se montrait insolent, elle entendait les murmures et les chuchotements sur son passage.

Plusieurs des femmes eurent un sourire narquois quand elle leur donna ses ordres pour la journée.

Les soldats, également, ne la traitèrent pas avec leur déférence habituelle. Un ou deux furent à peine respectueux.

Malgré leurs manières, elle garda la tête haute et s'occupa comme si de rien n'était. Elle feignit de ne pas remarquer que les choses avaient changé pour elle comme pour eux.

Non seulement elle avait été suprêmement heureuse la nuit précédente et le matin encore avec Bayard, mais elle ne regrettait rien. Ce qu'elle avait éprouvé le matin même, blottie dans ses bras, avait été plus profond et plus riche que tout ce qu'elle avait connu auparavant, même lors de ses périodes les plus heureuses à Averette.

Néanmoins, ce fut une journée longue et difficile. Le soir venu, anxieuse de savoir si Bayard allait revenir sain et sauf, elle alla l'attendre dans la cour extérieure.

Quand elle le vit rentrer au crépuscule à la tête de sa patrouille, elle comprit avec désarroi qu'ils rentraient encore bredouilles. Les hommes étaient affaissés sur leur selle ; même les chevaux paraissaient épuisés.

En la voyant, Bayard agita la main avant de démonter, de donner la bride de son cheval à Robb et de marcher vers elle.

— Vous êtes un spectacle bienvenu, ma dame, dit-il avec l'ombre d'un sourire, en ôtant son heaume et en le glissant sous son bras.

Elle était trop affectée pour lui rendre son sourire.

— Vous aussi, répondit-elle tandis qu'il avançait à côté d'elle. J'étais inquiète pour vous.

— Je peux prendre soin de moi, ma dame. Mais

j'étais soucieux à votre sujet. Les bavardages peuvent être plus difficiles à vaincre qu'un adversaire lourdement armé dans une mêlée.

Elle ne voulait pas qu'il se sente coupable, alors elle s'efforça de minimiser ce qui s'était passé.

— Cela aurait pu être pire, dit-elle alors qu'ils atteignaient les portes intérieures.

Elmer et Alfric étaient de garde. Ils prirent leur temps pour se mettre au garde-à-vous, et dévisagèrent Gillian et Bayard d'une façon qui la fit rougir.

— Espèce de chiens insolents, avez-vous oublié qui est votre maîtresse ? s'exclama-t-il en rage, empoignant les deux soldats stupéfaits et les jetant dans la cour. C'est la châtelaine d'Averette que vous avez devant vous et par Dieu vous allez lui montrer le respect qui lui est dû, ou vous le regretterez ! *Lindall !*

Le commandant en second parut sur le seuil des baraquements, puis trottina vers eux.

— Messire ? demanda-t-il, regardant tour à tour les hommes effrayés et le chevalier hors de lui.

— Je veux que ces deux chiens impertinents soient mis au pilori demain. Toute la journée — et il en sera de même pour tout butor qui osera traiter dame Gillian avec moins que le respect qui convient ! Vous m'entendez ?

— Oui, messire, répondit Lindall, visiblement déconcerté par la rage de Bayard. Le pilori, oui. Toute la journée.

Bayard se tourna vers Gillian.

— Vous auriez dû me dire que c'était aussi grave.

— Je savais à quoi m'attendre.

Elle aurait dû être un modèle de convenance ; en

cédant à son désir, elle avait perdu le droit d'exiger un respect total.

En temps voulu, quand Bayard serait parti, elle essaierait de le regagner. Ses gens l'aimaient, aussi n'était-ce pas un espoir impossible.

— Venez. Vous êtes harassé et affamé. J'ai fait préparer à boire et à manger pour vous.

Elle craignit qu'il ne proteste. Mais il ne le fit pas. Et lorsqu'elle le conduisit non pas dans la grand-salle, mais dans sa chambre, il se contenta de hausser un sourcil.

— Puisque tout le monde est au courant, dit-elle, nous n'avons pas besoin de tenir nos sentiments secrets.

— Je suppose que non.

Gillian se félicita d'avoir fait apporter de la nourriture et de la boisson dans sa chambre en voyant l'étincelle de soulagement qui brilla dans ses yeux sombres.

Elle n'avait pas fait que cela.

— Un bain ? s'exclama Bayard en apercevant un baquet garni de linges à moitié plein d'eau placé près d'un réchaud, et trois pichets en bronze calés dans les braises pour garder l'eau chaude.

— J'ai pensé que vous seriez peut-être rompu après une journée en selle…

La fatigue qui était inscrite sur ses traits parut glisser de lui comme une cape et ses lèvres s'incurvèrent en un sourire qui réchauffa Gillian plus qu'un soleil d'été.

— Je me sens déjà beaucoup mieux !

— J'en suis contente, répondit-elle, essayant de ne pas laisser sa passion et son impatience dominer son souhait de lui procurer du confort. Maintenant, quittez votre armure, messire chevalier…

— Avec plaisir, dit-il en lui tendant son heaume.

Elle le prit et le rangea dans le coffre. Lorsqu'elle se retourna, le sourire de Bayard avait disparu.

— C'est merveilleux, dit-il, mais vous avez dû avoir une journée infernale, Gillian. Je m'attendais à ce que ce soit difficile pour vous d'affronter vos gens, mais à voir ces hommes vous regarder de cette façon...

— Je ne suis pas une fillette, Bayard. En vous rejoignant dans votre chambre la nuit dernière, je savais le risque que je prenais. J'ai choisi en connaissance de cause...

Elle effleura ses lèvres d'un baiser.

— Tout va bien. Je n'ai pas de regrets. Je le referais sans hésitation.

— Vraiment ?

— Oui, et avec grand plaisir.

Lorsqu'il l'attira dans ses bras, elle inclina la tête en arrière et lui adressa un petit sourire impertinent.

— Pensez-vous que je sois trop faible pour affronter des ricanements de soldats et des servantes méprisantes ? Que je devrais m'enfuir et me cacher ? Ou porter de la toile de sac et des cendres en me lamentant sur mon terrible péché, alors que vous me rendez plus heureuse que je ne l'aie jamais été dans ma vie ?

— Réellement ?

— Réellement.

— Vous m'avez rendu plus heureux que je ne l'aie jamais été, aussi.

Il soupira et la serra contre lui.

— J'aimerais tant que vous puissiez être mon épouse et que nous puissions vivre ensemble pour toujours !

Elle essaya de rire.

— Je l'aimerais aussi, Bayard. Pensez aux enfants

que nous aurions, avec votre belle apparence et mon intelligence.

Elle s'efforçait de prendre leur situation à la légère, mais elle fut soudain emplie du désir tout-puissant de porter ses enfants, de beaux fils joyeux aux larges épaules et à l'esprit délié, de ravissantes petites filles aux boucles sombres et aux yeux bruns.

— Je donnerais n'importe quoi pour être votre époux et le père de vos enfants, murmura-t-il en lui embrassant la joue puis les lèvres. Je vous aime, Gillian. Je vous aimerai toujours.

— Comme je vous aimerai toujours.

Il la prit dans ses bras et l'embrassa, sa bouche explorant avec une lente et merveilleuse résolution la sienne. Gillian sentit son cœur s'emballer. Son corps, viril et dur contre elle, lui rappelait leur nuit ensemble. Néanmoins…

— Vous feriez mieux de prendre votre bain avant que l'eau ne refroidisse, se sentit-elle obligée de dire.

De la gaieté apparut dans les yeux de Bayard.

— Vous souciez-vous vraiment de la température de l'eau, ou est-ce que je sens mauvais ? demanda-t-il.

— Les deux !

— Vous m'avez blessé, déclara-t-il avec une moue faussement offensée. Pour vous faire pardonner, vous devez rester et m'aider à quitter mon armure.

— Avec plaisir, messire.

— Effrontée ! dit-il avec un grand sourire.

— Tenez-vous tranquille et laissez-moi vous assister.

— Je n'ai pas envie de rester tranquille, répliqua-t-il en essayant de l'attraper.

Elle l'évita d'un pas dansant.

— Si vous ne coopérez pas, messire, l'eau va être glacée le temps que vous soyez nu.

— Fort bien, marmonna-t-il se tenant immobile assez longtemps pour qu'elle lui ôte son haubert. Je crois, ma dame, que vous voulez simplement m'avoir nu le plus vite possible.

— Peut-être, répondit-elle en délaçant son justaucorps, bien qu'il puisse le faire lui-même.

— Coquine éhontée !

Il ôta son vêtement molletonné, et elle s'assit au bout du lit.

— Que faites-vous ? demanda-t-il avant d'enlever ses jambières et de les ranger à leur tour dans le coffre.

— Je vous regarde, puisque vous semblez tout à fait capable de vous dévêtir sans autre assistance de ma part.

— Je crois qu'en tant que châtelaine, il est de votre devoir de m'assister jusqu'au bout.

— Certains devoirs sont plus plaisants que d'autres, observa-t-elle en allant à lui.

Il l'attira dans ses bras et pressa les lèvres sur son cou.

— Je ne peux pas délacer vos chausses si vous me serrez ainsi, protesta-t-elle, avant de se rendre compte qu'il la délaçait aussi.

— Que faites-vous ?

— Je ne voudrais pas vous insulter, ma dame, mais il me semble que vous pourriez avoir l'usage d'un bain, vous aussi.

— Dans le même baquet ?

Il lui ôta son voile et le jeta de côté, puis passa les doigts dans ses cheveux défaits, si doux et si lisses.

— Vous avez des objections à partager un baquet

avec moi ? demanda-t-il en glissant une main dans le dos de son corselet pour la caresser.

— Je n'avais simplement pas considéré cette possibilité.

— Ne vous tente-t-elle pas ?

Il recula pour quitter ses chausses, tandis que Gillian tenait son corselet délacé contre sa poitrine.

— Si... Je dois même avouer que je la trouve *très* tentante, admit-elle.

— Alors ôtez votre cotte et votre chemise et rejoignez-moi, dit-il en grimpant dans la baignoire et en s'allongeant dedans.

Le cœur battant d'un plaisir anticipé, elle se débarrassa de sa cotte. Cet homme la faisait se sentir si désirée, si convoitée, si féminine... Et si audacieuse...

— Ah, voilà un spectacle pour des yeux fatigués ! dit Bayard d'une voix basse et enjôleuse.

Elle lui décocha un sourire aguicheur, et abaissa lentement une épaule de sa chemise.

— Aimeriez-vous en voir plus, messire ?

Les yeux assombris par le désir, il hocha la tête.

Elle abaissa l'autre épaule.

— Encore, messire ?

Un autre signe de tête.

Elle saisit le bout du lien qui fermait l'encolure et tira sur le nœud. Très, très lentement.

Il grogna.

— Pitié, Gillian !

— Pitié, messire ? Alors que vous m'avez tourné la tête pendant des jours avec votre beau visage et votre corps viril ?

— Ce n'était pas mon intention.

— Mais vous l'avez fait quand même, rétorqua-t-elle en faisant glisser sa chemise sur son corps.

Il suivit avidement des yeux la progression du vêtement.

— Venez ici, dit-il d'une voix rauque lorsqu'il tomba par terre.

— Il nous faut plus d'eau chaude.

— Mon sang a sûrement chauffé cette eau au point de la faire bouillir ou presque !

L'ignorant, elle alla au réchaud et rapporta un des pichets en bronze. Elle jeta un coup d'œil sous l'eau.

— Impatient ? Je vous suggère de vous mettre de côté. Je ne voudrais pas brûler... quoi que ce soit.

Il obéit tandis qu'elle versait l'eau chaude dans le baquet. A peine avait-elle posé le pichet par terre, à côté, qu'elle entendit un bruit d'eau. Les mains de Bayard la saisirent par la taille, la soulevèrent, et la firent passer par-dessus bord.

— Bayard ! s'écria-t-elle en atterrissant sur ses genoux.

— Gillian ! répondit-il en riant, la retournant face à lui.

Il y avait quelque chose d'assez difficile à ignorer entre eux, et ce n'était pas un morceau de savon.

Du bout du doigt, il suivit le chemin d'une goutte d'eau le long de sa joue, de son œil à sa bouche, tandis qu'un petit sourire jouait sur ses belles lèvres.

— Je suis désolé si je vous ai surprise. J'étais impatient.

— Vous n'êtes pas du tout désolé.

— En vérité, non.

Il se pencha et effleura ses lèvres des siennes. Elles étaient chaudes et mouillées.

— Je vous veux.

Elle tendit la main vers son sexe durci et le caressa légèrement.

— C'est ce que je vois.

Il ferma les yeux et gémit doucement.

— Vous êtes une femme très immodeste, Gillian d'Averette !

— Et vous un homme très insolent ! riposta-t-elle tandis qu'il commençait à promener les mains sur son corps.

— Insolent ? Je préfère dire... intéressé.

Il se pencha et suivit de sa bouche et de sa langue le trajet de ses mains.

Elle retint une exclamation lorsqu'il prit un téton entre ses lèvres et se rapprocha de lui, glissant les mains autour de son cou.

— Je suis toujours impatient, chuchota-t-il.

— Moi aussi, dit-elle dans un souffle, en se soulevant pour qu'il puisse entrer en elle.

Gardant les bras autour de son cou, elle monta et descendit tandis que le désir s'emparait d'elle, consciente que ses seins étaient à la hauteur de sa bouche et qu'il les taquinait sensuellement.

Le besoin de Gillian grandit et s'épanouit. Il devint plus fort et plus puissant. Tendu, ardent.

Leur respiration s'accéléra, ils poussaient des soupirs et de petits cris. L'eau passait par-dessus bord et trempait la chemise de Gillian tombée par terre, mais ils n'y firent pas attention. Le bain se refroidit et ils n'y prirent pas garde non plus, trop absorbés l'un par l'autre.

Et puis ce fut l'extase, sublime, puissante. Leurs cris emplirent la chambre jusqu'à ce qu'ils s'immobilisent, repus, satisfaits dans les bras l'un de l'autre.

*

— Je suggère que vous sortiez de là, Bayard, ou vous allez prendre froid, dit Gillian au bout d'un moment, sortant elle-même en frissonnant, puis ramassant sa chemise et constatant qu'elle était toute mouillée.

— Ou bien je serai complètement ratatiné, dit-il en sortant à son tour du baquet. Etalez votre chemise sur le tabouret près du réchaud et mettez-vous au chaud dans le lit.

— Mais je n'aurai rien pour me couvrir !

Les yeux de Bayard étincelèrent.

— Tant mieux.

Elle se réfugia sous les couvertures. Il la suivit et l'enlaça, lui frottant les bras pour la réchauffer.

L'humeur de Gillian changea brusquement.

— Qu'y a-t-il ? demanda Bayard. Vous ne vous sentez pas bien ?

Elle s'empourpra, évitant de croiser son regard.

— Je suis affligée... pour une sotte raison.

Il lui prit le menton et lui dédia un sourire encourageant. Il était difficile d'imaginer Gillian se comportant comme une sotte, à propos de quoi que ce soit.

— Quelle sotte raison ?

Elle baissa les yeux, ses cils épais se déployant en éventail sur ses joues.

— Je voudrais être plus belle pour vous.

Toute trace d'amusement disparut sur le visage de Bayard.

— Vous êtes la plus belle femme que j'aie jamais connue, Gillian...

Elle le regarda d'un air mélancolique.

— C'est gentil à vous de le dire, mais ce n'est pas vrai.

— Bien sûr que si ! Bien des femmes possèdent une

beauté extérieure que tout le monde peut voir, mais vous, vous possédez une bien plus grande beauté, qui ne s'affadira pas avec l'âge, parce qu'elle est en vous. C'est votre force et votre détermination, le souci que vous avez de vos gens, votre amour qui vous rendent vraiment magnifique, Gillian. Et il en sera toujours ainsi.

Elle tourna la tête contre son torse nu, pour qu'il ne voie pas les larmes qui lui montaient aux yeux.

— Vous ne pleurez pas, n'est-ce pas ?

— Non.

Pas vraiment, mais uniquement parce qu'elle essayait de se retenir.

— Bien... Parce que j'aime une femme avec du caractère, une femme qui n'a pas peur de me dire ce qu'elle pense.

Cela la fit sourire.

Il se redressa sur un coude pour caresser la courbe de ses seins, son ventre plat.

— Vous *êtes* belle. Et vous frissonnez encore, ma Gillian.

— Alors réchauffez-moi.

Il le fit, de la manière la plus plaisante qui soit.

Frederic dénoua la bride d'un cheval de la corde qui attachait ensemble les montures des mercenaires. La lune était un croissant dans le ciel et Richard et la plupart de ses hommes étaient endormis. Le jeune écuyer s'était montré prudent et silencieux et avait réussi à seller l'animal sans difficulté, ni déranger les autres chevaux qui s'étaient contentés de hennir doucement et de bouger leurs sabots.

Avec précaution, il conduisit sa monture le long d'un

étroit sentier entre les arbres. Il avait gardé un œil attentif sur la route qui les avait amenés là. D'Artage avait essayé de le confondre, mais il ne pouvait changer le soleil de place. Frederic savait qu'il était au nord-ouest d'Averette, probablement à une vingtaine de milles du château à vol d'oiseau. Il devrait chevaucher dur, mais son cheval était de qualité — sans doute volé à un chevalier – et il devrait pouvoir rejoindre Averette avant…

— Où allez-vous, mon beau jeune gentilhomme ? demanda une voix rude dans l'ombre.

— Messire Richard m'a demandé de porter un message pour lui.

Un homme grand et massif, un peu chauve et qui sentait encore plus mauvais qu'Ullric, sortit de l'obscurité.

— Où ? A qui ?

Frederic se redressa.

— Je n'ai pas à vous répondre.

Le mercenaire tira son épée. Il en avait une autre glissée dans sa ceinture, ainsi qu'une dague. Il ne portait pas de cotte de mailles, juste une tunique en cuir bouilli, et il avait un sourire narquois. Frederic était sûr que comme les autres, il le prenait pour un garçon tendre et gâté, trop peureux pour tuer un homme, craignant de frapper de toutes ses forces, manquant de sang-froid et de détermination.

Alors que la brute avançait vers lui, il attendit, comme messire Bayard le lui avait appris. Attendre pour ne pas gaspiller votre chance. Attendre pour distinguer le point le plus vulnérable. Attendre de telle sorte que votre adversaire pense que vous avez peur. Attendre, en particulier si vous êtes effrayé.

Et puis frapper, frapper dur. Vous n'aurez peut-être pas une autre occasion.

Il attendit, et le lourdaud malodorant qui ne doutait pas de sa victoire découvrit bientôt combien il avait sous-estimé Frederic de Sere.

Chapitre 21

— Votre chemise est-elle sèche ? demanda Bayard, tandis qu'il enfilait ses chausses.

Le baquet plein d'eau froide était toujours au milieu de la chambre. Ils n'étaient pas sortis depuis la veille au soir. Personne n'était venu les chercher, aucune urgence à gérer, alors ils n'avaient pas vu la nécessité de se montrer.

— Elle est encore un peu humide, mais ça ira, répondit Gillian en lui jetant un coup d'œil par-dessus son épaule.

Puis elle prit le vêtement et l'enfila.

— Je ne veux pas que vous preniez froid, ma dame. Vous devriez peut-être attendre ici et je dirai à Seltha de vous en apporter une autre.

— Certainement pas ! Je peux voir si une chemise est assez sèche pour la porter. Je ne suis pas une enfant encline à prendre des risques stupides, vous devriez le savoir, maintenant !

Il l'enlaça par-derrière et l'attira contre lui.

— Je suis fort conscient que vous êtes une femme, Gillian.

— Et pas stupide ?

— Par Dieu, non ! s'écria-t-il en feignant d'être

horrifié. De fait, vous êtes la personne la moins fantasque que j'aie jamais rencontrée. A côté de vous, Armand lui-même pourrait passer pour un bouffon !

Il la sentit se raidir dans ses bras, alors il la fit tourner pour qu'elle soit face à lui.

— Qu'est-ce qui ne va pas ? demanda-t-il en voyant sa mine contrariée.

Elle haussa les épaules.

— Je ne suis pas *tout le temps* sérieuse, Bayard...

Il embrassa son front, puis ses lèvres délectables.

— Je sais. Vous ai-je dit que j'adore votre rire ?

Elle leva les yeux pour le regarder avec un étonnement sincère.

— Vraiment ?

— Vraiment... Il me plaît beaucoup. Et votre façon de danser, aussi. Je me souviens que vous étiez très loin d'être sérieuse le soir de la fenaison.

Elle appuya la tête sur son torse.

— Je me sentais mal à l'idée de m'être conduite de manière inconvenante. Quand je pense à ce que j'ai fait depuis...

— Vous vous inquiétiez pour rien. Mais assez de ce badinage ! J'ai une patrouille à mener et vous avez une cotte à enfiler, parce que si vous ne le faites pas, je serai incapable de partir et je voudrai que vous restiez pour me tenir compagnie. Je peux être très persuasif, vous savez, et vous pourriez bien négliger sérieusement vos devoirs !

Malgré ses efforts pour la dérider, elle ne sourit pas.

— Ce ne serait pas tolérable, en effet.

Il regretta d'avoir mentionné ses devoirs, fût-ce pour plaisanter.

— Je ne voulais pas vous affecter, Gillian. Au contraire.

— Ce n'est pas ce que vous avez dit, Bayard. C'est juste que... que nous avons tant de raisons pour nous troubler... la mort de Dunstan, les traîtres, Frederic...

Ils avaient réussi à oublier tout cela un moment, dans les bras l'un de l'autre, mais avec le matin, la réalité et son fardeau d'inquiétudes les rattrapait.

Elle le regarda avec des yeux douloureux.

— Pensez-vous que votre écuyer soit mort ?

Elle était trop intelligente pour accepter un mensonge réconfortant, et il refusait de la traiter comme une femme faible incapable d'affronter la vérité.

— C'est une éventualité que nous ne pouvons écarter, mais je pense que si tel était le cas, nous aurions trouvé son corps. J'espère qu'il a simplement décidé de rentrer chez son père et payé quelqu'un pour l'emmener. Une charrette n'est certainement pas le moyen de locomotion qui sied le mieux à son orgueil, mais il n'a pas beaucoup d'argent. Et puis, cela expliquerait ce que le petit Teddy a vu...

— Et les meurtriers de Dunstan, et Richard d'Artage ? Croyez-vous qu'ils ont quitté la région ?

— Peut-être. Mais je vais continuer à chercher, répondit Bayard en bouclant son baudrier.

— Où allez-vous, aujourd'hui ?

— Vers le nord, en suivant la rivière.

Richard fusilla du regard l'idiot chargé de garder les chevaux.

— Que voulez-vous dire ? Un cheval n'est plus là et vous ne l'avez pas vu ni entendu le prendre ?

— C'est comme je dis, répondit le Danois, de l'écume au coin de ses lèvres qu'une barbe épaisse recouvrait presque, ses petits yeux porcins emplis de terreur. Je pense qu'il a mis quelque chose dans mon vin hier soir pour me faire dormir.

— Vous pensez qu'il cachait une potion soporifique sur lui et qu'il la transportait partout avec lui ? demanda Richard, la main serrée sur le pommeau de son épée, comme s'il se retenait à grand-peine d'occire l'incompétent.

Est-ce que vraiment il avait pu en être ainsi ? Est-ce que ce stupide garçon avait manigancé tout le long de le quitter ?

Etait-il retourné chez son père, effrayé par l'ampleur du complot qu'il lui avait dévoilé ? Etait-il allé rejoindre Bayard de Boisbaston à Averette pour le prévenir et ruiner tous leurs plans ? Et si c'était Bayard lui-même qui avait envoyé son écuyer découvrir ce qu'il pouvait sur les hommes qui avaient tué l'intendant ? Se serait-il à ce point trompé sur le jouvenceau ?

Ullric surgit alors des arbres voisins en courant.

— Juan est mort ! Je viens de trouver son corps dans les bois !

Richard grommela un juron.

— Où ?

Haletant, suant et sentant encore plus mauvais que d'habitude, Ullric indiqua la direction d'Averette.

Richard lâcha un autre juron.

— C'est ce petit morveux !

— Quoi, ce *garçon* ? Vous pensez que c'est lui qui a tué Juan ?

— Qui d'autre, idiot ? Si c'était Bayard ou ses hommes, ils nous auraient déjà attaqués. Le garçon a pris un cheval et il s'est enfui.

— Qu'est-ce que nous...
— Taisez-vous et laissez-moi réfléchir !

Combien de temps cela prendrait-il à Frederic pour retourner à Averette et avertir Bayard de leur présence ? Combien de temps faudrait-il ensuite au chevalier et à ses hommes pour arriver ici ?

Ils avaient fait des détours pour venir jusqu'au camp. Le garçon se perdrait sûrement en essayant de retrouver son chemin jusqu'au château et ensuite pour revenir, peut-être même tournerait-il en rond. Ce qui leur donnait un peu de temps. Ils pouvaient d'ailleurs peut-être encore le rattraper.

Il bouillait de rage. A croire que sa vie entière était marquée du sceau de la trahison ! Sa mère, tout d'abord, qui l'avait trahi en s'enfuyant avec un soldat, le laissant aux soins d'un père amer et furieux qui l'avait trahi à son tour en prenant une nouvelle épouse, plus jeune, et en engendrant d'autres fils pour lui voler son héritage. Sa première maîtresse, ensuite, qui lui avait pris son argent et son cœur. Sans parler de la trahison du roi, qui récompensait des hommes inférieurs à lui et l'ignorait.

Et maintenant, il avait été floué par un jouvenceau et trahi au bénéfice d'un beau chevalier à qui tout avait été donné ! Qui n'avait pas enduré la moindre épreuve pendant sa captivité en France. Dont le frère avait été récompensé en obtenant la main de la plus belle femme de la cour, Adelaide d'Averette, qui le regardait *lui*, Richard d'Artage, comme s'il était de la boue sous ses talons.

Avec un grondement furieux, il se jeta sur le Danois, et plongea sa dague dans sa gorge. L'homme n'eut même pas le temps de pousser un cri avant de mourir.

Richard laissa tomber le corps et se souvint seulement qu'Ullric et ses mercenaires regardaient.

— Il a failli envers moi, dit-il en guise de justification, tandis qu'il se baissait pour essuyer sa lame sur la tunique du mort. C'est ce que je fais à ceux qui manquent aux devoirs qu'ils me doivent.

Il désigna deux hommes qui le fixaient d'un air hagard.

— Vous et vous, enterrez-le et faites vite ! Ensuite, rattrapez-nous. Ullric, venez avec moi.

Gillian s'efforçait d'afficher une calme sérénité tandis qu'elle vaquait à ses tâches quotidiennes, mais comme la veille, elle notait avec désarroi la curiosité dont elle faisait l'objet et un manque de déférence manifeste chez certains de ses serviteurs. Elle fit de son mieux pour les ignorer.

Le père Matthew la prit à part après la messe. Elle s'attendait à ce qu'il lui parle et aurait même pensé qu'il le ferait plus tôt.

A présent, il se tenait devant elle dans la chapelle où elle s'était trouvée avec Bayard — si mémorablement, si fautivement – la nuit où elle avait veillé Dunstan.

— J'ai eu vent, ma dame, commença-t-il, de nouvelles fort troublantes à propos de messire Bayard de Boisbaston et vous-même.

Gillian ne vit pas l'utilité de mentir.

— Si vous avez entendu dire que j'ai passé la nuit dans sa chambre, mon père, c'est la vérité. Je l'ai fait.

— Pour discuter des affaires du domaine ? demanda-t-il avec un naïf espoir.

Elle fut touchée qu'il ne la condamne pas sur-le-champ, mais ne voulait pas cacher son péché.

— Non, mon père.

Il rougit violemment.

— Je suis choqué, ma dame. Choqué et déçu.

— J'ai conscience de ne pas m'être bien conduite, et je me confesserai. Je demanderai le pardon de Dieu, mais nous nous aimons.

— Cela ne suffit pas ! Vous n'êtes pas mariés et vous ne pouvez pas vous marier. L'Eglise interdit cette union.

— C'est pourquoi nous n'avons pas attendu le mariage.

Elle joignit les mains et parla avec force et résolution.

— Nous nous aimons, père Matthew.

Le prêtre leva une main pour la faire taire, plus impérieux qu'il ne l'avait jamais été.

— C'est ce qui résulte de votre conduite peu féminine ! J'ai averti votre sœur aînée à maintes reprises que vous auriez toutes les trois des problèmes si vous ne vous mariiez pas. Et voilà le résultat ! Si seulement vos parents vous avaient inculqué plus de vertus virginales ! Maintenant nous sommes témoins du résultat de leur négligence : votre sœur aînée qui se marie avec une hâte inconvenante, vous qui ne vous mariez pas du tout et Dieu sait ce qu'inventera votre sœur cadette !

— Je reconnais qu'il est contraire aux enseignements de l'Eglise de faire l'amour sans être mariés, répondit Gillian d'une voix sourde. Et mon père a bien essayé de nous inculquer des *vertus virginales*, contrairement à ce que vous pensez, en nous battant notamment au moindre écart, y compris si nous ne faisions que parler. Nous devions être faibles et douces comme notre pauvre mère, qui a souffert si cruellement entre ses mains, essayant en permanence de lui donner un fils jusqu'à ce qu'elle soit trop faible pour quitter son lit. Il l'a pratiquement *assassinée* parce que ses filles n'étaient pas assez bonnes à ses yeux et ne le seraient jamais !

Elle avait les mains sur les hanches, dans une attitude farouche, et tout son corps tremblait sous la force de sa colère.

— Si j'étais le seigneur d'Averette, plutôt que sa châtelaine, et si j'avais pris une femme dans mon lit sans projet de mariage, me parleriez-vous comme vous venez de le faire ? Oseriez-vous me réprimander comme si j'étais une enfant désobéissante ? Non ! Vous le faites parce que je suis une femme et que vous attendez de moi que je résiste aux avances d'un homme, alors que vous jugez par ailleurs les femmes faibles et frêles. Comment se fait-il, mon père, que nous devions être à la fois aussi fortes et aussi faibles ? Comment se fait-il que vous blâmiez Eve de son péché, mais pas Adam d'avoir été assez sot pour l'écouter ?

Le prêtre pointa sur elle un doigt tremblant.

— Taisez-vous, vile créature à la langue de serpent ! Mauvaise femme, qui ne se repent pas ! Vous rôtirez en enfer !

— Peut-être, si Dieu n'est finalement pas le père indulgent et aimant que vous nous avez toujours décrit. Mais je crois qu'Il l'est et qu'Il nous pardonnera notre amour, parce que c'est un amour *sincère*.

Là-dessus, elle tourna les talons et quitta la chapelle.

Alors qu'elle traversait la cour à grands pas pour se rendre dans la grand-salle, elle regretta de s'être mise en colère et plus encore de pécher, mais elle était persuadée que Dieu comprendrait et leur pardonnerait, puisqu'ils agissaient par amour.

Un cri s'éleva soudain du chemin de ronde.

Espérant qu'il ne s'agissait pas d'un nouveau problème, Gillian s'empressa d'aller à la poterne. Mais avant qu'elle n'y arrive, les portes intérieures s'ouvrirent pour admettre un cortège de bonne taille, avec un chevalier et une dame à sa tête.

La joie la submergea.

— Adelaide ! s'écria-t-elle en s'élançant vers eux.

Sa sœur démonta sans attendre l'aide de Ned, qui était venu se placer à côté de son cheval. Gillian supposa que le chevalier devait être Armand de Boisbaston, même si son arrivée était beaucoup moins importante pour elle que celle de sa sœur.

Elle se jeta au cou d'Adelaide et l'étreignit.

— Oh ! Adelaide ! Je suis si heureuse que tu sois venue !

— C'est bon d'être à la maison ! J'ai dit à Armand que nous devions quitter la cour dès que j'ai reçu ton message à propos du pauvre Dunstan.

Elle se tourna vers le chevalier vêtu d'une cotte de mailles qui attendait patiemment à côté.

Comme Bayard, il avait les cheveux sombres, mais les siens tombaient plus bas que ses larges épaules. Il avait les yeux bruns comme son frère, mais plus foncés et pailletés d'or. On sentait aussi leur ressemblance dans la forme de leur nez et de leur mâchoire.

— Gillian, voici mon époux, le seigneur Armand de Boisbaston, dit Adelaide, en le regardant avec affection et admiration.

— Dame Gillian, répondit son beau-frère, la voix aussi grave que celle de Bayard, mais beaucoup moins séduisante à son goût. C'est un plaisir. J'étais impatient de rencontrer mes deux belles-sœurs.

Le bonheur de Gillian s'émoussa cependant, car elle redoutait de leur révéler que Lizette n'était pas encore revenue au château.

— Lizette n'est pas...

— Pas ici, je sais, dit Adelaide avec un sourire apaisant. Nous avons reçu un message d'elle avant de quitter la cour. Elle est tombée malade en route, mais pas gravement, Dieu merci. Iain est avec elle.

Gillian se sentit subitement soulagée du lourd poids de la crainte et de la responsabilité. Si Iain était avec Lizette, alors cette dernière était en sécurité, et rentrerait bientôt.

— Où est Bayard ? demanda Armand.

— En patrouille. Venez dans la grand-salle... Il y a plusieurs choses dont je dois vous informer...

« Du mieux que je pourrai », ajouta-t-elle en elle-même.

Une fois qu'Adelaide eut pris le temps d'admirer la tapisserie accrochée derrière l'estrade, Gillian suggéra qu'ils se retirent dans la chambre de jour pour être tranquilles. Les serviteurs, heureux de voir dame Adelaide de retour à Averette et naturellement curieux de connaître son époux, affluaient dans la grand-salle, prétendant avoir à y faire ou être obligés d'y passer.

Lorsqu'ils furent seuls, Gillian et Adelaide s'assirent dans des fauteuils, tandis qu'Armand s'appuyait au rebord de la fenêtre, les bras croisés sur un torse aussi large que celui de Bayard.

Rapidement et de façon succincte, Gillian leur relata ce qui s'était passé depuis la mort de Dunstan. Adelaide et Armand furent choqués d'apprendre que Richard d'Artage pouvait être complice des hommes qui avaient tué l'intendant et que Frederic de Sere avait disparu.

— J'ai toujours pensé que Richard était trop lâche pour faire quoi que ce soit par lui-même, dit Adelaide, jouant nerveusement avec son crucifix en or orné d'émeraudes. Je n'aurais jamais pensé qu'il viendrait au château tout seul, même sous un déguisement.

— Moi non plus, renchérit sombrement Armand. Mais toute l'adresse du monde à se travestir ne le sauvera pas. Nous le trouverons !

— Nous craignons que Frederic n'ait rejoint les rebelles, continua Gillian. Nous avons malheureusement des raisons de croire qu'il est moins honorable que Bayard ne le pensait.

Elle leur parla alors de sa liaison avec Dena et de sa conduite insolente et pleine de morgue lorsqu'elle avait été découverte.

— Pauvre fille, dit Adelaide avec compassion. Comment va-t-elle maintenant ?

— Elle devrait bientôt être totalement remise, répondit Gillian. Je lui ai assuré qu'elle pouvait rester à Averette.

Elle jeta un coup d'œil à Armand, se demandant ce qu'il pensait de cette décision, mais il ne parut pas choqué. Il avait plutôt l'air satisfait.

— C'est bien, approuva Adelaide. Et tu n'as pas à craindre d'objections de la part de mon époux. Tu es en charge d'Averette, comme nous l'avons promis.

Gillian se demanda ce qu'ils penseraient lorsqu'ils entendraient dire que Bayard et elle étaient amants.

S'ils l'entendaient dire toutefois, car qui le leur révélerait ? Les serviteurs ? Elle doutait qu'ils l'osent. Les soldats ? Ils seraient susceptibles de le dire à Iain, peut-être. Le père

Matthew ? Cela semblait plus probable, mais peut-être que son explosion de colère le ferait hésiter.

Elle se leva.

— Vous devez tous les deux être fatigués et affamés. Venez, retournons à la grand-salle où vous pourrez vous restaurer.

Elle leur sourit.

— Si nous ne laissons pas les serviteurs observer tout à loisir ton époux, Adelaide, rien de bon ne sera fait aujourd'hui !

— Il faut donc que je m'expose ? demanda aimablement Armand.

— Je dois vous montrer, mon ami, répondit son épouse en lui donnant un petit baiser qui fit venir les larmes aux yeux de Gillian, tant elle leur enviait ce bonheur qu'ils pouvaient afficher sans risquer l'opprobre général.

— C'est la vérité, messire ! Je le jure sur ma vie !

La joue gauche de Frederic était meurtrie à la suite de sa chute de cheval et une flèche était fichée dans son épaule droite. Un des archers gallois d'Averette lui avait tiré dessus quand il n'avait pas obéi au commandement de Bayard de s'arrêter et de s'identifier.

Il pouvait bouger son bras et saignait peu, aussi Bayard était-il certain que sa blessure n'était pas mortelle. La voix implorante du jeune homme était forte également, ce qui attestait une certaine vitalité, mais cela pouvait être aussi du désespoir.

— Vous avez rejoint Richard pour découvrir ses plans, et non pas pour me trahir, c'est bien ce que vous affirmez ? demanda-t-il, répétant ce que Frederic leur avait dit, et sans se donner la peine de cacher son scepticisme.

Il espérait malgré tout que son écuyer disait la vérité, aussi peu plausible que ce soit.

— Je voulais faire mes preuves vis-à-vis de vous, messire. Comme Charles — enfin… Richard – ne cessait d'essayer de me faire dire que John était un mauvais roi, j'ai commencé à avoir des soupçons. Il me disait aussi constamment que vous étiez un homme horrible et m'offrait de me ramener chez mon père. Mais quand il buvait, contrairement à la plupart des hommes qui en perdent leur éloquence, il commençait à s'exprimer d'une manière trop parfaite pour être un simple marchand. Je pense qu'il oubliait qu'il jouait un rôle.

Frederic reprit son souffle et fit une légère grimace en portant sa main à sa joue.

— Il a suggéré que si je voulais quitter votre service, je le retrouve à la Tête de cerf. Il disait qu'il avait quelque chose de mieux à me confier. Je n'étais pas sûr de ce que cela pouvait être, ni s'il était un rebelle, alors j'ai décidé d'accepter son offre et d'essayer de découvrir la vérité. C'est à ce moment-là seulement qu'il m'a dit qui il était en réalité et j'ai fait comme s'il m'avait convaincu de me joindre à eux. J'ai rencontré ses hommes. Ils sont terribles, messires ! Brutaux, méchants et grossiers. Ce sont eux qui ont tué Dunstan. Je suis revenu vous le dire. Richard d'Artage est un traître et il doit être arrêté !

Bayard se pencha vers lui et l'aida à se remettre sur pied.

— Vous êtes sûr que son nom est Richard d'Artage ?

— Oui, mais j'ai compris qu'un autre noble était au-dessus de lui. C'est lui qui paye les mercenaires.

— Savez-vous qui il est ?

— Je l'ignore. Richard ne l'a jamais dit et Ullric, le chef des mercenaires, non plus. Il en parlait seulement quand il était ivre. Il ne cessait de dire que Richard ne devait pas se conduire comme s'il était Dieu tout-puissant parce qu'il était juste le laquais d'un homme riche. Les rebelles projettent de vous tuer, messire, ainsi que votre frère et tous les nobles qui pourraient aider John à rester sur le trône.

Bayard serra les mâchoires. C'était bien la conspiration qu'Armand avait éventée.

Ils n'aimaient pas John, tous les deux. Ils l'estimaient trop cupide, trop immoral, et trop égoïste pour être un bon roi. Mais l'alternative était l'anarchie ou un autre souverain qui serait peut-être pire. En outre, il avait juré de protéger *ce* roi.

— Lindall vous a trahi aussi, continua Frederic, le souffle court. Il a vendu à Richard des informations sur vous et vos patrouilles.

— Lindall ? répéta Bayard, aussi déconcerté que les soldats autour d'eux tandis qu'un murmure incrédule s'élevait parmi eux et qu'ils échangeaient des regards sceptiques.

— C'est un mensonge ! s'écria Alfric. Lindall est né à Averette. Iain a confiance en lui. Comme *nous tous*.

— Alors Iain se trompe et vous aussi, si vous pensez qu'un individu est loyal simplement parce qu'il est né à un certain endroit, répliqua Frederic. Richard lui a donné beaucoup d'argent, je l'ai vu !

— Encore une de vos inventions ! Et quand cela se serait-il passé, hein ? demanda Bran.

— Hier matin. Il a dit que personne ne le questionnerait s'il quittait un moment le château.

L'assurance d'Alfric et de Bran parut chanceler à

ces mots et les autres hommes se montrèrent soudain dubitatifs, eux aussi.

— Est-ce qu'il quitte souvent le château sans donner d'explication ? demanda Bayard.

— Oui, quelquefois, admit Alfric avec réticence. Je pensais... nous pensions tous qu'il voyait une femme au village. Pas Peg, car cela n'aurait pas été un secret, mais... la femme du meunier a toujours été gentille avec lui...

Bayard se maudit de n'avoir pas été plus attentif. Il n'aurait pas dû faire confiance à quiconque à Averette à part Gillian.

— Je vous jure sur ma vie, messire, que je suis loyal au roi béni de Dieu et à vous-même, reprit Frederic avec ferveur, en regardant son maître avec des yeux implorants. Vous êtes un chevalier honorable, quels que soient les mensonges de Richard à votre sujet. Je veux devenir comme vous, et non pas un lâche trompeur comme lui, qui engage des hommes monstrueux pour de sales besognes. Laissez-moi revenir à Averette pour être votre écuyer et vous servir... Je voudrais aussi dire à Dena que je suis désolé. Jetez-moi dans un cachot si vous voulez, mais j'aimerais la voir avant pour lui dire que je regrette d'avoir été cruel avec elle et essayer de réparer d'une manière ou d'une autre.

Bayard le crut et fut content de sa contrition, mais ils étaient en patrouille et ne pouvaient s'attarder davantage.

— Robb, Alfric... Ramenez Frederic à Averette... Nous allons continuer notre chemin pour essayer de trouver Richard.

— Mais vous avez besoin de moi ! protesta Frederic. Je peux vous montrer où ils ont établi leur camp !

— Même si je vous croyais — et je dois admettre

que je suis enclin à le faire —, ils ne seront plus là, répondit Bayard. Lorsqu'ils s'apercevront que vous êtes parti, si ce n'est pas déjà fait, soit ils s'enfuiront, soit ils attaqueront. J'espère qu'ils…

Une flèche siffla dans l'air et se planta à ses pieds.

Bayard empoigna alors Frederic par l'épaule pour le mettre à l'abri.

— Quittez la route ! ordonna-t-il à ses hommes tandis que d'autres flèches s'abattaient sur eux. Repliez-vous sous le couvert des arbres !

Avant qu'ils ne puissent tous deux atteindre son cheval, Frederic cria et tomba par terre, une flèche dans le côté.

Alors que les flèches se mettaient à pleuvoir comme une grêle d'épines, Bayard jeta le jeune homme sur son épaule et le porta jusqu'à son destrier. Il le hissa sur l'encolure de l'animal et monta derrière lui, puis fit volter Danseur d'un geste sec, tandis que d'autres flèches se fichaient dans la boue à côté d'eux. Il le mit au galop et fonça vers les aulnes et les chênes au-delà de la berge herbeuse.

Mais une flèche frappa le flanc du cheval avant qu'ils n'atteignent les arbres. L'animal hennit de douleur et trébucha, envoyant Bayard et Frederic culbuter sur le sol.

Faisant preuve de présence d'esprit, Bayard s'écarta en roulant avant que ses jambes ne soient prises sous son cheval. Il avait la tête qui tournait, mais restait conscient. Frederic gisait un peu plus loin.

Il entendit un bruit de sabots, tout près.

Attrapant alors son bouclier attaché à l'arrière de sa selle, il se tourna pour faire face à une colonne de cavaliers qui venaient vers eux. A leur tête se trouvait un chevalier qui portait un surcot d'un bleu éclatant orné de rouge et de vert.

Richard d'Artage.

Ils n'auraient pas le temps d'atteindre les arbres avant que Richard et ses hommes n'arrivent sur eux. Ils livreraient bataille sur place, tout de suite.

Bayard avait foi dans les soldats qu'il avait entraînés. Ils battraient n'importe quelle bande de mercenaires que Richard pourrait lancer contre eux.

Mais d'Artage était pour lui.

— Venez à moi, Richard, dit-il en écartant les pieds pour se maintenir bien en équilibre sur ses deux jambes.

Il tira son épée.

— Venez à moi, et puis allez à Dieu !

Chapitre 22

Le chevalier était-il devenu fou ? se demanda Richard quand il s'aperçut que Bayard de Boisbaston en personne se tenait sur la route comme un simplet, avec sa seule épée et son écu pour se défendre. Il avait vu les deux hommes tomber de cheval, mais n'avait pas osé rêver que c'était de Boisbaston lui-même.

— Il est à moi ! cria-t-il aux mercenaires qui chargeaient à côté de lui, levant son épée pour frapper.

Il allait lui couper la tête et l'envoyer à Armand comme présent...

Quelque chose bougea à l'extrémité de son champ vision, derrière le cheval de Bayard, allongé sur le sol et qui agitait ses sabots.

Non pas quelque chose... Quelqu'un !

Une personne qui sauta par-dessus le destrier et lui attrapa la cheville, le tirant à bas de sa selle.

Il se remit debout et frappa son assaillant avec une force sauvage, notant à peine que c'était Frederic, repoussant son corps ensanglanté avec son bouclier. Puis il entendit le cri de guerre de Bayard de Boisbaston par-dessus les bruits de la bataille — des vociférations, des hurlements, le fracas des lames, attestant que ses mercenaires affrontaient leurs adversaires.

Son sang pulsait dans ses veines. Il se mit en position, faisant face à Bayard qui avançait vers lui à grands pas, son épée levée, son côté gauche protégé par son bouclier, avec une telle expression de colère, de haine et de résolution que Richard sut que l'un d'eux allait mourir ce jour-là.

Bayard le savait aussi et ce serait Richard. S'il ne le haïssait pas déjà pour ce qu'il projetait de faire, le voir abattre son écuyer avec autant de violence aurait suffi pour qu'il tue ce scélérat sans hésitation ni remords.

— Vous êtes un homme mort, d'Artage ! cria-t-il.

Frederic aurait dû le laisser affronter d'Artage qui n'était pas un grand combattant. Pas une fois, à sa connaissance, il n'avait participé à une mêlée ou à des exercices d'entraînement à la cour.

— Dommage que vous tuer soit une mort trop rapide et trop facile pour vous, lança encore Bayard en se préparant à attaquer. Si un homme mérite la mort d'un traître…

— Voilà qui est parlé comme l'arrogant brailleur qu'est tout fils de Raymond de Boisbaston ! riposta Richard, pendant qu'ils se tournaient autour. Votre frère et vous pensez que vous êtes les seuls à savoir vous battre parce que je vous ai laissé le penser ! Pourquoi vous montrer ce que je peux faire avant d'en avoir besoin ? Un certain Carlo Del Ponti, en Italie, est un maître d'armes très adroit qui m'a bien formé, certainement mieux que votre père a pu le faire. Raymond de Boisbaston n'était qu'un bœuf mal dégrossi, un butor, un vaurien, et vous êtes comme lui !

— Nous allons voir qui de nous est le meilleur, répondit Bayard, notant que chaque fois que Richard faisait un pas sur la droite, son épaule droite s'affaissait un peu et qu'il se tournait légèrement, afin que son corps soit mieux protégé par son bouclier.

C'était un bon mouvement protecteur. Mais il comportait un risque, car il signifiait que Richard devait franchir une petite distance supplémentaire pour frapper.

— Armand et vous êtes condamnés ! Mais pas la belle Adelaide. Pas tout de suite. Pas tant que je n'aurai pas profité d'elle et ne lui aurai pas appris l'humilité !

Bayard eut un rire de mépris.

— Maintenant, je suis sûr que vous êtes un sot. Vous ne pourriez pas apprendre quoi que ce soit aux dames d'Averette.

— Mais vous si, je suppose ? Je suis certain que dame Gillian a eu besoin d'un peu d'instruction pour apprendre à être une vraie femme. Dites-moi, Bayard, ça ressemble à quoi, de coucher avec une créature si peu naturelle ?

La rage envahit Bayard, mais il la contint. Que cet homme dise ce qu'il voulait ; il n'allait pas voir un autre lever de soleil, d'autant qu'il avait remarqué une autre faiblesse chez son adversaire.

Richard commençait déjà à se fatiguer. Ses mouvements se faisaient plus lents et il haletait. C'était ce qui arrivait lorsqu'un homme ne s'entraînait pas pour rester souple. Il devenait aussi rouillé qu'une épée négligée, aussi mou et maladroit qu'un cheval qui mangeait trop d'avoine et faisait rarement de l'exercice.

Voulant le fatiguer davantage, Bayard feignit de frapper. Richard esquiva aisément le coup, mais sauta de côté pour cela et se hâta de reprendre sa position. Bayard ne lui laissa pas cette chance ; il frappa de nouveau, cette fois d'une manière plus décidée.

Richard para le coup, et facilement, dut-il reconnaître. Il avait effectivement été bien formé, sinon par un Italien, par quelqu'un qui s'y connaissait.

A distance, les bruits du combat se faisaient toujours entendre, mais avec moins de cris et d'armes qui se heurtaient, et Bayard eut l'impression qu'ils étaient plus lointains. Il espérait que ses hommes gagnaient et que les mercenaires s'enfuyaient.

Richard se jeta soudain sur lui. Son épée heurta son bouclier, le bois se brisant presque quand Bayard le repoussa.

Un instant de plus et…

Richard s'élança et frappa de nouveau. La lame de Bayard intercepta la sienne, la poussant vers le bas, puis l'écartant de son genou et de son pied.

Richard frappa encore, à revers cette fois, se tordant comme un serpent, plus rapide que Bayard ne l'aurait cru.

Par bonheur, il était lui-même très agile et s'écarta d'un bond, sans battre en retraite cependant. Il attaqua, abattant coup après coup sur le bouclier de son adversaire, le faisant chanceler et reculer, reculer encore, tandis qu'il avançait inexorablement.

De la sueur coulait sur le visage de Richard et gouttait au bout de son nez. Sa poitrine se soulevait et s'abaissait, témoignant de l'effort qu'il faisait pour respirer ; son souffle était rapide et rauque. Il se fatiguait bel et bien, alors Bayard continua à attaquer.

Puis il y eut le sifflement familier d'une flèche qui fendait l'air et le toucha dans le dos, s'enfonçant dans son haubert juste au-dessous de son omoplate gauche. Il chancela.

Grâce au ciel, Richard fut trop surpris lui-même pour en tirer profit. Le temps qu'il comprenne que Bayard avait été touché, ce dernier s'était repris et mis hors d'atteinte. La douleur irradiait et il sentait du sang chaud mouiller sa peau et son justaucorps. Néanmoins, ses vêtements bougeaient indépendamment de ses muscles, lui indiquant que la flèche avait suffisamment transpercé son armure pour l'entailler, mais pas assez pour se loger profondément dans la chair et les os.

En revanche, s'il laissait croire à Richard que le coup était mortel, il pourrait l'attirer plus près.

— Vous êtes cuit, Bayard, ricana Richard, manifestement sûr qu'il aurait maintenant le dessus. Je n'ai plus qu'à vous faire tomber.

— Alors faites-le, dit Bayard, les mâchoires serrées, abaissant son bouclier comme s'il était trop faible pour le tenir.

— Peut-être que je vais juste rester ici et vous regarder tomber tout seul. Ensuite, mes hommes et moi trouverons vos autres patrouilles et les prendrons une par une, jusqu'à ce qu'il n'y ait plus que les hommes restés à Averette. Nous assiégerons le château, et je dirai à dame Gillian de se rendre ou bien je mettrai le feu au village et tuerai tout le monde. Je crois me rappeler que votre frère a finalement donné Marchant quand Philippe a menacé d'en faire autant. La dame sera d'accord, vous ne pensez pas ? Elle tient tant à ses paysans et à ses villageois…

Bayard était sûr que Gillian se rendrait si elle y était ainsi forcée.

— Elle est aussi sotte que votre frère. Je l'aurai et,

à travers elle, Armand et Adelaide. Ils viendront à son secours et ce sera la fin pour eux.

— Vous paraissez bien sûr de vous, dit Bayard en faisant quelques pas sur la droite pour que Richard, l'épée toujours levée, le suive.

Puis il alla sur la gauche, le faisant bouger, le gardant en action, le fatiguant davantage.

— Oh ! Je suis certain que c'est ce qu'ils feront. Quand j'aurai tué Armand, je rejoindrai nos forces dans le nord et bientôt je serai à Westminster, près du nouveau roi.

— Qui sera… ?

Richard rit.

— Je l'ignore, mais n'importe qui vaudra mieux que John.

— Vaudra mieux pour vous, en tout cas, du moins est-ce ce que vous espérez, n'est-ce pas ? suggéra Bayard. Vous n'avez pas pu réussir avec John malgré vos flagorneries. Qu'est-ce qui vous fait penser que vous aurez plus de chance avec son successeur, qui saura déjà par votre traîtrise envers John qu'on ne peut vous faire confiance ?

Il entendit siffler une autre flèche et se déporta instinctivement sur la droite. Elle alla se ficher dans le sol non loin de lui.

— Laissez-le-moi ! cria Richard à l'archer solitaire qui avait tiré. Il est à moi !

Tandis que l'homme se retirait sous les arbres, un autre mercenaire, armé d'une hache, sortit en courant de la forêt comme s'il avait le diable à ses trousses. Il aperçut Bayard, s'arrêta en vacillant, puis tourna les talons et partit dans l'autre direction.

Avec un cri de triomphe, Bayard fit face à Richard.

— Vos hommes fuient !

— Juste un, répliqua Richard. Chaque armée a ses lâches.

— Chaque cour aussi, dit Bayard en levant son bouclier et en repartant à l'attaque, l'entaille de la flèche oubliée.

— Je ne suis pas un traître ! John n'est pas fait pour régner. Et vous savez que nous avons raison sur ce point. Tout homme sensé ne peut que le voir comme le bouffon intéressé et cupide qu'il est, un roi qui conduit son pays à la ruine et à la domination de Philippe. Rejoignez-nous ! Alliez-vous à nous pour renverser cette sangsue et je vous promets que vous serez richement récompensé.

Richard ne bougeait plus aussi vite, et ne tenait pas son épée d'une main bien ferme.

« Bientôt, se dit Bayard. Bientôt. » Tout ce qu'il avait à faire était de le pousser à continuer à parler et à se déplacer, et de prendre son temps.

— Même si je reconnaissais que John est un mauvais roi, essayer de le renverser va conduire à l'anarchie et à la guerre civile.

— Des hommes intelligents peuvent s'élever dans le monde en période d'anarchie et de guerre civile.

— Ou tomber, ce que vous prévoyez manifestement pour Armand, les dames d'Averette et moi-même...

— Je peux oublier d'anciens torts si vous nous rejoignez.

— Et faire d'Armand mon ennemi ?

Richard secoua la tête pour empêcher la sueur de lui couler dans les yeux.

— Convainquez-le de nous rejoindre. Vous seriez des alliés précieux et estimés.

— Quelle récompense pouvez-vous m'offrir ? Ou est-ce seulement votre maître qui peut faire de telles promesses ? C'est plutôt lui que je devrais rejoindre...

— Tuez-moi et vous ne saurez jamais qui il est.
— Frederic me l'a dit, mentit Bayard.
— Il n'a pas pu. Il n'en sait rien lui-même.
— Détrompez-vous, Richard. Nous sommes plus informés que vous ne le pensez.

Comme il l'avait prévu, il vit le trouble naître dans les yeux d'Artage et, à la vitesse de l'éclair, il leva son épée et frappa.

Il fut si rapide que Richard ne put parer le coup. De toutes ses forces, Bayard poussa sa lame en avant, mais la pointe en fut détournée par la cotte de mailles, sans faire grand mal.

Richard riposta, lui frappant le bras avec plus de force qu'il ne s'y attendait. Le coup ne transperça pas son haubert, mais il entendit craquer un os et une douleur fulgurante le força à lâcher son arme.

Richard mit alors le pied dessus et leva la sienne. Se servant de son bouclier comme d'un bélier, Bayard plongea, le poussa à terre et atterrit sur lui, ce qui projeta l'épée du traître à distance.

La bouche grande ouverte, Richard essayait de respirer pendant que Bayard tendait la main vers sa propre épée, dégagée. Richard attrapa alors son bouclier par le haut et le fit aller de droite à gauche et vice versa, exerçant ainsi une pression intolérable sur son bras blessé. Avec un cri de douleur et de frustration, Bayard dut se dégager des brides du bouclier. Richard en profita pour soulever l'écu et le frapper durement à la mâchoire.

Tandis que Bayard luttait pour se remettre de la douleur et du vertige occasionnés par le coup, Richard parvint à récupérer son épée. Le voyant de nouveau armé, Bayard roula sur lui-même, cherchant à attraper son propre glaive.

Richard chancela. Il leva son épée au-dessus de sa tête, juste comme Bayard atteignait le pommeau de la sienne. Il se tourna, voulant planter l'arme dans la poitrine de son assaillant, mais celui-ci recula hors de portée. Sa respiration se faisait maintenant sifflante et laborieuse, et ne s'expliquait pas seulement par l'épuisement.

Il devait être blessé. Mais où et comment cela se pouvait-il ? Bayard n'avait pas transpercé son haubert. Néanmoins, d'Artage était bel et bien touché car il s'appuyait sur sa gauche, essayant de protéger ce côté de son corps…

Ses côtes ! Quand il l'avait repoussé avec son écu, il avait dû lui casser des côtes !

Ragaillardi par cette conclusion, Bayard se mit debout. Son dos était en feu et la douleur de son bras cassé abominable. Mais il pouvait encore utiliser sa main gauche et il empoigna fermement son arme avec.

— Vous voulez vous rendre, Richard ?

— Mes coups ont dû vous affecter l'esprit, répondit l'autre, les lèvres pâles et pincées, levant son glaive pour se préparer à attaquer de nouveau.

Bayard esquiva aisément.

— Mon esprit va très bien. Comment vont vos côtes ?

— Elles sont en parfait état. Et votre bras ? Sentez-vous les os cassés qui raclent l'un sur l'autre ? Très douloureux, à ce qu'on m'a dit.

Ça l'était, mais Bayard se força à rire.

— Messire Raymond m'a fait plus mal que ça.

— Ah oui, votre père…, dit Richard en haletant.

Sa peau était devenue grise et il tenait son épée à deux mains.

— Voilà un bon comparse, pour vous ! Pas étonnant, avec un tel père, que vous essayiez de prendre toutes les femmes que vous voyez, même une femme ordinaire comme Gillian. Bon sang, il faut que vous soyez désespéré pour ramper entre les jambes de cette garce ! Ou est-ce parce qu'elle est devenue votre parente ? C'est le péché qui vous excite ?

— S'il y a un pécheur ici, rétorqua Bayard, ce n'est pas moi.

Alors que Richard bougeait de nouveau sur la droite et abaissait son épaule, Bayard saisit sa chance. Avec un rugissement, il fondit sur lui et l'aplatit de nouveau sur le sol. Mais cette fois, il posa un pied sur sa poitrine et appuya jusqu'à ce que Richard hurle de douleur.

— Je ne veux pas vous tuer, dit-il. Je veux savoir qui vous donne vos ordres.

— J'aime mieux... mourir... que de le dire...

— Si vous n'êtes pas le cerveau de la conspiration, vous pourriez rester en vie.

— Vous me mettriez... dans un cachot... La mort... d'un traître.

Bayard hésita. Que pouvait-il offrir à un traître ? Le bannissement ? L'exil ? Est-ce qu'un homme comme lui se satisferait de fuir le pays pour ne jamais revenir ? De vivre sans argent, sans pouvoir ? Renoncerait-il à la vengeance ?

Soudain, un cheval surgit d'entre les arbres, portant un mercenaire qui fuyait la bataille à toute vitesse, et qui se dirigeait droit sur eux.

Chapitre 23

Quand ce qui restait de la patrouille de Bayard entra dans la cour, Gillian courut aux portes, Adelaide et Armand sur les talons. Elle chercha frénétiquement le chevalier parmi les hommes à cheval, dont plusieurs étaient visiblement blessés.

— Je vais chercher tes médecines, proposa Adelaide quelque part à côté d'elle, tandis qu'elle apercevait, horrifiée, un corps recouvert d'une cape en travers d'un des chevaux.

Ce ne pouvait pas être Bayard ! S'il était mort, elle le saurait. Elle le sentirait dans son cœur. Dans son âme.

— Où est Bayard ? demanda-t-elle à Robb, qui saignait d'une profonde entaille au front et démontait avec lenteur et difficulté.

— Il n'est pas ici ? répondit-il, regardant autour de lui d'un air troublé.

Peut-être était-il juste étourdi par sa blessure, qui ne paraissait pas très grave. Elle en saurait plus lorsqu'il ôterait son heaume.

— Vous êtes les premiers à rentrer.

— Dieu le garde, alors, murmura Robb en essuyant le sang de son visage. Il n'est pas avec nous.

— Que s'est-il passé ? demanda la voix grave d'Armand.

Robb le regarda, puis regarda Gillian d'un air encore plus troublé.

— Qui est-ce ?

— Le seigneur Armand de Boisbaston.

Elle se rappela alors ses devoirs de châtelaine d'Averette, ce qu'elle était toujours par un serment solennel, même si Adelaide était ici.

— Venez dans la grand-salle et dites-nous ce qui est arrivé pendant que je soignerai votre blessure.

Elle haussa la voix et ordonna :

— Tous les blessés avec moi !

Robb fit un pas, chancelant. Armand s'empressa de l'aider. Au lieu de l'interroger plus avant, Gillian arrêta Alfric qui se dirigeait en boitant vers la grand-salle.

— Qui est mort ?

— Frederic de Sere, ma dame. Ce salaud qui se disait marchand de vin l'a ouvert du cou à l'entrejambe.

Une plainte comme Gillian n'en avait jamais entendu déchira l'air. C'était Dena. La jeune fille glissa sur le sol en sanglotant. Gillian partit vers elle avant que Robb ne se libère du bras d'Armand qui le soutenait pour trottiner à son tour jusqu'à elle. Il l'enlaça d'un bras et, lui murmurant tendrement des mots de réconfort, la remit sur pied. Malgré sa propre blessure, il l'aida à rentrer.

— Frederic est mort vaillamment, ma dame, en essayant de sauver la vie de son maître, dit Alfric.

En essayant ?

— Il a fait tomber ce Charles de Fénelon de son cheval, l'empêchant ainsi de frapper messire Bayard...

— Et ensuite ?

— Ensuite, ma dame, j'ai été trop occupé à me

battre contre une grande brute de Germain pour voir ce qui se passait. J'ai été séparé de tout le monde et je ne les ai retrouvés qu'à la fin de la bataille. Robb nous a dit de revenir ici.

— Sans messire Bayard ?

Alfric fronça les sourcils.

— Robb a dit qu'il était parti après ce marchand de vin. Je n'en sais pas plus.

— Je vois, dit Gillian en rassemblant son courage.

Jusqu'à ce qu'elle voie le corps de Bayard, elle croirait — elle *devait* croire – qu'il était en vie, sain et sauf.

— Allez dans la grand-salle, vous aussi. Je vais examiner votre jambe...

A travers la foule des chevaux et des soldats, des palefreniers et des valets d'écurie qui avaient envahi la cour, elle aperçut plusieurs serviteurs qui attendaient anxieusement à la porte de la cuisine ou près du puits.

— Allez chercher de l'eau ! cria-t-elle aux femmes. Il nous en faudra beaucoup pour soigner les blessés. Seltha, apportez-moi tous les linges que vous pourrez trouver. Vous, les garçons d'écurie, apportez de la paille fraîche pour faire des palettes. Umbert, préparez du ragoût et du pain blanc. Et demandez à Edun de mettre en perce deux tonnelets de cervoise pour ceux qui ne sont pas blessés. Ils l'ont bien mérité.

Elle prit ses jupes à deux mains, concentrée sur ce qui devait être fait immédiatement, et se hâta d'entrer dans la grand-salle, qui était pleine maintenant d'hommes blessés et harassés.

Adelaide l'attendait sur l'estrade avec son coffret de médecines. Elle avait remonté ses longues manches, exposant ses bras minces, et s'était ceint la taille d'un drap pour protéger sa cotte. Elle en avait un autre pour sa sœur.

— Dis-moi ce que je dois faire, dit-elle à Gillian qui, à son tour, roulait ses manches.

— Aide-moi à décider qui est le plus gravement blessé. Et demande si quelqu'un sait où se trouve Bayard. Où est Armand ?

— Il s'occupe des chevaux et s'assure que nous sommes préparés à une attaque éventuelle.

— Nos ennemis ont dû plus souffrir que nos hommes. Il ne doit pas en rester assez pour attaquer le château.

— Si c'est la seule force dont ils disposaient…, répondit Adelaide, avec une expression d'angoisse et de crainte qui reflétait celle de sa sœur.

Peut-être n'était-ce qu'une attaque préliminaire… Peut-être y avait-il une autre troupe, plus puissante, prête à se lancer à l'assaut d'Averette…

Gillian aperçut l'un des valets d'écurie qui arrivait avec une brassée de paille.

— Laissez cela et allez trouver messire Armand. Prévenez-le que les fermiers et les villageois vont sûrement affluer pour se mettre à l'abri au château. Je suis sûre que certains ont dû voir rentrer la patrouille et rassemblent déjà leurs affaires. Puis trouvez Lindall et dites-lui de venir me voir. Certains des villageois vont avoir besoin d'aide, continua-t-elle à l'intention de sa sœur, et les paysans des fermes éloignées doivent être prévenus et amenés ici. Je vais dire à Lindall d'envoyer des hommes les chercher.

Espérant que toutes les familles se retrouveraient rapidement à l'abri entre les murailles de la forteresse, elle reporta son attention sur les blessés. Par bonheur, il n'y avait rien de plus grave que de profondes coupures et des blessures musculaires, facilement soignées, et le temps qu'elle finisse, Armand les avait rejoints dans la grand-salle.

Gillian put dire à son expression qu'autre chose était arrivé, et que ce n'était pas bon.

Il n'attendit pas qu'elle l'interroge et leur parla à toutes les deux, même si son regard allait le plus souvent à son épouse.

— Lindall est introuvable. Personne ne l'a vu depuis que les patrouilles sont parties ce matin et qu'il a annoncé qu'il se rendait au village.

Cela ressemblait à l'histoire de Frederic. Que Dieu leur vienne en aide ! Que ce ne soit pas comme Frederic !

Mais Armand ne paraissait pas inquiet ; il avait l'air en colère.

— Pardonnez-moi, Gillian, mais je dois vous le demander : à quel point faites-vous confiance à Lindall ?

Elle le fixa, déconcertée. Le commandant en second était à Averette depuis qu'elle était enfant.

— Je lui confierais ma vie.

— Moi aussi, dit Adelaide, également surprise par la question de son époux.

— L'un de vos hommes m'a dit que d'après l'écuyer de mon frère, Lindall nous aurait trahis au profit de Richard. Qu'il a vendu des informations sur les circuits des patrouilles. Je me suis rendu moi-même dans ses quartiers et il semble qu'il ait empaqueté toutes ses affaires avant de franchir les portes ce matin.

Gillian prit la main de sa sœur et la serra très fort. Non, pas une autre erreur ! Pas une autre défaillance !

Les yeux sombres d'Armand s'emplirent de sympathie.

— La traîtrise se présente sous de nombreuses formes. Elle peut être difficile à voir et encore plus difficile à accepter.

— Je refuse de perdre foi, sans preuve plus manifeste, en un homme qui est au château depuis si longtemps. Il doit y avoir une explication. Mais d'abord, nous devons découvrir ce qui est arrivé à Bayard.

Armand ne dit rien, Adelaide non plus, mais ses yeux dirent une foule de choses à son époux tandis qu'ils suivaient Gillian jusqu'à la couchette de paille sur laquelle Rob était allongé. Dena était assise à côté de lui et lui tenait la main.

Le soldat batailla pour s'asseoir quand il les vit s'approcher. Sa blessure avait beaucoup saigné, comme toutes les blessures à la tête ; par chance, elle n'était pas profonde et son crâne n'avait pas été endommagé.

— Des nouvelles de messire Bayard ? demanda-t-il.

— Pas encore, répondit Gillian en faisant signe à Dena de se rasseoir.

La jeune fille s'était levée pour lui offrir son tabouret. Puis elle demanda :

— Que s'est-il passé aujourd'hui ?

— Commencez par le début, ajouta Armand.

Robb hocha la tête, prit une grande inspiration et jeta un coup d'œil à Dena avant de répondre.

— Alors que nous avancions en bordure de la forêt, le jeune Frederic est arrivé vers nous à cheval et Ianto, pensant qu'il était contre nous, lui a tiré une flèche dans l'épaule. Ce Gallois est toujours trop prompt avec son arc ! Mais il faut dire aussi que l'écuyer n'a pas répondu à l'ordre de s'arrêter de messire Bayard…

Ianto, qui était assis non loin et buvait de la cervoise, grogna pour protester.

— C'est vrai, dit Robb. Quoi qu'il en soit, Frederic est tombé de son cheval et messire Bayard a démonté pour aller à lui. Quelques-uns d'entre nous ont essayé de l'arrêter, pensant que cela pouvait être un piège, mais il n'a pas écouté. Frederic a dit qu'il venait pour nous conduire aux hommes qui ont tué Dunstan. Ils étaient menés par un traître, Richard quelque chose…

— D'Artage ? suggéra Adelaide.

— Oui, c'est ça ! confirma Robb en lançant un autre coup d'œil à Dena, la voix et l'attitude plus assurées. Messire Bayard n'était pas très enclin à le croire, je peux vous le dire, pas plus que nous autres. Et quand Frederic a accusé Lindall de vendre des informations à ce Richard, j'ai été sûr qu'il mentait.

En voyant leur mine consternée, il fronça les sourcils.

— Quoi ? Vous le croyez ?

— Nous avons des raisons de le faire, répondit Gillian. Continuez.

— Eh bien, ma dame, ensuite nous avons été attaqués. J'ai alors pensé que je ne m'étais pas trompé au sujet de Frederic, que c'était bien un piège, jusqu'à ce qu'il soit frappé d'une autre flèche.

— Alfric nous a dit qu'il a été tué en essayant de sauver messire Bayard…

— Je savais qu'il n'était pas mauvais, murmura Dena, les larmes aux yeux.

— Qu'avez-vous vu avant cela ? demanda Armand.

— Avant cela, messire Bayard nous a ordonné de nous replier sous les arbres. Il avait hissé Frederic sur son destrier Danseur quand des cavaliers sont apparus, avec l'air de démons à cheval. Danseur a été touché et il est tombé. Mais messire Bayard s'est relevé et il a attendu que celui qui conduisait les mercenaires l'attaque.

— Gente Mère de Dieu ! murmura Gillian, horrifiée.

— Il n'a pas été piétiné, ma dame, dit Robb avec un sourire encourageant, même s'il n'était pas complètement rassurant. La dernière fois que je l'ai aperçu, il se battait contre ce Richard et avait l'air de gagner.

Gillian fut soulagée de l'entendre, mais si Bayard avait vaincu son adversaire, pourquoi n'était-il pas rentré à Averette ?

— Est-ce que quelqu'un d'autre a vu messire Bayard durant l'escarmouche ? demanda-t-elle aux autres soldats.

— Moi, ma dame ! annonça Ianto. Il avait son adversaire à terre et je pensais que cela allait être la fin, quand un cavalier a chargé depuis le bois, droit sur lui. Il s'est enlevé du milieu, heureusement mais l'homme qui était à terre, Charles, Richard ou qui que ce soit, était de nouveau sur ses pieds. Alors que le cavalier passait, il lui a attrapé la jambe et l'a tiré à bas de sa selle. Ensuite, il a mis le cheval entre messire Bayard et lui et a réussi à l'enfourcher. Je vous le dis, ma dame, il pouvait à peine bouger mais il a grimpé sur la bête, probablement parce qu'il savait qu'autrement, il serait mort.

Ianto s'arrêta un instant pour reprendre son souffle.

— Alors un autre cavalier est sorti du bois — les lâches s'enfuyaient tous, à ce moment-là – et messire Bayard l'a fait tomber de son cheval et a pris sa monture. J'ai pensé qu'il allait tomber, vraiment, parce qu'il a été touché, mais il est resté en selle. Il est parti après l'autre homme, le poursuivant sur la route de Londres. J'ai couru derrière lui, lui criant d'attendre que je prenne un cheval, moi aussi, mais il ne s'est pas arrêté. Je ne sais pas s'il m'a entendu ou non.

— Il ne voulait pas risquer que Richard s'enfuie, surtout s'il pensait qu'il avait des informations importantes, commenta Armand, confirmant ce que Gillian pensait et craignait. Au moins, nous savons dans quelle direction ils sont allés.

— S'ils sont restés sur la route, murmura Gillian d'un air consterné.

Le soir était tombé et la nuit rendrait cette poursuite plus dangereuse encore.

— Nous ne pouvons ressortir maintenant, dit Armand. C'est trop risqué. Il n'y a même pas un quartier de lune pour nous éclairer !

Gillian se représenta Bayard gisant blessé et seul dans l'obscurité. Ianto avait dit qu'il avait été touché. Si sa blessure était sérieuse, le temps était capital. S'il perdait du sang, si la nuit était très froide ou qu'il se mettait à pleuvoir, il pourrait être mort au matin.

S'il ne l'était pas déjà.

Son esprit et son cœur refusaient tout simplement d'accepter cette éventualité. Il fallait qu'on le retrouve et on le retrouverait !

— Des patrouilles peuvent partir à sa recherche dès maintenant en prenant des torches.

Armand la regarda avec tristesse et regret.

— Je désire retrouver mon frère, Gillian — et Dieu sait à quel point – mais c'est un trop grand risque. Même avec des torches, nous ne pourrions suivre ses traces, surtout s'ils ont quitté la route. Si Richard a un grain de bon sens, et je sais que c'est le cas, il ne restera pas sur la route, justement parce qu'il serait trop facile de le suivre. Je suis désolé, mais nous devons attendre demain matin, et prier entre-temps pour que Bayard soit sain et sauf.

D'un point de vue rationnel, les arguments d'Armand étaient parfaitement recevables. Il n'y en avait d'ailleurs pas d'autres à avancer. Dans le noir, une patrouille pouvait non seulement passer à côté de traces, mais encore aggraver les choses en détruisant des indices importants. Néanmoins, le cœur de Gillian se rebellait à l'idée de ne rien faire hormis attendre.

Adelaide posa la main sur son bras.

— Il a raison, Gillian…

— Fort bien, acquiesça-t-elle avec réticence.

Elle devait se montrer forte et courageuse, comme Bayard. Mais elle ajouta :

— Demain je me joindrai aux recherches.

Armand parut sur le point de protester, mais Adelaide appuya sa décision.

— Bayard est apparemment blessé, et Gillian pourra lui donner sur place les premiers soins.

L'image du corps de Bayard ensanglanté, échoué dans un fossé, lui vint à l'esprit et un sanglot d'angoisse et de désespoir lui monta dans la gorge.

Elle se força à le réprimer. Elle devait être forte, montrer à Armand qu'elle pourrait faire face, afin qu'il la laisse aller avec lui. Et les gens d'Averette avaient également besoin qu'elle se montre forte, un pilier d'assurance en cette terrible période.

— Entendu, accepta Armand. Nous partirons à l'aube.

Il lui décocha un sourire qui se voulait plein d'espoir.

— Essayez de ne pas vous inquiéter, Gillian. Richard d'Artage est plus un courtisan qu'un guerrier. Je ne serais pas surpris si nous retrouvions mon frère assis quelque part sous un arbre, le traître ligoté comme un rôti à côté de lui.

Gillian désirait le croire, mais jusqu'à ce qu'elle revoie le chevalier, ses craintes prendraient le pas sur l'espoir.

Ce fut la douleur, une douleur lancinante qui lui parcourait le bras et le dos, qui éveilla Bayard. Il faisait nuit noire et il n'y voyait goutte. Il avait dormi à l'abri d'un buisson d'aubépine, blotti dessous comme la créature blessée qu'il était, après être tombé de son cheval dans des genêts, trop étourdi pour continuer la poursuite.

Une fois qu'il s'était retrouvé à terre, le cheval enfui, il s'était dit qu'il allait se reposer un moment, puis essayer de retourner à Averette à pied.

Richard devait toujours chevaucher à travers bois et prairies, évitant les fermes et le bord de la rivière où des gens pourraient le voir.

Il était blessé lui aussi, les côtes probablement cassées. Comment, alors, pouvait-il rester sur sa monture ?

Car il était bien resté dessus, non ? Ou est-ce qu'il avait poursuivi un cheval sans cavalier, Richard se trouvant encore quelque part derrière lui ?

Pourvu que non !

Frissonnant et claquant des dents, Bayard passa sa langue sur ses lèvres sèches et gercées. Il pouvait sentir le goût du sang là où elles étaient entaillées.

Il fallait qu'il se lève. Il fallait qu'il continue à avancer et qu'il trouve de l'eau. Il ne pouvait rester immobile et risquer de sombrer dans un sommeil dont il ne se réveillerait pas.

Tenant son bras cassé contre sa poitrine, il se mit debout en vacillant. Au-dessus de lui, des étoiles emplissaient le ciel nocturne, points brillants qui pouvaient illuminer le firmament, mais prodiguaient bien peu de lumière aux mortels ici-bas. Où était la lune ?

Là... Un simple quartier pâlot... Pas grand-chose pour éclairer son chemin. Et il ferait encore plus froid avant l'aube. S'il vivait jusque-là...

Il le devait. Gillian l'attendait. Elle avait besoin de lui. Et lui, il avait besoin d'elle. Il ne pouvait pas mourir maintenant, pas alors il avait trouvé une femme dont l'amour le rendait meilleur, le faisait se sentir digne, respecté et bon. Quoi que l'avenir leur réserve, il fallait qu'il la revoie, qu'il lui dise une fois encore qu'il l'aimait.

Ses genoux semblaient trop faibles pour le porter. Il fallait qu'ils tiennent bon, pourtant, il le fallait ! Il *devait* retourner auprès de Gillian !

Combien de fois était-il resté debout pendant des heures dans la cour du château de Boisbaston, certain qu'il allait s'effondrer, épuisé, affamé, assoiffé, trempé s'il pleuvait. Il n'avait jamais renoncé, alors. Refusant farouchement de faire ce plaisir à son père. Il resterait debout jusqu'à ce qu'il meure, se disait-il.

Cette nuit, il marcherait jusqu'à son dernier souffle.

Et si Richard avait également perdu son cheval ? S'il tombait sur lui ? Il avait toujours son épée, mais aurait-il la force de la manier ?

Malade de fatigue et de douleur, il s'appuya à un arbre. Il reposa son corps contre l'écorce rugueuse, reconnaissant de ce soutien. Il allait rester là un moment.

Juste un moment.
Ses jambes commençaient à fléchir, mais il s'efforça de rester droit : il était Bayard de Boisbaston et il ne renoncerait pas !

Chapitre 24

Le lendemain matin, Gillian, Armand, plusieurs soldats à cheval, et Robb conduisant une meute de chiens en laisse, quittèrent le château de bonne heure pour se mettre à la recherche de Bayard.

Robb avait déclaré que sa tête allait parfaitement bien. Comme il semblait en effet en forme et qu'il était leur meilleur homme pour ce genre de tâche, Gillian avait accepté qu'il les accompagne. Elle avait également remarqué le baiser d'au revoir que Dena lui avait donné avant qu'ils ne se mettent en route ; elle était heureuse pour sa jeune servante, même si cette scène lui avait serré le cœur, la replongeant plus encore si c'était possible dans ses propres angoisses.

Malgré les qualités de pisteur de Robb et le flair aiguisé des chiens, chacun d'eux inspecta les arbres et les buissons autour de la trace que les deux chevaux avaient laissée et qui s'éloignait du lieu de la bataille. Quelques hommes restèrent en arrière pour s'occuper des corps qu'ils trouvèrent. Aucun, cependant, n'était d'un homme d'Averette. Iain et Bayard avaient bien entraîné les soldats ; il y avait eu des blessés, mais personne n'était mort.

On ne pouvait pas dire la même chose des attaquants, et quand ils arrivèrent ce matin-là, les corbeaux et les charognards étaient déjà à l'œuvre.

Gillian ramena son attention sur les marques de sabots présentes sur les bas-côtés herbeux coupés ras sur le bord de la route. Il semblait que les chevaux avaient rapidement quitté la route pour entrer dans le bois, traverser un pâturage puis pénétrer dans un autre bois qui s'étendait jusqu'à la lisière du domaine et au-delà.

Alors qu'ils avançaient à travers la forêt peu éclairée, le bruit des sabots étouffé par l'humus et les feuilles mortes, l'inquiétude et la tension les tinrent silencieux. Les seuls sons qui brisaient le silence étaient le craquement du cuir, le souffle des chevaux et le tintement des pots en terre qui se trouvaient dans la sacoche que Gillian avait attachée à sa selle, bien enveloppés pour éviter qu'ils ne se cassent. Elle avait apporté de la teinture de prêle pour arrêter les saignements, du pavot pour apaiser la douleur et des linges propres pour les bandages.

Elle était épuisée après une nuit passée sans sommeil, cependant tous ses sens étaient en alerte pour déceler le moindre signe d'un cheval ou d'un homme, tout indice que Bayard et Richard étaient passés par là.

De temps en temps, elle jetait un coup d'œil devant elle à Armand qui chevauchait avec une belle autorité à la tête des soldats. Il était clair qu'ils le respectaient autant que Bayard ou Iain.

Il était également évident qu'Armand était très inquiet pour son frère, même s'il s'était montré aussi rassurant qu'Adelaide la veille au soir, quand ils étaient restés dans la grand-salle bien après que tout le monde s'était retiré.

— Bayard est l'homme le plus résistant que j'aie

jamais rencontré, avait-il dit en étendant ses longues jambes devant lui. Quand notre père nous faisait tenir des seaux d'eau ou de sable pendant des heures à bout de bras pour nous punir, Bayard tenait toujours plus longtemps que n'importe qui.

— Il a fait tenir des seaux d'eau à un de mes hommes qui s'était enivré. Il disait que c'était moins humiliant que le pilori.

— Je suppose, mais ça vous donne l'impression que vos bras vont se détacher de votre corps !

Armand avait pris la main d'Adelaide, alors, comme s'il avait besoin de son contact. Tout comme Gillian aspirait au contact de Bayard.

— Je me souviens de la première fois où Bayard est vraiment sorti de ses gonds, avait-il poursuivi. L'avez-vous déjà vu réellement furieux, Gillian ?

— Oui.

Les deux époux avaient échangé un regard.

— Quand Dunstan a été tué.

— Ah, bien sûr, avait murmuré Armand. Une chose atroce…

— Je pense que vous auriez apprécié Dunstan, avait dit Adelaide en pressant sa main. Il ressemblait assez à Randall.

L'ami que Bayard avait mentionné en lui racontant l'histoire des pommes volées, se souvint Gillian.

— Vous alliez me parler de la première fois où Bayard s'est mis en colère…

Armand lui avait décoché un petit sourire contraint.

— Eh bien, je commençais à douter qu'il ait du caractère, ce qui, considérant les folles rages de sa mère, était assez surprenant. Et puis un jour, il a essayé de voler des pommes dans un monastère voisin.

— Il m'a raconté qu'il est tombé du pommier.

— Il vous l'a dit ?

— Oui. Quand je lui ai demandé d'où venait la cicatrice de son visage. Mais il n'a pas dit qu'il s'était mis hors de lui.

— Eh bien, si. Une sacrée colère... Ma belle-mère m'a blâmé de sa sottise, alors que j'étais en train d'étudier. Elle me criait après — ce qui n'était pas rare chez elle – et elle a levé la main pour me frapper.

Armand avait imité le geste.

— Et soudain Bayard a surgi, la joue aussi bien cousue que cette tapisserie derrière nous, avec l'air de pouvoir faire craquer ses points de fureur. Il a dit que si elle portait la main sur moi, elle le regretterait. J'ignore ce qu'il avait l'intention de faire et je pense qu'elle ne le savait pas non plus, soit la frapper en retour, soit aller trouver notre père. Mais à ce moment-là, il paraissait capable de tout. Elle l'a traité d'ingrat petit morveux, puis elle a baissé sa main. Elle ne nous a plus jamais frappés ensuite, ni l'un ni l'autre.

Gillian s'était rappelé l'air de Bayard quand il s'était tenu derrière elle lors de l'audience, et lorsqu'ils avaient appris la mort de Dunstan, et lorsqu'ils étaient allés chercher son corps. Capable de tout ? Si quelqu'un qu'il aimait était menacé, elle n'en doutait pas.

Mais il était capable aussi d'une grande douceur et de beaucoup de gentillesse. Capable d'aimer...

— Là en bas, près du ruisseau !

Robb leva le bras et désigna quelque chose. Il marchait en avant, et venait de s'arrêter au bord d'une petite gorge, regardant d'un côté et de l'autre. Gillian s'attendait presque à ce qu'il se mette à renifler comme l'un des chiens qui jappaient et tiraient sur leur laisse avec excitation.

L'espoir fusa en elle tandis qu'Armand et elle mettaient leur cheval au trot, s'approchant aussi près que possible de la pente rocailleuse qui descendait vers un petit cours d'eau bordé de fougères, ruisselant sur des rochers et des galets.

Un homme gisait à plat ventre sur l'une de ses berges, vêtu d'un haubert et d'un heaume.

Gillian vit immédiatement que le surcot qu'il portait n'était pas celui de Bayard. Dieu soit loué, ce n'était pas lui !

— D'Artage, marmonna Armand.

Il regarda Gillian, puis démonta et lui tendit la main.

— S'il est encore vivant, il pourra peut-être nous dire où se trouve Bayard.

Elle hocha la tête et accepta son aide pour descendre de cheval, puis elle saisit ses jupes à deux mains et se mit à descendre, glissant, trébuchant, mais sans quitter des yeux l'homme au-dessous. Il avait la main tendue près de l'eau claire ; il avait probablement essayé de boire avant de glisser dans l'inconscience.

Armand l'atteignit le premier. Il s'agenouilla et le retourna doucement.

C'était bien l'homme qu'elle connaissait sous le nom de Charles de Fénelon. Le devant de son surcot était mouillé de sang, il avait les yeux fermés et le visage pâle.

— C'est Richard d'Artage, dit Armand tandis qu'elle s'agenouillait en face de lui. Il est vivant, mais à peine.

La respiration du blessé était rauque et irrégulière,

indiquant à Gillian que ses poumons devaient être endommagés, peut-être par un coup ou une chute de cheval. Son visage était plus gris que blanc et ses lèvres bleues. Malgré le froid du petit matin, il ne frissonnait pas, ce qui prouvait combien il était faible ; son corps n'avait plus assez de vitalité pour trembler.

Si elle avait jamais vu un homme aux portes de la mort, c'était maintenant. Elle doutait de pouvoir faire quoi que ce soit pour lui, à part adoucir son trépas — lorsqu'elle aurait essayé de découvrir où pouvait être Bayard.

— Que quelqu'un m'apporte ma sacoche, cria-t-elle à Robb qui s'efforçait de contrôler les chiens.

Tandis qu'elle attendait ses médecines, elle prit un peu d'eau dans ses mains et la porta aux lèvres ensanglantées de l'homme. Il toussa et crachota, puis ouvrit les paupières. Son souffle s'accéléra et elle perçut un bruit qui lui indiqua que l'air s'échappait de ses poumons sous son haubert plein de sang, comme un soufflet percé.

— Le... heaume..., murmura-t-il en levant légèrement un bras.

Gillian lui ôta lentement et précautionneusement son casque lourd, laissant sa coiffe de mailles en place parce qu'elle aurait dû sinon le bouger pour la lui enlever.

— Où est Bayard ? demanda-t-elle en prenant doucement son visage dans ses mains.

— Mort.

Elle s'assit sur ses talons, anéantie. Et pourtant, elle ne parvenait pas à le croire.

— Où est son corps, alors ? demanda Armand sans sympathie ni pitié.

— Je... ne...

— Dites-moi où vous l'avez laissé ou par Dieu je vous tuerai sur-le-champ !

Gillian prit sa sacoche des mains de Tom qui la lui avait apportée et la tint près de Richard pour qu'il puisse la voir.

— J'ai là-dedans une drogue qui apaisera votre souffrance. Je vous la donnerai si vous nous dites où se trouve Bayard.

Peut-être que Richard voulait les duper une fois de plus. Peut-être qu'il avait perdu ou abandonné son cheval et s'était traîné dans cette petite gorge, et que Bayard était passé sans le voir. Peut-être voulait-il leur faire croire que Bayard était mort afin qu'ils cessent de le chercher.

— Il est… mort.

— Alors où est son corps ? répéta Armand.

La douleur contracta les traits de Richard et sa respiration se fit plus creuse, l'horrible sifflement qui venait de sa poitrine s'aggravant.

— Peut-être… pas…, murmura-t-il. J'ai mal…

— S'ils se sont séparés alors qu'il faisait nuit, il dit peut-être la vérité, concéda Armand à contrecœur. Il ne sait peut-être pas où se trouve Bayard, ni s'il est mort ou vivant.

Il regarda Gillian.

— Est-ce que cette potion prolongera sa vie ? Même si nous pouvons découvrir où il a vu Bayard pour la dernière fois, cela pourrait être utile.

— Je vous donnerai ce calmant si vous me dites où vous avez vu Bayard pour la dernière fois, déclara Gillian.

Richard ferma les yeux.

— De grâce… aidez-moi…

Incapable de résister à sa supplication, elle ouvrit

la sacoche en cuir et en sortit le récipient en terre qui contenait le pavot, ainsi qu'un gobelet en cuivre. Elle y mit un peu d'eau du ruisseau, ajouta la potion et remua avec un doigt. Puis elle porta le gobelet aux lèvres de Richard. Elle n'osa pas le soulever, pour le cas où il aurait des côtes cassées. Il toussa et cracha, mais le plus gros du liquide franchit ses lèvres.

La drogue mit un petit moment à agir et Gillian craignit plus d'une fois qu'il ne cesse de respirer avant qu'elle n'apaise sa douleur, ou de lui en avoir trop donné, ou encore qu'ils ne soient arrivés trop tard, jusqu'à ce qu'il ouvre de nouveau les yeux. L'éclat en était éteint sous l'effet de la médecine, mais Richard paraissait plus paisible et sa respiration un peu plus facile.

— Où avez-vous vu Bayard pour la dernière fois ? répéta Armand.

— Je... ne sais plus.

Le visage de Richard se contracta alors et il mit toute l'énergie qui lui restait dans ses paroles.

— Scélérat ! Elle devrait... je voulais... Espèce de maudit scélérat !

— Richard, si vous voulez garder un espoir d'aller au ciel, vous allez me dire où vous avez vu mon frère pour la dernière fois.

Richard se détourna alors et saisit la main de Gillian avec une force inattendue.

— Il y a quelqu'un d'autre... C'est lui que vous voulez. C'est lui...

— Qui ? demanda Gillian au bord du désespoir. Est-ce qu'il a capturé Bayard ?

Richard ne répondit pas. Il ferma les yeux, son corps se détendit et sa main glissa de celle de Gillian. Il fit une grimace, puis exhala le reste de l'air contenu dans ses poumons.

Gillian s'accroupit sur ses talons, trop saisie pour bouger, et regarda Armand.

— De qui parle-t-il ? De Lindall ? De quelqu'un d'autre ?

Armand se leva et envoya promener le heaume de Richard d'un violent coup de pied.

— Ces maudits félons ! Je crains que cette conspiration ne soit plus étendue que ce que nous pensions. J'ai entendu parler de quelque chose avant de quitter la cour ; une rumeur disait qu'un seigneur des Midlands pouvait être derrière.

— Quel seigneur ?

— Nous l'ignorons, pour l'instant. Mais nous le découvrirons. Par Dieu, nous le découvrirons !

Comme Gillian le regardait avec des yeux affligés, son expression se radoucit. Il contourna le corps de Richard et lui tendit la main pour l'aider à se remettre debout.

— Si vous voulez rentrer à Averette, nous allons…

— Non, non, protesta-t-elle en recouvrant son équilibre et sa résolution. Je veux continuer à chercher avec vous.

Il hocha la tête, puis fit signe à Tom et à un autre soldat d'approcher.

— Ramenez le corps à Averette. Dites à ma dame…

— Dame Gillian ! Messire Armand !

A quelque distance de là, sur l'autre berge du ruisseau, Robb agitait frénétiquement les bras.

— Il est là ! Messire Bayard est là !

Gillian poussa un cri de joie. Dieu soit loué !

Mais était-il vivant, ou mort ?

Vivant, se dit-elle en empoignant sa sacoche et en

priant avec un espoir plein de ferveur. Il *fallait* qu'il soit vivant !

Elle partit avec une telle hâte qu'elle faillit trébucher sur les pierres et tomber dans l'eau glacée du ruisseau. Armand saisit son bras d'une main puissante et l'entraîna avec lui. Ils coururent aussi vite que ses jupes encombrantes le permirent, tandis qu'elle vouait ses habits aux gémonies.

Ils rejoignirent bientôt Robb qui se tenait debout à côté de Bayard. Ce dernier était assis, adossé à un arbre, tenant son bras droit avec son bras gauche. Il était presque aussi pâle que Richard, et il y avait du sang sur le tronc au-dessus de lui. Il s'y était visiblement appuyé avant de se laisser glisser à terre.

— Bayard ! s'écria-t-elle en laissant tomber son sac et en s'agenouillant près de lui. Oh ! Bayard !

Elle prit doucement son visage entre ses mains et l'embrassa. Sa peau était chaude, mais pas échauffée. Il n'avait pas de fièvre. « Vivant et sans fièvre, Dieu merci ! »

— Le ciel soit loué, vous êtes en vie. Ne me quittez plus jamais ! Moi, je ne vous quitterai jamais. Je le promets !

Il leva sa main gauche pour saisir son menton et ramener sa bouche sur la sienne.

— C'est bien. Je ne vous quitterai pas non plus. Je le promets. Je veux que nous soyons ensemble. Toujours.

Armand se racla la gorge à côté d'eux, mais ils l'ignorèrent, s'embrassant jusqu'à ce qu'elle se penche trop et qu'il étouffe une exclamation de douleur.

Gillian recula aussitôt, et vit ses lèvres crispées en une grimace.

— J'ai le bras cassé...

Elle attrapa alors sa sacoche. La dame d'Averette reprenait le dessus.

— Etes-vous blessé ailleurs ? demanda-t-elle.

— Dans le dos. Une flèche.

Bien sûr. Elle avait vu le sang.

— La blessure est-elle profonde ?

— Non, mais ça fait diablement mal et je crois que j'ai perdu un peu de sang. Ce n'est pas trop grave, murmura-t-il, mais la faiblesse de sa voix démentait ses paroles. Ramenez-moi à Averette, Gillian, et j'irai bien.

Il leva les yeux vers Armand.

— Richard est toujours quelque part par là, dit-il, sa voix semblant perdre de la force à chaque mot. Il faut que vous le retrouviez. Il peut nous dire qui conduit les traîtres.

— Peu importe Richard, déclara Gillian. Nous allons vous ramener à la maison, à Averette.

— Oui, chuchota-t-il en fermant les yeux. Je veux rentrer à la maison. A Averette.

Chapitre 25

Lorsque Bayard ouvrit les yeux, il constata que même si son dos et son bras étaient toujours douloureux, il était couché entre des draps propres, fixant le baldaquin familier de son lit au château. Il avait chaud, il était au sec, aussi assoiffé que s'il avait traversé un désert.

La chambre était éclairée par une bougie à la cire d'abeille dont la flamme vacillait, et pour la première fois depuis qu'il était tombé de ce cheval, il sut qu'il n'allait pas mourir.

Il ne se souvenait pas d'être arrivé ici. Il se rappelait le combat avec Richard, la poursuite, le fait qu'il avait perdu le fuyard, qu'il avait glissé de sa monture... Puis il y avait eu sa lutte pour avancer dans l'obscurité, la certitude qu'il allait mourir seul... et puis Gillian qui l'embrassait.

La magnifique, la merveilleuse Gillian, qui avait promis de ne jamais le quitter. Qui l'avait ramené *à la maison*.

Quoi qu'il advienne et où qu'il aille désormais, *la maison* serait toujours l'endroit où se trouverait Gillian.

Elle l'avait forcément retrouvé, d'une manière ou d'une autre. Il l'imaginait conduisant les recherches avec résolution, refusant d'abandonner.

Armand avait-il été là, aussi, ou l'avait-il rêvé ? Qu'était-il arrivé à Richard et au reste des mercenaires ?

Un bras lui enserra les épaules pour l'aider à s'asseoir et une voix familière, une voix aimée, déclara :

— Buvez ceci lentement et n'essayez pas de parler.

— Gillian ! dit-il d'une voix rauque.

Il leva les yeux vers son délicieux visage et le bonheur le submergea comme une vague d'eau chaude.

— Oui. Maintenant, mon amour, de grâce, ne bougez pas et buvez ceci.

Il aurait préféré l'embrasser, mais il n'avait pas la force de se redresser davantage, alors il fit ce qu'elle disait. Il s'efforça de ne pas avaler trop vite le breuvage qu'elle porta à ses lèvres. Il avait un goût un peu étrange, de l'eau à laquelle était ajouté quelque chose.

— Ce remède va apaiser la douleur et vous aider à vous reposer, lui expliqua-t-elle en le recouchant sur les oreillers.

Elle ôta son bras et il lui attrapa la main.

— Ne partez pas, murmura-t-il, la tenant serrée malgré les ondes de douleur qui parcouraient son corps.

Elle posa le gobelet sur la table de chevet, libéra doucement ses doigts et s'assit sur le tabouret à côté de lui, assez près pour qu'il la voie, même s'il ne pouvait pas la toucher.

— Vous devez vous reposer, Bayard. Vous avez perdu beaucoup de sang et vos os ont besoin de se ressouder. C'était une cassure nette, heureusement, et vous avez réussi à ne pas trop aggraver les choses. Néanmoins, vous devez faire attention si vous voulez qu'elle guérisse correctement. Je suis assez certaine que la blessure de votre dos ne va pas s'enflammer et s'infecter, même si vous garderez une cicatrice.

— La bataille remonte à combien de temps ?

— Deux jours… ou deux nuits, maintenant. C'est bientôt l'aube.

Il étudia son visage, voyant combien elle était lasse et pâle.

— Vous devriez vous reposer aussi.

— Bientôt.

Elle lui dédia un petit sourire impertinent.

— Je vous assure que je ne me suis pas martyrisée à votre chevet. Dena vous a veillé pendant que je m'occupais des autres blessés. Vous serez heureux de savoir qu'aucun de vos hommes n'est mort dans le combat.

Il le fut, en effet, mais un vague souvenir attisait sa curiosité.

— Est-ce qu'Armand est ici ?

— Oui, avec Adelaide. Ils sont arrivés après votre départ. Adelaide m'a aidée à mener la maison et Armand a essayé de retrouver certains des hommes qui vous ont attaqués, pour découvrir qui les a envoyés.

Bayard était très content de savoir que son frère était là.

— Des résultats ?

Elle secoua la tête.

— Les hommes que nous avons trouvés étaient morts. Les autres se sont enfuis sans laisser de trace.

Elle lui adressa un sourire plus doux.

— Mais assez parlé de bataille ! Nous sommes saufs, maintenant. Armand m'a raconté certaines choses fort intéressantes à votre sujet, vous savez…

Les joues de Bayard rosirent.

— J'imagine. Je vous l'ai dit, j'étais stupide et impétueux, autrefois.

— Il m'a dit de *bonnes* choses, le rassura-t-elle. Des choses qui me font vous aimer encore plus, même si j'aurais cru cela impossible.

— Et Richard ? demanda-t-il. S'est-il échappé ?

Elle leva sa main et baisa ses articulations meurtries.

— Il est mort.

Ses paupières devenaient lourdes et la douleur semblait s'atténuer. Il avait aussi l'impression étrange de flotter.

— Et Lindall ?

Elle reposa sa main sur son torse.

— Nous parlerons davantage quand vous vous sentirez mieux. Dormez maintenant, mon amour, et plus tard je vous apporterai quelque chose à manger. Armand devrait être revenu, à ce moment-là.

Lorsque Bayard s'éveilla la fois suivante, il faisait grand jour ; le soleil de l'après-midi pénétrait par la croisée. Son dos et son bras lui faisaient un peu moins mal. Il entendit quelqu'un bouger dans la pièce et leva légèrement la tête pour voir Gillian qui ramassait des bandages souillés. Il y avait un pot en terre ouvert sur la table et quelque chose sentait la menthe.

Il se rendit compte que c'était lui. Gillian avait dû mettre un onguent sur ses blessures.

Quoi qu'elle ait fait, il se sentait plus fort et moins souffrant, aussi se satisfit-il de la regarder se mouvoir avec son efficacité habituelle.

Jusqu'à ce qu'elle se retourne et le surprenne à l'observer.

— Ne vous arrêtez pas, dit-il en constantant que sa

gorge allait mieux, aussi. J'aime vous regarder travailler quand je me repose.

— Et moi, j'aime vous voir vous reposer, répondit-elle en venant vers lui avec un sourire qui le fit se sentir encore mieux. Vous paraissez très innocent, quand vous dormez.

— Et quand je suis réveillé ?

— Beaucoup moins.

— Avez-vous dormi ? demanda-t-il.

— Oui, une fois que j'ai été sûre que vous iriez bien.

Elle s'assit sur le tabouret à côté du lit et repoussa une mèche de son front.

— Vous n'avez pas de fièvre ni d'infection. Dès que votre bras guérira, vous serez en aussi bonne santé que jamais.

— Grâce à vous.

— Et à Robb, qui vous a trouvé. Et à Armand, qui vous a tenu devant lui sur sa selle pour revenir ici. Il sera là sous peu. Je lui ai dit que vous alliez bientôt vous réveiller. Aimeriez-vous manger quelque chose ? Il y a du pain, du fromage et du cidre. Et Umbert a fait du ragoût de bœuf chaque jour depuis votre retour, afin qu'il y en ait toujours de prêt pour vous.

— Gillian...

— Bien sûr, vous ne pouvez pas manger allongé. Laissez-moi vous redresser.

Avant qu'il puisse répondre, elle fut à côté de lui, l'aidant à s'asseoir. Ce fut plus douloureux qu'il ne s'y attendait.

— Je suis désolée. J'ai essayé d'être douce, dit-elle en s'asseyant de nouveau sur le tabouret.

Elle se tut un instant, puis changea abruptement de sujet.

— Je me demande si Frederic a sincèrement tenté de vous avertir, ou s'il voulait vous attirer dans un piège. Je sais qu'il a reçu une flèche de vos ennemis, mais cela ne prouve rien ; Richard a fort bien pu vouloir le tuer une fois qu'il a eu servi ses buts.

— Je pense réellement qu'il a voulu nous aider, répondit Bayard, convaincu de ce qu'il disait. Il est mort en cherchant à me sauver.

— Je suis navrée qu'il soit mort, mais heureuse de savoir qu'il a péri honorablement.

Elle soupira.

— Ils ont trouvé les restes du charbonnier. Richard l'a tué pour lui voler sa charrette.

— J'espère que c'est le dernier mort ! Peut-être que nos ennemis vont y réfléchir à deux fois avant de nous attaquer, maintenant.

— Je l'espère aussi, et nous n'avons pas à nous inquiéter pour Lizette. Adelaide a reçu une lettre d'elle. Elle a été malade, ce qui l'a retardée, mais Iain est avec elle. Elle est en route pour rentrer, à présent. Elle devrait être ici dans quelques jours.

— C'est un soulagement.

Bayard lui prit la main et la serra.

— Et nous voilà, tous deux sains et saufs, Gillian… Que croyez-vous qu'il va advenir de nous ? Qu'allons-nous faire ?

Gillian se l'était demandé aussi, et durant les longs et terribles moments d'incertitude, quand elle ignorait s'il était mort ou vivant, elle avait pris une décision. Certains diraient que c'était mal, et même un péché, mais dans son cœur elle pensait que sa décision était juste.

— J'ai eu si peur de vous perdre, Bayard, dit-elle avec

toute l'intensité de sa nature résolue. J'ai craint de ne plus vous revoir. Je veux être toujours avec vous, désormais, quoi que vous fassiez, où que vous alliez. Si je ne peux pas être votre épouse, tant pis. Tout ce qui compte, c'est que je sois avec vous... si vous voulez de moi.

— Je me rappelle ce que vous m'avez promis quand vous m'avez trouvé, et ce que je vous ai promis aussi, dit-il. Mais je ne peux pas vous demander un tel sacrifice.

Il éprouva alors une autre sorte de douleur, bien pire que la douleur physique, parce qu'elle méritait rien de moins qu'un mariage honorable avec le meilleur des hommes, et qu'il ne pouvait le lui donner.

— Vous ou personne, dit-elle fermement.

Puis son regard résolu flancha.

— A moins que vous ne vouliez plus de moi ?

— Ne plus vouloir de vous ? Par Dieu, j'ai *besoin* de vous, Gillian, comme j'ai besoin d'air pour respirer ou d'eau pour étancher ma soif ! Mais nous ne pouvons pas nous marier. L'Eglise...

— Je vivrai avec vous quand même ! J'irai partout où vous irez, lui assura-t-elle, car son amour pour lui était plus fort, plus puissant, plus profond et plus satisfaisant encore que son amour pour Averette.

Il la fixa avec un mélange d'espoir et d'incrédulité.

— Vous quitteriez Averette pour être avec moi ?

— Je ferais n'importe quoi pour être avec vous, Bayard.

Elle eut un sourire rayonnant.

— Je vous aime !

— Comme je vous aime aussi, de tout mon cœur.

Il porta sa main à ses lèvres et la baisa.

— Ma vie serait aride sans vous, murmura-t-il **tandis qu'elle se penchait vers lui.**

Juste comme leurs lèvres allaient se joindre, on frappa à la porte. Bayard grommela un juron et Gillian rougit. Armand entra à grands pas dans la chambre, accompagné de son épouse.

Il alla droit au lit, et sourit comme Bayard l'avait rarement vu sourire. Puis il fronça les sourcils d'un air fort mécontent.

— Tu nous as fait une belle frayeur, espèce de grand benêt ! Pourquoi diable n'as-tu pas attendu de l'aide ? C'était de la folie de poursuivre Richard de cette façon !

— Je ne voulais pas qu'il s'échappe.

— Manifestement, tu as agi sans réfléchir. Tu aurais pu mourir.

Bayard sourit.

— Mais je ne suis pas mort.

— Grâce à Gillian.

Bayard prit tendrement dans la sienne la main de la jeune femme.

— Oui, grâce à Gillian.

Adelaide vint se placer à côté de son mari. C'était une femme ravissante et d'autres hommes, en regardant les deux sœurs, pourraient penser que Bayard avait gagné le cœur de la moins intéressante des deux, mais lui était d'un autre avis — même s'il ne le dirait jamais à Armand.

— Aussi ravie que je sois de savoir que vous allez vous remettre, je dois demander...

Adelaide hésita un instant à poursuivre, jetant un coup d'œil à leurs mains jointes.

— Enfin, je m'inquiète...

Armand regarda à son tour leurs mains et une lueur de compréhension brilla dans ses yeux.

— Armand, vous pouvez avoir Averette, dit alors

Gillian avec un sourire radieux. Bayard et moi, nous nous aimons et j'irai où il choisira d'aller.

— Vous vous aimez ? Et tu quitterais Averette ? s'exclama Adelaide, plus choquée par la seconde affirmation que par la première.

— Si je le dois, pour être avec lui, répondit Gillian. Je l'aime et il m'aime, et nous voulons être ensemble même si nous ne pouvons pas nous marier.

— Sacrebleu, Bayard, dit alors Armand. Je n'aurais jamais pensé… imaginé…

Le front d'albâtre d'Adelaide se barra d'un pli soucieux.

— Vous vivriez dans le péché ?

— Sans l'ombre d'une hésitation, répondirent-ils en même temps, avec une égale détermination.

Adelaide s'assit au bout du lit.

— Le droit canon interdit votre mariage pour l'instant, dit-elle lentement, mais peut-être pas pour toujours. J'ai ouï dire que plusieurs nobles et hommes d'Eglise souhaitent des changements. Il y a de si nombreuses restrictions que dans certains villages plus personne ne peut se marier, et plusieurs alliances familiales ont capoté à cause de ces règles. Les nobles veulent plus de possibilités d'unir leurs familles. Il paraît que le pape y est favorable, mais jusqu'à ce que le droit change, s'il change…

— Que la loi le permette ou non, Gillian et moi resterons ensemble. Si ce n'est pas ici, ce sera ailleurs, dit Bayard. Rien ne me rendrait plus heureux que de l'épouser, surtout si nous avons la chance d'avoir des enfants. Mais je suis navré que sa réputation doive en souffrir. La mienne n'a jamais été parfaite, mais je m'y suis fait… « l'enfant de bohémiens », « l'amant bohémien »…

— Mais voilà la solution ! s'écria Gillian en bondissant sur ses pieds, alors qu'une façon de donner à leurs enfants la légitimité et leurs propres droits dans le monde lui traversait l'esprit. Mais cela implique de dire que vous êtes un bâtard, Bayard, et cela pourrait vous coûter votre domaine.

— Dire qu'il est bâtard ? répéta Armand, tout aussi perplexe. Je sais fort bien qu'il ne l'est pas. J'étais là quand il est né. Enfin, pas dans la chambre, précisa-t-il, mais je suis certain qu'il n'y a pas eu d'échange d'enfant, quoi qu'en disent les gens.

Ils étaient peut-être troublés, mais Bayard avait déjà saisi ce que Gillian suggérait.

— Mais si *je dis* que je le suis — que ma mère a bien acheté ou volé un bébé pour remplacer son enfant mort-né –, alors je ne suis pas réellement ton demi-frère. Nous ne sommes pas du tout parents, et je peux épouser Gillian !

— C'est ridicule ! s'écria Armand. Tu veux prétendre que tu as fait semblant d'être un noble toutes ces années ? John va te jeter en prison, pour le moins, et prendre ton domaine en compensation pour la couronne !

— Pas obligatoirement, dit Adelaide, les yeux brillants d'excitation. Pas si Bayard lui *offre* son domaine pour réparer un affront qu'il vient juste de découvrir et dont il ne savait rien. Nous pouvons dire qu'il a récemment trouvé une confession dans les papiers de sa mère. Une confession qui était cachée quelque part.

— Adelaide pourrait la rédiger, elle est très adroite, suggéra Gillian.

— Je pense que cela pourrait marcher, dit Bayard en souriant, ravi.

— Je le pense aussi, acquiesça Adelaide, surtout si Bayard devient seigneur d'Averette par mariage. Alors John sera certain d'avoir une forteresse fiable dans le Kent. Cela devrait compter pour lui, étant donné qu'il perd la loyauté de plus en plus de ses barons. Cela lui offrirait également une occasion de paraître magnanime sans que cela ne lui coûte rien, tout en gagnant des terres qui lui permettront d'accroître ses revenus ou de récompenser ceux qui le soutiennent. Ce marché devrait lui plaire.

Armand se caressa le menton.

— Par Dieu, je crois que vous avez raison. Cela pourrait bien marcher, si toutefois tu ne vois pas d'inconvénient à être déclaré bâtard, Bayard, et à perdre les domaines de ta mère.

Bayard n'avait jamais été aussi heureux de porter un qualificatif insultant. Quant aux domaines qu'il visitait rarement, il les échangerait volontiers contre la chance de rester à Averette, et sans regrets.

— Pas si cela signifie que Gillian et moi pouvons nous marier et vivre ensemble ici. Dieu sait que l'on m'a traité de tout dans ma vie. Alors me déclarer bâtard ? Ma foi... Etre son époux vaut bien ce sacrifice, et même plus !

Armand de Boisbaston finit par sourire.

— Eh bien, je suppose que mon épouse ferait bien de commencer à rédiger une confession.

Bayard venait juste de tomber dans une légère somnolence quand la porte de sa chambre s'ouvrit. Il entendit le bruit et se réveilla brusquement, se demandant qui cela pouvait être, espérant que ce serait Gillian, tout comme la première nuit qu'ils avaient passée ensemble, sauf que cette fois il n'éprouvait pas de culpabilité, ni de honte, ni d'inquiétude au sujet du désir qu'ils partageaient.

Elle portait sa robe de chambre par-dessus sa chemise et plissa les paupières pour le regarder dans la lumière tamisée.

— Je suis réveillé, dit-il en répondant à la question qu'elle n'avait pas posée. Etes-vous venue me souhaiter bonne nuit ?

Elle s'avança.

— Vous sentez-vous plus mal ? demanda-t-elle.

Ses cheveux défaits tombaient sur ses épaules graciles et ses yeux verts étaient dans l'ombre, si bien qu'il ne pouvait distinguer son expression.

— Non. De fait, je me sens beaucoup mieux.

Ce n'était pas vraiment un mensonge. Le seul fait de la voir faisait qu'il se sentait mieux.

— Et beaucoup plus fort depuis que j'ai mangé, et beaucoup plus heureux depuis que vous avez pensé à un moyen qui nous permettra probablement de nous marier. Si Dieu et John le veulent.

— Adelaide paraît tout à fait confiante en la réaction du roi, et Armand dit que si quelqu'un peut le persuader, c'est elle.

— Je pense qu'il a raison. Mais bien que je ne nie pas les qualités d'avocate d'Adelaide, je suspecte que *vous* pourriez convaincre John d'accepter rien qu'en le regardant avec ces yeux-là.

— Je ne saurais dire si c'est un compliment ou non.

— C'en est un, je vous l'assure.

Elle lui caressa la joue.

— Je crois que je serais plus susceptible de me disputer

avec le roi s'il essayait de nous refuser son accord, et je finirais probablement en prison.

Bayard lui prit la main et posa un baiser sur la jointure de ses doigts.

— Alors c'est aussi bien qu'Adelaide et Armand ne veuillent pas que nous les accompagnions à la cour.

Il soupira d'un air faussement affligé.

— Je pense aussi qu'Armand est complètement entiché de votre sœur. Pas étonnant qu'il croie son épouse capable de réussir n'importe quoi. Cela semble être une tare familiale, chez les Boisbaston, au moins dans cette génération : penser que les femmes que nous aimons sont les plus merveilleuses et les plus compétentes au monde.

Gillian s'assit à côté de lui sur le lit.

— Je pense que c'est une tare dans cette génération de ma famille, aussi. Je crois que je suis aussi entichée de vous que ma sœur l'est d'Armand, peut-être même plus.

Elle sourit.

— Adelaide a déjà dit aux serviteurs que vous n'êtes pas réellement apparenté à Armand, et elle a fait quérir Hale pour qu'il puisse le dire aux villageois. Il a été très soulagé d'apprendre que nous n'étions pas d'aussi grands pécheurs qu'il le croyait ! D'après lui, le petit Teddy a été très affecté d'apprendre que vous êtes blessé. Je lui ai dit qu'il pouvait amener son fils demain pour vous voir.

— Cela me fera plaisir, mais pas autant qu'il me plaît de vous voir maintenant, répondit Bayard, ses yeux assombris de désir. De fait, j'aimerais voir plus de vous, ma dame...

— Si nous pensions à votre bien, dit-elle d'une voix basse et séduisante en ôtant sa robe de chambre, je vous laisserais dormir seul cette nuit.

— Laissez-moi me soucier de mon bien, rétorqua-t-il. Je pense qu'un peu de compagnie me serait bénéfique. La vôtre, en tout cas. Si vous aviez envoyé Robb ou même Armand, j'aurais de loin préféré rester seul.

— Dois-je monter dans le lit à côté de vous ? demanda-t-elle en un murmure aguicheur.

— Sauf si vous préférez rester debout là pour me taquiner et me tenter toute la nuit.

— Pensez-vous que je vous taquine et vous tente ?

— Oui. J'en suis même certain !

— Doux Jésus, comme c'est cruel de ma part, dit-elle sans une once de remords en se tortillant pour quitter sa chemise. Dites-moi, messire chevalier, quel effet cela fait-il d'être celui qui est tenté ?

— C'est terrible... et merveilleux.

— Vous avez taquiné et tenté beaucoup de femmes, j'en suis sûre, lança-t-elle, sa chair lisse et douce prenant des reflets de bronze à la lueur de la bougie.

— Si je n'étais pas blessé, ma dame, murmura-t-il en tendant son bras valide pour l'attraper, je bondirais hors de ce lit et vous prendrais sur le plancher.

— Vraiment ? fit-elle en se mettant hors de portée. Est-ce une promesse ?

— Venez ici, Gillian.

— Est-ce un ordre ?

— Disons plutôt une requête fervente. Et si vous ne venez pas, blessures ou pas, j'irai vous chercher !

Il rejeta les couvertures comme s'il était déterminé à le faire.

— Non, restez où vous êtes ! s'écria-t-elle en le rejoignant rapidement entre les draps. Vous ne devez pas trop bouger.

— Alors je ne bougerai pas.

Il se mit sur le côté gauche, face à elle.

— Même si mon épaule et mon bras me font beaucoup moins mal quand vous êtes près de moi.

Elle se rapprocha alors de lui jusqu'à ce que son corps nu soit niché contre le sien et qu'elle sente son haleine chaude sur sa joue.

— Vous devez surtout faire attention à votre bras, Bayard.

— J'y ferai attention, dit-il en passant avec précaution son bras valide autour d'elle. Je devrai me satisfaire de ceci cette nuit.

— Je vous aime, Bayard de Boisbaston, murmura-t-elle en embrassant légèrement sa joue. Je vous aime pour tout ce que vous faites et êtes, et si le roi ne veut pas nous laisser nous marier, je vivrai avec vous de toute façon. N'importe où.

— Vous renonceriez vraiment à Averette pour être avec moi ?

— Je l'ai dit, non ? *Vous* êtes bien prêt à renoncer à tout — votre titre, vos domaines – pour que nous ayons une chance de nous marier.

Elle se redressa sur un coude et lui décocha son regard le plus hautain et le plus impérieux.

— Doutez-vous qu'une femme soit capable d'un sacrifice égal au nom de l'amour ?

— Non. Je me demande seulement ce que j'ai fait pour être aussi béni.

Elle se coula de nouveau près de lui.

— Vous êtes vous-même, Bayard, et c'est plus que suffisant.

— Quand vous dites de telles choses, je pourrais presque le croire.

— Alors je continuerai à les dire jusqu'à ce que vous en soyez persuadé.

— Et je vous dirai chaque jour de ma vie combien je vous aime, vous chéris et ai besoin de vous, dame Gillian d'Averette. Toujours d'Averette, si Dieu veut.

Elle poussa un soupir mélodramatique.

— Je suppose que j'ai présidé ma dernière audience.

— Oh ! non. C'est une responsabilité que je laisserai volontiers entre vos mains capables.

— Mais votre présence pourrait empêcher Geoffrey et Felton de se quereller. Ce ne serait pas rien.

— Je propose que nous *partagions* cette charge. Vous connaissez les gens bien mieux que moi, et je peux intimider ceux qui intentent des actions frivoles, afin qu'ils y réfléchissent à deux fois.

Gillian rit gaiement, joyeusement ; le son délicieux de ce rire emplit la chambre et le fit rire lui aussi.

— Oh ! Je vous aime pour de bon, Bayard de Boisbaston !

— Et je vous aime aussi, dame Gillian d'Averette. Maintenant et toujours, dit-il lorsqu'elle se nicha contre lui.

A sa place.

Épilogue

Dans la chambre de jour de son château, le seigneur Wimarc de Werre froissa le bout de parchemin dans son élégante main et le jeta dans le réchaud. La feuille se recourba, puis les bords s'enflammèrent et bientôt une odeur de brûlé emplit ses narines tandis que le message était réduit en cendres.

L'homme qu'il avait fait quérir apparut à la porte.

— Vous vouliez me voir, messire ? demanda Lindall, ses yeux allant et venant autour de lui, comme ceux d'un furet pris au piège.

— Oui. Entrez et asseyez-vous.

Nerveux, l'ancien commandant en second d'Averette entra dans la pièce et se percha avec précaution au bord d'un délicat fauteuil en ébène comme s'il craignait qu'il ne se brise sous lui. Wimarc aurait pu lui dire de ne pas s'inquiéter ; lui dire que, comme pour lui, l'apparence extérieure du siège n'indiquait pas sa véritable force.

A la place, il joignit ses longs doigts chargés de bagues et considéra le soldat félon.

— Il peut vous intéresser de savoir, Lindall, que ces

rumeurs sur la naissance de Bayard de Boisbaston sont vraies. Il n'est pas le fils de Raymond de Boisbaston.

Les yeux de Lindall s'élargirent de stupeur.

— C'est un bâtard ?

— Oui. D'après un ami à la cour, Bayard vient de reconnaître que l'enfant de sa mère est mort à la naissance et qu'elle s'est procuré un autre bébé à la place — lui-même.

Lindall se détendit et un large sourire fendit son visage.

— Il l'a confessé sous la torture ?

— Non. Comme il affirme qu'il a découvert tout récemment le secret de sa naissance, notre magnanime souverain a décidé de ne pas l'emprisonner, répondit Wimarc, sarcastique. John a aussi *gracieusement* décidé que, comme il a besoin d'un seigneur loyal dans le Kent, il doit épouser Gillian d'Averette et devenir châtelain. Nul doute que l'offre des domaines dont il a hérité de sa mère à titre de compensation a joué un rôle dans cette décision, ainsi que le fait qu'Armand de Boisbaston et sa ravissante épouse ont parlé en faveur du bâtard.

— Messire Bayard va épouser dame Gillian ? répéta Lindall, incrédule.

— C'est ce qu'il semble.

— Je ne peux pas le croire !

— Hélas, le mariage ne requiert pas plus votre approbation que la mienne... Seulement celle du roi. Il est *vraiment* très regrettable que Bayard ait survécu et que Richard soit mort.

Des gouttes de sueur apparurent au-dessus de la lèvre supérieure de Lindall.

— J'ai fait ce que j'ai pu, Votre Seigneurie. Ils ont disparu tous les deux après la bataille. J'ai achevé tous vos hommes blessés afin qu'ils ne puissent pas dire qui les payait.

— Un service que j'apprécie grandement et pour lequel je vous ai dûment récompensé, fit remarquer Wimarc. Toutefois, il demeure que les Boisbaston sont toujours en vie pour servir notre imbécile de roi. Pour que mes plans réussissent, j'ai besoin qu'ils soient morts. Ce qui m'amène à vous, Lindall.

— Vous... vous voulez que je les tue ? bredouilla le soldat. Je ne suis pas un assassin, Votre Seigneurie ! Je suis votre homme pour tuer au combat, mais m'en prendre froidement à quelqu'un...

— Par chance, ce n'est pas la tâche que j'ai à l'esprit pour vous.

Lindall se détendit.

— La sœur cadette de Gillian et Adelaide, Elizabeth, est en route pour rentrer à Averette. Je veux que vous preniez vingt de mes hommes, que vous la trouviez et l'ameniez ici.

Lindall inspira fortement.

— Cela ne va pas être facile, messire. Iain Mac Kendren est allé à sa rencontre et...

— Et l'a rejointe, à ce que l'on m'a dit. Mais leur voyage est des plus lent, parce que la dame a été malade...

Il détacha une lourde bourse de sa ceinture et la jeta à Lindall. Celui-ci la manqua et elle tomba par terre avec un tintement.

— Cinquante marks. Vous en aurez cinquante de plus quand vous me ramènerez Lizette.

Alors que le soldat se baissait pour ramasser son

paiement, les lèvres fines de Wimarc se relevèrent en un sourire malveillant.

— Il paraît qu'elle a une voix charmante. J'aimerais beaucoup l'entendre chanter pour moi…

Vous avez aimé ce roman ?
Retrouvez les précédents romans de
Margaret Moore :

Noces secrètes
La rebelle écossaise
Le donjon des aigles
L'épée et le lys
Passion au donjon

disponibles dès à présent sur harlequin.fr

Retrouvez en septembre,
dans votre collection

Sabrina Jeffries
À la merci du vicomte
Série : La trilogie des lords - tome 3

Lorsqu'elle a accepté d'aider Katherine Hasting, Felicity n'imaginait pas que les choses tourneraient aussi mal. En effet, si elle a publié sous pseudonyme des propos diffamants au sujet de Ian Lennard dans l'Evening Gazette, c'était uniquement afin d'offrir à son amie un prétexte pour rompre des fiançailles qu'elle ne désirait plus. Mais voilà que le séduisant vicomte l'a démasquée, et il n'apprécie pas du tout d'être la cible de rumeurs qui risquent de le ruiner. Car Ian a besoin d'une épouse au plus vite pour conserver son héritage et, Felicity le comprend avec effroi, il entend bien lui faire jouer ce rôle pour lui faire payer son impertinence...

Ellie Macdonald
Le club des gouvernantes : Louisa
Série : Le club des gouvernantes - tome 4

« Si vous acceptez de m'héberger, je ferai tout ce que vous me demanderez. » Jamais Louisa n'aurait pensé prononcer ces mots un jour. Mais aujourd'hui, seule et en fuite, elle n'a pas le choix : l'auberge miteuse du Beefy Buzzard est le seul endroit où elle peut espérer échapper aux autorités, depuis qu'elle a laissé pour mort l'odieux Lord Daleigh qui tentait d'abuser d'elle. John, le séduisant aubergiste, a justement besoin d'aide pour tenir son établissement. Il offre donc à Louisa de travailler pour lui en échange du gîte et du couvert. La tâche paraît ardue, mais Louisa accepte malgré tout, loin de s'imaginer que cette expérience va bouleverser sa vie...

La romance historique n'a jamais été aussi moderne.

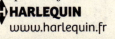

www.harlequin.fr

Retrouvez en septembre, dans votre collection

Natacha J. Collins
La disparue des Highlands
Série : Le souffle des Highlands - tome 1

Écosse, XIIIᵉ siècle.

Quand sa mère lui apprend le nom de l'homme qu'elle doit épouser, Kenna se sent trahie, vendue. Comment ses parents peuvent-ils l'unir à un Fraser, ce clan de brutes, d'assassins… leurs ennemis de toujours ? Pourtant, lorsqu'elle rencontre son promis pour la première fois, Kenna est surprise : Liam se révèle être un homme aimable, peut-être même séduisant. Tout le contraire de son cousin Murtagh, un Highlander aussi ténébreux et solitaire que Liam est sociable. Mais, à mesure que les noces approchent et que le comportement de son fiancé se fait plus ambigu, Kenna se demande lequel des deux cousins est le plus à craindre…

Margaret Moore
La fausse mariée

Midlands, 1204.

Pour remercier l'ombrageux inconnu qui lui a sauvé la vie alors qu'elle était attaquée par une bande de brigands, Lady Elizabeth d'Averette est prête à tout… ou presque. Car lorsque le prétendu Sir Oliver lui demande son aide pour infiltrer le château de Wimarc, l'une des forteresses les mieux gardées de la région, Elizabeth hésite. Certes, Oliver défend une noble cause : il veut libérer son frère retenu prisonnier injustement par le cruel Messire Wimarc, mais son plan est aussi risqué qu'indécent. Comment pourraient-ils se faire passer pour mari et femme alors qu'ils se connaissent à peine ? D'autant qu'un tel mensonge les obligerait à une intimité intolérable pour une lady de son rang…

La romance historique n'a jamais été aussi moderne.

www.harlequin.fr

OFFRE DE BIENVENUE

Vous êtes fan de la collection Victoria ?
Pour prolonger le plaisir, recevez

1 livre *Victoria* gratuit et 2 cadeaux surprise !

Une fois votre colis de bienvenue reçu, si vous souhaitez continuer à recevoir nos livres Victoria, cela se fera automatiquement. Vous recevrez alors tous les 2 mois 3 livres inédits de cette collection. Le prix du colis s'élévera à 25,69€ (Frais de port inclus) - (Belgique : 27,69€).

➡ LES BONNES RAISONS DE S'ABONNER :

<u>Aucun engagement de durée ni de minimum d'achat.</u>

Aucune adhésion à un club.
♦
Vos romans en avant-première.
♦
La livraison à domicile.

➡ ET AUSSI DES AVANTAGES EXCLUSIFS :

Des cadeaux tout au long de l'année.
♦
Des réductions sur vos romans par le biais de nombreuses promotions.
♦
Des romans exclusivement réédités notamment des sagas à succès.
♦
L'abonnement systématique et gratuit à notre magazine d'actu ROMANCE.
♦
Des points fidélité échangeables contre des livres ou des cadeaux.

REJOIGNEZ-NOUS VITE EN COMPLÉTANT ET EN NOUS RENVOYANT LE BULLETIN !

✂ -

N° d'abonnée (si vous en avez un) ⎵⎵⎵⎵⎵⎵⎵⎵   V8ZEA3 / V8ZE3B

Mme ☐ Mlle ☐ Nom : .... Prénom : ....

Adresse : ....

CP : ⎵⎵⎵⎵⎵ Ville : ....

Pays : .... Téléphone : ⎵⎵⎵⎵⎵⎵⎵⎵⎵⎵

E-mail : ....

Date de naissance : ⎵⎵ ⎵⎵ ⎵⎵⎵⎵

☐ Oui, je souhaite être tenue informée par e-mail de l'actualité d'Harlequin.
☐ Oui, je souhaite bénéficier par e-mail des offres promotionnelles des partenaires d'Harlequin.

Renvoyez cette page à : Service Lectrices Harlequin – CS 20008 – 59718 Lille Cedex 9 - France

Date limite : **31 décembre 2018.** Vous recevrez votre colis environ 20 jours après réception de ce bon. Offre soumise à acceptation et réservée aux personnes majeures, résidant en France métropolitaine et Belgique. Prix susceptibles de modification en cours d'année. Conformément à la loi Informatique et libertés du 6 janvier 1978, vous disposez d'un droit d'accès et de rectification aux données personnelles vous concernant. Il vous suffit de nous écrire en nous indiquant vos nom, prénom et adresse à : Service Lectrices Harlequin - CS 20008 - 59718 LILLE Cedex 9. Harlequin® est une marque déposée du groupe HarperCollins France – 83/85, Bd Vincent Auriol – 75646 Paris cedex 13. Tél : 01 45 82 47 47. SA au capital de 1 120 000€ - R.C. Paris. Siret 31867159100069/APE5811Z.

Composé et édité par HarperCollins France.

Achevé d'imprimer en juin 2018.

Barcelone

Dépôt légal : juillet 2018.

Pour limiter l'empreinte environnementale de ses livres, HarperCollins France s'engage à n'utiliser que du papier fabriqué à partir de bois provenant de forêts gérées durablement et de manière responsable.

Imprimé en Espagne.